淑女不好逑

2

風 文創

671

果九 著

風文創 671

目錄

第三十一章　攀高枝

因山上起了大風，顧景柏的帳篷終究沒有搭成，自然沒能看星星，而是跟著眾人匆匆下山。

回府後，池嬤嬤才發現麗娘並沒有跟著回來！

顧景柏一下子慌了，不顧眾人反對，立刻騎馬飛奔到佛陀山去找她。

沈氏竊喜，那個賤婢最好是摔下山谷死了！

池嬤嬤努力回憶道：「去的時候慈寧堂要了兩輛馬車，奴婢陪著太夫人坐了前面那輛馬車，麗娘則坐在那輛堆滿什物的車裡，回來的時候也是如此安排的。適才奴婢去問了趕車的車伕，車伕也說親眼看見麗娘上了馬車，卻不想她竟然沒有跟回來。」

好好的一個大活人，竟然轉眼就不見了，的確讓人匪夷所思。

「之前我只當她是個無依無靠的，不過是想尋個安穩的歸宿罷了。」太夫人到底是經歷過事的，心裡也猜到了幾分，嘆道：「如今看來，這個麗娘是尋不回來了，卻不想，她倒是個有大主意的。」若是真的想回來，這會兒走也走回來了，看樣子，她是早起了別的心思。

「如此也好，也省了咱們替她打算；只是我那孫子卻是個傻的，以為她是真的迷了路。罷了、罷了，讓徐扶多帶幾個人把世子找回來吧！」

池嬤嬤點頭道是。

過了一會兒，桃紅掀簾走進來，面帶喜色道：「太夫人，三老爺剛剛派人來說，許姨娘生了，是個千金，母女均安。」

「好、好，女兒好！」太夫人臉上立刻有了笑容，喜悅道：「眼下三老爺也是有兒有女的人了，老了、老了，我又添了個孫女，哈哈！傳我的話，去庫房取兩盒人參給許姨娘送過去，讓她好好補身子。」上了年紀的人，最喜府裡添丁了。

顧瑾瑜得到顧廷南喜得千金的消息，也帶著些補品，親自去三房道賀。

「三丫頭真是有心。」顧廷南膝下只有一子，如今添了女兒，心情很是愉悅。「妳這七妹妹生的日子著實好，竟遇上了雙九，又是登高節，生產的時候也異常順利，倒是個省心孝順的。」

何氏在外間聽了，忍不住撇撇嘴，再怎麼孝順，也是個賠錢貨！

「三叔所言甚是。」顧瑾瑜笑道：「七妹妹日後定是一帆風順，安康吉祥的。」

「對了三丫頭，三叔一直想問妳，妳怎麼突然成了清虛子的師姪？」顧廷南疑惑道：「之前妳不是一直說妳是看了幾本醫書才通曉醫道的嗎？」

「不瞞三叔，我在柳家住的時候，曾得到莊上一個老婦人的指點，只是當時未行拜師之禮，所以便一直說沒有師父。」顧瑾瑜早就想好了說辭，有板有眼道：「而清虛子神醫是從一帖藥方上認出我跟他師承一脈，故而才認我當師姪的。」

「哪個方子？」顧廷南一頭霧水。不得不承認，三丫頭的確好命，剛剛通曉醫術，便立刻被清虛子收到門下，這是多少人想要也得不到的殊榮，清虛子可是名震江湖的神醫啊！

外間的何氏也跟著凝神傾聽。自家老爺行醫多年都沒有被人收到門下，三丫頭初出茅廬，便受到清虛子的眷佑，看來日後尋的婆家差不了。

「就是兩個月前，我被推到楚王世子的馬下，被馬蹄撞到的那個傷疤。」顧瑾瑜如實道。

「三丫頭，那個方子可否透露給三叔？」顧廷南興奮道：「妳放心，三叔不會虧待妳的，待賺了錢，咱們五五分！」

「三叔，我記得我早就把方子給了您啊！」顧瑾瑜哭笑不得。其實方子可以外傳，只是想要湊齊上面的藥方，的確有些困難，她當時只是碰巧湊齊罷了。

「好像是有這麼回事，我倒是給忘了。」顧廷南撓撓頭，嘿嘿道：「那，妳再寫一次吧？」

顧瑾瑜笑笑，起身走到几案前寫方子。

這時，一個小小的身影掀開門簾一角，探頭向裡張望一番，稚氣地喊道：「父親，我可以進去嗎？」

「來，松哥兒，你過來。」顧廷南笑著朝他招招手。

六歲的顧景松邁著小胖腿跑了進來，歪著頭問道：「父親如今有了妹妹，還喜歡我嗎？」

「父親當然喜歡你了。」顧廷南雖然對何氏不怎麼待見，卻最喜歡這個兒子，索性把他抱到膝上，撫摸著兒子軟軟的頭髮，望著他酷似自己的臉，笑咪咪地問道：「你怎麼這麼問？」

「那我問父親，如果我和妹妹要賣掉一個，您會賣哪個？」顧景松歪著腦袋，認真地問道。

何氏掀簾走進來，滿臉疼愛地摸著兒子的頭，想也不想地答道：「當然是賣你妹妹了，你父親怎麼捨得賣你。」

顧廷南笑而不語。

哪知顧景松卻是哇地一聲哭了起來，委屈道：「你們賣妹妹，不賣我，難道我還沒有妹妹值錢嗎？」

兩口子愣了一下，不約而同地笑起來。

顧瑾瑜聞言，也忍不住笑，這小傢伙倒是古靈精怪的。

兩天後，顧景柏才回府，一進門，便把自己關進屋裡，不吃不喝，誰叫也不開門，氣得顧廷東要找人把門撞開，卻被沈氏死死拉住。

沈氏勸道：「老爺息怒，或許是柏哥兒心裡煩悶，想一個人靜靜，才如此做的。」

顧廷東氣得狠狠踢了一下門，拂袖去了慈寧堂。

這幾天他手頭的差事有些緊張，早出晚歸地忙得腳不沾地，連登高節也顧不上，好不容易休沐一天，竟然遇上了這檔事，他豈能不發火？

管家徐扶也在，看見顧廷東，神色一凜，欲言又止。

「說，從頭再說一遍給老爺聽聽。」太夫人倒是一臉平靜。

「是。」徐扶悄悄看了一眼顧廷東，輕咳道：「那夜世子找遍了佛陀山也沒找到麗娘姑娘，後來打聽到她上了燕王府的馬車，被燕王帶回了燕王府……」

「什麼？燕王府？」顧廷東簡直不敢相信自己的耳朵，這個麗娘到底是何身分，竟然能入了燕王的眼，還進了燕王府？

「回稟伯爺，麗娘的確進了燕王府。」徐扶撓撓頭，繼續說道：「世子尋去的時候，已經是第二天早上，遞了帖子進去，哪知燕王府根本不讓世子進去，後來世子便在燕王府大門口等，可最終也沒有見到麗娘。」

「這個逆子！」顧廷東憤憤地捶在桌子上。「我顧家的臉都被他丟盡了！」

「伯爺息怒。」徐扶忙道：「那賤婢辜負了世子的真心，竟然不知廉恥地攀高枝，倒是令人不齒，如今世子看見她的真面目也好，如此水性楊花的女人，哪能配上世子。」

「好了，你下去吧！」太夫人揮揮手。

徐扶應聲退下。

「母親，那賤婢當真膽大，竟然敢攀附燕王。」顧廷東憤然道：「此事怎麼看，都會讓人覺得是咱們家刻意為之，若是落在有心人的眼裡，參奏上去，咱們是說不清的。」

「好在麗娘並不是咱們有意把她遺落在山上的。」太夫人扶額道：「否則，以柏哥兒的性子，不知道會做出什麼事情來呢！」

話音剛落，池嬤嬤匆匆走進來。「太夫人、伯爺，世子……世子他又不見了！」

「母親，我先出去看看。」顧廷東臉色一變，腳步匆匆地奔了出去。

「孽障，真是孽障！」太夫人恨鐵不成鋼地拍著桌子。「原本以為他是個通透的，卻不想竟如此想不開，為了那個賤婢，他是要攪得全府不寧啊！」

沈氏匆匆走進來，一見太夫人，滿臉擔憂道：「母親，世子定是尋那賤婢去了，這可如何是好？」

太夫人扶額道：「這事先不要聲張，說不定他很快就回來了。」

「柏哥兒的性子向來倔強，兒媳擔心他一時衝動，再惹下什麼事端。」沈氏心煩意亂道：「早知道兒媳就應該寸步不離地守著他才是，都是兒媳大意了。」

「這麼大的人，守得了一時也守不了一世。」太夫人很快鎮靜下來，輕聲道：「兒大不由娘，妳不用太自責，這事我也有責任，沒有安撫住他。」

沈氏絞著手帕子，一臉沮喪，越想越自責。早知今日，還不如讓他把那個麗娘收入房。

這日，顧廷東和顧景柏父子一夜未歸，婆媳倆也是整夜沒有合眼。

第二天，徐扶才腳步發虛地回來報信。「太夫人，世子帶人夜闖燕王府，被燕王府給抓起來了，伯爺去府裡求情，至今還沒有出來。」

沈氏一夜沒有合眼，眼底全是血絲，乍聽到這個消息，雙腿一軟，無力地跌倒在雕花木椅上，泣道：「這個不肖子！燕王府豈是他所能闖的。」

「事到如今，想遮也遮不住了，妳趕緊回一趟忠義侯府，去找侯爺想想辦法再說。」太夫人倒是沒有慌亂，嚴肅道：「燕王好歹是皇子，伯爺又有爵位在身，料燕王他們不敢對他們父子怎麼樣。」

沈氏也如此想，忙命人套馬車，回去忠義侯府。

忠義侯沈乾得知此事，吃了一驚，匆忙趕到燕王府打聽消息。

門房支支吾吾地說昨晚不是他當值，並不知情。

沈乾只得遞銀子，讓他找昨晚當值的人詢問此事。

門房接下銀子，才把當時的事情繪聲繪色地說了一遍。「不瞞侯爺，不是咱們不給侯爺面子，而是建平伯世子太魯莽，竟敢夜闖燕王府。您想啊，王爺雖然不在府裡，燕王府的護院們豈是吃素的？當場就把世子拿下了！伯爺趕來求情，侍衛們索性又把伯爺抓了起來，後來師爺說伯爺到底有爵位在身，剛剛已經把伯爺放了，至於世子，得等燕王爺回來再說了。」

沈乾得知顧廷東不在燕王府，又匆匆趕到建平伯府，哪知，顧廷東從燕王府出來，卻未回府，這下連沈乾也有些慌了，急命手下人四處找尋顧廷東的下落。

兩府瞬間亂成一團。

直到後晌，顧廷東才頹廢地回府。

原來，顧廷東打聽到燕王帶著麗娘去皇莊小住，便跟著去皇莊請罪，卻不想，皇莊裡的人壓根兒就不肯通報，害得他硬是在莊外等了大半天，最後還是一個好心的下人告訴他，燕王早就得知世子夜闖燕王府的事情，是故意不見他的。

這下連太夫人也坐不住了。燕王為人陰狠毒辣，若是他有心加害顧景柏，的確是件輕而易舉的事情，想到這裡，她急忙讓池嬤嬤把顧瑾瑜叫到慈寧堂。三丫頭怎麼說也曾幫忙清虛子給楚老太爺瞧病，多少有些薄面在，若是楚王府能出面幫忙周旋，說不定事情不會太糟。

顧瑾瑜意識到事情的嚴重，一口應下來，帶著阿桃去了五城兵馬司，她知道楚雲霆兼任五城兵馬司指揮使，平日都是在衙門裡辦公的。

楚九剛要出門，便見顧瑾瑜帶著阿桃在衙門前下馬車，得知是來找世子的，頗感意外，忙領著主僕兩人進衙門。

楚雲霆正坐在几案前批閱公文，得知顧瑾瑜的來意，寫字的手頓了頓，把毛筆擱在硯臺上，淡淡道：「襲擊王府，原本就是死罪，妳要我怎麼幫你們？」忠義侯府和建平伯府算是齊王慕容朔的人，如今被抓到這樣的把柄，燕王不落井下石才怪呢！

「我大哥哥並非襲擊王府，而是事出有因，他待麗娘情深意重，心上人卻被燕王搶走，他是心有不甘，所以才上門討人的。」顧瑾瑜站在他面前，懇切道：「如今我大哥哥身陷燕王府，生死未卜，求世子能出面幫忙周旋，讓我大哥哥早日脫身，世子大恩，臣女必銘記在心，日後定當還以重報。」

「顧三姑娘，此事就是說破了天，也是貴府世子太過衝動的錯。」楚雲霆看了她一眼，又拿起毛筆，繼續批閱公文，面無表情道：「律法面前人人平等，恕我幫不上這個忙。」

此事牽扯到兩王奪嫡之爭，他並不想捲入此事。

「若是律法面前人人平等，那燕王罪責豈不是更重？」顧瑾瑜見楚雲霆說得義正辭嚴，不禁有些懊惱，直言道：「這些年他仗恃自己是高高在上的皇子，做了多少欺男霸女的事情，想必世子比誰都清楚，如今他又帶走我府裡的人，難道我們就不能上門問一問嗎？敢情所謂的律法只是針對我們老百姓所設的嗎？」

「顧三姑娘，這是兩碼子事。」楚雲霆望著面前這個恬靜清麗的女子，輕咳道：「此事並非簡單的欺男霸女，而是牽扯到兩王相爭，妳大哥哥只是不幸捲入了而已，故而我勸顧三姑娘不必過於擔心。燕王行事雖然陰狠，卻也不想在世人面前留下殘害無辜的名聲，所以他不會讓妳大哥哥死在燕王府的。」

「我從來沒想到，楚王世子竟然如此會說話。」顧瑾瑜冷冷一笑，轉身就走。明明怕惹麻煩，不想幫忙，卻說得如此大義凜然，冠冕堂皇！也許，她原本就不該來。

楚雲霆望著她決絕而去的背影，繼續低頭批閱公文，可不知道為什麼，再下筆的時候，腦海裡總是迴響她臨走時所說的話。我從來沒想到，楚王世子竟然如此會說話。

想著想著，他心裡一沈，索性扔了毛筆，起身在窗下負手而立。她這話到底是什麼意思？什麼叫他如此會說話？

「世子，顧三姑娘走了？」楚九探頭探腦地走進來。

「楚九，你這就去燕王府走一趟，告訴咱們的眼線，讓他們確保建平伯府世子的安全。」楚雲霆捏捏眉頭道：「還有，務必把此事傳到皇上那裡，就說燕王不但搶了顧景柏的女人，還把顧景柏軟禁在燕王府，想除之而後快。」

「是。」楚九應聲退下。

第三十二章 因禍得福

不到天黑，顧景柏便被燕王府的人送回了建平伯府，聽說是皇上親自下的口諭。

眾人見顧景柏毫髮無損地回來，總算鬆了口氣。

尤其是沈氏，拉著顧景柏的手不肯放，泣道：「為了那麼一個女人，難道你連命都不要了嗎？你知不知道，你舅舅為了你，都求到了齊王面前！你能平安回來，肯定是齊王出面求情的，你說你若是有個三長兩短，你讓娘怎麼活啊？」

「柏哥兒，這次的確是你太衝動了。」沈乾嚴肅道：「你也不想想，燕王府豈是你想闖就能闖的？這次你能全身而退，幸而齊王進宮求情，也是咱們的幸運，否則，依燕王的性子，哪能輕易放了你？」

其實顧景柏這麼快就被放回來，沈乾心裡也納悶。

雖然他的確去找齊王求過情，齊王也答應幫忙周旋，但他剛剛來建平伯府，一杯茶還沒有喝完，顧景柏就被送回來，速度快得讓他驚訝。

但除了齊王能有這樣的本事，他想不到第二個人。

「柏哥兒，你聽見了沒有？以後可不能再任性了。」太夫人知道顧瑾瑜去求楚王世子被拒，自然沒有張揚此事，她也認為是沈乾四處奔走，齊王出手相助的結果。當著沈乾的面，她拉過顧景柏的手，吩咐道：「還不趕緊謝謝你舅舅。」

「謝過舅舅。」顧景柏撩袍跪下，面無表情。

「免了、免了。」沈乾扶起他，語重心長道：「男兒志在仕途，豈能被兒女之情牽絆？俗話說得好，書中自有顏如玉，書中自有黃金屋，男人唯一的出路便是功名，否則，一切都是空談。你記住，只要你有了權勢，你就有了一切。」

顧景柏木然地點點頭。

沈乾又拍了拍他的肩頭，起身告辭。

沈氏擦擦眼淚，起身相送，待出了慈寧堂，她才拽著沈乾的衣角道：「給齊王的謝禮，明日我就讓人送過去，日後看見齊王，還望哥哥多替世子美言幾句，他並非好色之人，只是年輕氣盛罷了。」

「這些我曉得，妳放心吧！」沈乾嘆了口氣，叮囑道：「柏哥兒到底是血氣方剛，若是能藉此激勵他讀書的慾望，倒也不是壞事，妳自己的兒子自己知道，他並非是個不成器的。」

「多謝哥哥提醒。」沈氏含淚應道。

「你父親為了你，傻傻地去皇莊求燕王，卻吃了閉門羹，被燕王晾在莊外大半天，短短一天的時間，像是脫了一層皮，累得幾近虛脫，到現在還不能下床，你去給他認個錯，求個情，也不枉他對你一片苦心。」太夫人硬是拉著顧景柏的手出門，邊走邊道：「祖母說句你不愛聽的話，那個麗娘若是個好的，斷斷不會就這樣跟著燕王，你如今為了她吃了苦頭，此事就此了了吧？」

祖孫倆來到春暉院。

顧景柏畢恭畢敬地給顧廷東下跪，神色沈沈道：「兒子不孝，讓父親跟著受折辱，兒子不敢求父親原諒，但兒子日後定會發憤讀書，考取功名，光宗耀祖。」

顧廷東見兒子毫髮無損地回來，猛地掀開被子下床扶起他，悲喜交加道：「兒呀，你能這樣想，父親做什麼都值了！只要咱們父子齊心，沒有過不去的坎。」

太夫人這才鬆了口氣。

待回到慈寧堂，太夫人對池嬤嬤感嘆道：「若是世子從此以後真的能發憤讀書，咱們也算是因禍得福了。」

「是啊，這次幸虧是齊王相助，否則，奴婢真的不敢想事情會成什麼樣子。」池嬤嬤替太夫人斟茶，嘆道：「這兩天府裡事多，難為太夫人了，您可要保重身子啊！」

「唉，誰讓我養的逆子不爭氣呢！」太夫人揑揑眉頭道：「桃紅的事情可不能再出什麼差錯了，原本我打算把麗娘許配給黃有福，黃有福雖然沒見過麗娘，卻也是願意從府裡娶個人過去的。妳問問桃紅，她若是嫁過去，倒也是美事一樁，省得再另尋別的姑娘了。」一想到顧廷西還惦記著桃紅，她心裡又是一陣窩火，不行，得趕緊把桃紅送走才行！

「太夫人放心，奴婢篤定桃紅是願意的。」池嬤嬤拍拍胸口道：「此事交給奴婢吧，奴婢明天就去找桃紅娘商量，保准這兩天就把這事辦好！」

「好，此事越快越好。」太夫人囑咐道：「妳告訴桃紅娘，我出五十兩銀子給桃紅添妝，讓她盡快準備妥當，早點把桃紅嫁過去。」

池嬤嬤一一應下。

果然不出池嬤嬤所料，桃紅娘對這門親事是一百個願意，恨不得立刻把女兒給黃有福送過去。

黃有福得知此事也很興奮，忙差人看好日子，訂在半個月後把人迎娶進門。

太夫人這才放心。

很快到了去大長公主府的日子。

一大早，楚九便親自趕著馬車把顧瑾瑜接到了大長公主府。

楚雲霆也在，或許是知道她那天生了氣，故而並未上前跟她搭話。

顧瑾瑜衝他微微福身，神色從容地跟著清虛子去楚老太爺的寢室，準備給他施針排毒。

楚老太爺已經沐浴更衣，得知兩人來給他治病，很是興奮，笑咪咪地對顧瑾瑜道：「姑娘，妳家裡給妳訂下親事了嗎？」

顧瑾瑜哭笑不得，搖頭道：「沒有。」

「太好了，正好我有個孫子沒有媳婦，不如妳給我孫子當媳婦吧？」楚老太爺咧嘴笑著，衝楚雲霆招招手。「來來來，到祖父這裡來，快說你願意娶她！」

楚雲霆挑挑眉，知趣地退了出去。

「大長公主，您也迴避一下吧！」清虛子只當沒聽見楚老太爺的話，面無表情道：「煩請大長公主給老太爺準備好熱水和乾淨的衣裳，施完針後，好給老太爺擦身換衣。」

「那就有勞神醫了。」大長公主聞言，立刻命人去準備。

待眾人退下後，清虛子悠閒地坐在几案前喝著茶，吩咐道：「好了，妳可以開始了。」

「師伯，我給老太爺下針？」顧瑾瑜頗感意外，說好的打下手呢？若不是之前蕭盈盈跟她說了清虛子的過往，她都要以為這人是個江湖騙子了！那天叫她親自把脈，今日又讓她動手施針，到底誰給誰打下手啊？

「當然是妳了。」清虛子喝了茶，又開始吃擺在几案上的玫瑰酥，邊吃邊道：「這麼點小事，難不成還要我親自動手？妳師父怎麼教妳的，妳就怎麼做，若是出了什麼事，我替妳擔著便是。」

「師伯言重了，若是我出手有失，絕對不會讓師伯代為受過的。」顧瑾瑜頓感無語。「我答應來給師伯打下手，卻沒有答應親自給老太爺施針。」

窗外，楚雲霆負手而立，靜靜地聽著兩人的談話，嘴角忍不住揚起一絲笑意。世間能跟清虛子一起共事的，怕也只有她了。

須臾，他腦海裡又冷不丁浮現出記憶深處那個清幽的影子。記得她說話時的表情也像她這般莊重，只不過那時他只是遠遠地看著她，從來都不曾靠近過。如今，他站在窗外，看著她，竟然有一種似曾相識的感覺湧上心頭。

「有什麼區別嗎？」清虛子眨眨眼睛問道。

「當然有區別。」顧瑾瑜仰起臉，一本正經地看著他。「我只欠師伯的人情，卻並不欠楚王府。」

「哼，小丫頭年紀不大，倒是個伶牙俐齒的！」清虛子欠了欠身，打著哈欠道：「別磨蹭了，妳既然承認妳欠我一個人情，就該想著怎麼把這個人情還上，而不是為了這等小事斤斤計較。妳別告訴我，妳不敢動手施針。」

算了，再拖延下去也沒意思。「師伯的激將法雖然不怎麼高明，但我還是妥協了，誰讓我曾經欠您人情呢！」顧瑾瑜只得上前扶老太爺躺下，取出銀針，開始動手施針。

「姑娘，下針很疼嗎？」楚老太爺老老實實地躺好，孩子般地問道：「我很怕疼的。」

「老太爺，您放心，不疼的，您睡一覺，很快就好了。」顧瑾瑜說著，抬手點了他一處穴道，楚老太爺很快昏睡過去。

「哼，想不到昔日叱吒沙場的猛將也有說怕疼的一天，老朽還以為這些猛人是鐵打的呢！」清虛子冷笑。「說起來，這楚老太爺可不是一般人物，昔日他在軍中的時候，百萬軍中取頭領首級是輕而易舉的事情。可惜啊！人算不如天算，讓他成了這副樣子，渾渾噩噩的，還不如死了。」

「師伯的話，恕我不能苟同，我倒覺得老太爺為了大長公主都應該活著，他在，人家老倆口還是團圓的。」顧瑾瑜好氣又好笑道：「再說，眼下他雖然神智不是很清醒，但他依然活得快樂，若是死了，那才是真正什麼都沒有了。」

「妳倒是看得開。」清虛子聳聳肩，一抬腳，發現鞋子破了個洞，看了顧瑾瑜一眼，握拳輕咳道：「妳師父教過妳做鞋嗎？」

「沒有。」顧瑾瑜的目光在他腳上看了看，忍俊不禁道：「師伯怎麼這麼問？」

「妳替我做雙鞋……不，兩雙。」清虛子摸著下巴道：「或者以後我的鞋，妳都包了吧？」

「好。」顧瑾瑜痛快地點點頭，又道：「不過我有一個問題，您必須如實回答。」

「妳問。」清虛子清清嗓子，正襟危坐。

「我師父當真是您的心上人？」顧瑾瑜一邊施針，一邊問道：「這些年，您一直在找尋她？」

楚老太爺頭上、身上很快插滿了長短粗細不一的銀針，正隨著他的呼吸，輕輕顫著。

「怎麼有兩個問題？」清虛子不耐煩地問道：「到底是誰告訴妳這些亂七八糟的？」不用猜，就知道這丫頭肯定見過蕭家的人了。哼，他就知道，蕭家的人個個都是大嘴巴！

「若是師伯不想回答，那我就不給您做鞋。」顧瑾瑜不依不饒道：「反正我又不是您的徒弟。」

窗外，楚雲霆饒有興趣地聽兩人鬥嘴，情不自禁地低頭看了看自己的鞋。他的鞋從小到大都是大長公主和身邊的許嬤嬤親手做的，不曾經過外人的手，甚至他母親也不曾替他做過。

「算……是吧！」清虛子支支吾吾地應道。說起來，那個女人當真倔強，一躲這麼多年，硬是狠下心腸來不見他，真是氣死他了。

「什麼叫算是吧？」顧瑾瑜對他的回答很不滿意，補充道：「那我是不是可以理解為，我師父是您的心上人，這些年您一直在找她？」

「好了、好了，妳說怎樣就怎樣吧！」清虛子炸毛一樣，在屋裡來來回回地走了幾圈，見顧瑾瑜抿嘴只是笑，便訓斥道：「施針的時候不要說話，要凝神！妳師父當初是怎麼教妳的？」

「師伯，是您先開口要我替您做鞋的好不好？」顧瑾瑜反回道。

「施針、施針！」清虛子甩甩袖子，撩袍坐下，氣呼呼地說道：「不准說話了，誰說話誰是王八！」

「……」

半個時辰後，顧瑾瑜才小心翼翼地取下楚老太爺身上的銀針，還好，一切順利，再回頭看清虛子，見他早就趴在桌子上沈沈睡去，嘴角竟然還流著口水……

好吧，這個清虛子一定是個假神醫！

待兩人回到別院，蕭盈盈早就等候多時。

「妳來幹什麼？」清虛子對蕭盈盈的到來頗感意外，瞇眼問道：「妳祖父死了？」

「沒有，他好著呢！」蕭盈盈上前拉起顧瑾瑜的手，淺笑道：「我是來找瑜妹妹的，順便來看看神醫。」

清虛子冷哼一聲，抬腿就往屋裡走。

「不是、不是，剛剛說錯話了！」蕭盈盈忙上前拽住清虛子的衣角，嬌嗔道：「神醫伯伯，我是來看望您，順便瞧瞧瑜妹妹的！不瞞神醫伯伯，我們兩家正在議親……」

「妳老實待在銅州就好，跑到這麼個人不人、鬼不鬼的地方來幹麼？」清虛子瞪了蕭盈盈一眼，背著手繞著她轉了一圈，沒好氣地說道：「妳祖父那個老不死的跟妳有仇啊？妳以為建平伯府那個小子是什麼好東西嗎？不過是個紈袴子弟罷了，值得妳千里迢迢跑來嫁他？到時候有妳後悔的，他老糊塗了吧？」

「師伯，我大哥哥並不是紈袴子弟，他人好著呢！」顧瑾瑜再也聽不下去了，提醒道：「他讀書一向用功，明年春試，定會榜上有名，蕭姊姊嫁給我大哥哥，定不會後悔。」

平心而論，她覺得顧景柏真的不是紈袴子弟，而是敢愛敢恨的性情中人罷了；畢竟他喜歡麗娘，並不是他的錯，錯的只是世俗規矩和門第偏見。

蕭盈盈見顧瑾瑜這麼說，悄悄紅了臉。

「哼，他若不是紈袴子弟，會跟燕王搶女人？」清虛子頓覺好笑，低頭瞧了瞧自己露出一根腳趾頭的鞋子，又抬頭看了看顧瑾瑜，不屑道：「妳不用替他說好話，那小子我見過，長得雖然沒有我年輕時候好看，但好歹算是人模人樣，只是人輕狂了些，竟然跑去聽歐陽老匹夫的講壇，妳說他不是紈袴子弟是什麼？」

歐陽曲雖然名揚天下，但年經的時候卻是整天鬥雞走狗、酗酒嫖賭，連成親都是用繩子綁著才入洞房的，他若不是紈袴子弟，誰是紈袴子弟？清虛子打心眼裡瞧不起他！

「神醫剛剛說，世子跟燕王搶女人？」蕭盈盈一頭霧水地看著顧瑾瑜。

「蕭姊姊，不是這樣的。」顧瑾瑜不理會清虛子，上前拉著蕭盈盈走到窗前坐下，一五一十地把事情的經過大致說了一遍。當然，她省略掉顧景柏對麗娘的癡情，只說因麗娘曾經在府裡當過差，在佛陀山失蹤，卻冷不丁進了燕王府，顧景柏只是想當面問清楚罷了。

並非她有意隱瞞實情，而是蕭盈盈知道真相，還不如不知道；換作哪個姑娘，都不願意聽到自己未來的夫君，為了一個女人鬧出如此荒唐的事情。

清虛子在一旁聽了，冷笑幾聲，趿拉著鞋進了裡屋。女人啊！就會自欺欺人，嘖嘖，他真是不明白。

「原來如此。」蕭盈盈表示理解，羞澀道：「看來世子也是性情中人，那個麗娘能得到他如此照顧，想必她定有過人之處，可惜我跟她是不能見面了，要不然日後替世子收房，倒是成人之美。」

顧瑾瑜半晌無語，敢情麗娘的事情，太夫人和大房是白折騰了啊？他們原本擔心麗娘的事情讓蕭家忌憚，卻不想，蕭盈盈竟是半點不計較，她真不知道說什麼好了，看來有時候真的不能以己之心度人之心的。

兩人閒聊了幾句，才各自散去。

「瑜丫頭，記得給我做鞋啊！」清虛子硬是把自己的一雙舊鞋塞給她，再三囑咐道：「記得把鞋底的布用艾草浸泡三天，晾乾再用，要不然我是不穿的哦！」

「好好好！」顧瑾瑜連聲回應，揶揄道：「看來師伯認我為師姪的真正目的，不過是想讓我給您做鞋罷了。」

「隨妳怎麼想！」清虛子冷哼一聲，背著手進屋。

「神醫，燕王殿下求見。」門口侍衛前來稟報。

「不見！」清虛子掀開簾子探頭道：「就說本神醫剛剛給老太爺施了針，身子乏困得很，不見任何人！」

侍衛訕訕退下。神醫就是神醫，連燕王也不放在眼裡呢！嘖嘖。

第三十三章　當局者迷

慕容啟得知清虛子不見他，雖然很生氣，卻不敢在大長公主府發火，只得悻悻地打道回府。

「三哥可是去大長公主府請安？」慕容朔迎面騎馬而來。

慕容啟自然不會跟他說實情，勉強笑道：「許久未見大長公主，心裡自然甚是掛念。」

「三哥果然孝順。」慕容朔策馬上前，輕聲道：「我剛剛從宮裡出來，得知三哥剛得一佳人，在此向三哥道賀。」

「唉，別提了，為了那女人，我還被父皇訓斥一頓呢！」慕容啟苦笑道：「此等小事，不知道怎麼就傳到了宮裡，只當我運氣背。」不過想到那麗娘的銷魂，他又覺得就是被訓斥也值了。建平伯府那毛頭小子算什麼東西，也配跟他搶女人？

「三哥果然是當局者迷啊！」慕容朔好脾氣地笑笑。「我可是聽說此事大有隱情呢！」

「怎麼說？」慕容啟頓時來了興趣，見路上來往行人甚多，實在不是說話之地，便跳下馬車，拉著慕容朔，去不遠處的醉風樓。

兩人上了二樓，臨窗而坐。

「三哥如此鄭重，我倒覺得自己多事了。」慕容朔望著街上熙熙攘攘的人群，感嘆道：「你知道我向來信奉與世無爭，也不願意參與這些亂七八糟的事情。」

「哎呀到底是怎麼回事？你直說便是，真是急死人了！」慕容啟急切道：「你這樣吞吞吐吐，我倒是猜到是誰了，肯定是二哥對不對？我就知道他專門盯著我的短處呢！」

「這次三哥是真的錯怪二哥了。」慕容朔往前傾了傾身子，意味深長道：「父皇宮裡的當值小太監說，當時蘇公公原本打算出宮回家，卻不知道怎麼突然跟著父皇去了書房，隨後父皇便下了讓三哥放人的旨意。」蘇公公跟楚老太爺是莫逆之交，用腳趾頭想想，就知道他是奉誰的命令才跟皇上遞消息的。

「竟有這等事？」慕容啟愣了一下，啪地一聲拍桌子。「這麼多年，枉我覺得楚王府行事清廉公正，不想他們竟然也會行這等損陰鷙之事！」說不定連他去大長公主府請神醫碰壁，都是楚雲霆授意的！哼，果然是知人知面不知心啊！

「三哥息怒。」慕容朔對慕容啟的反應很滿意，裝作同情地拍了拍他的肩頭。「興許是我想多了呢！」

「哼，蘇公公是誰的人，咱們大家都心知肚明，若不是他，還能有誰？」慕容啟憤憤道：「父皇也是，明明知道那老太監是楚王府的人，還留在身邊百般重用，真是老糊塗了！」蘇公公是一人之下，萬人之上的執筆太監，更是油鹽不進的主，他幾次重禮賄賂，都被擋了回來，早就看那個老東西不順眼了，卻偏偏動不了他。

「三哥這話當著我的面說說也就罷了，切不可再提。」慕容朔忙壓低聲音道：「小心隔牆有耳。」咳，這醉風樓也是楚王府的產業呢！

慕容啟會意，氣得倏地起身，拂袖而去。

既然楚雲霆跟他玩陰的，那他也跟楚雲霆玩陰的，當他堂堂燕王是好糊弄的嗎？

慕容朔推開窗子，望著慕容啟氣急敗壞的身影，不由得嘴角微翹。這麼蠢的人，也配跟他爭奪皇位？待他們狗咬狗，兩敗俱傷後，他再出手也不遲。

顧瑾瑜回到建平伯府，給太夫人請安後，便回去清風苑，翻箱倒櫃地找布料，打算給清虛子做鞋；不管怎麼說，她好歹喊他一聲師伯，這點小事，還是不在話下。

她不但要給他做鞋，還要給他做幾件新衣裳。

顧瑾萱盈盈進屋，見顧瑾瑜正在挑選鞋樣，便上前討好道：「三姊姊，妳這是準備給父親做鞋嗎？」

「不是。」顧瑾瑜不搭理她，冷冷問道：「四妹妹有什麼事情嗎？」

「三姊姊，我、我也想參加詩畫社。」顧瑾萱親暱地坐到顧瑾瑜身邊，低眉屈膝道：「煩請三姊姊跟寧五小姐說一聲，把我也算上，我作詩、畫畫、女紅都行的，到時候，肯定不會給顧家丟臉的。」能進詩畫社的，都是有才氣的女子，到時候，肯定會讓別人刮目相看。

顧瑾瑜想也不想地點頭答應。「那妳回去準備一下，明天跟我一起去忠義侯府便是。」

「多謝三姊姊！」顧瑾萱心花怒放，繼而滿是歉意道：「之前是我不懂事，得罪了三姊姊，還請三姊姊看在咱們是親姊妹的分上，就原諒妹妹吧？」

「四妹妹，過去的事情就過去了，只要妳日後不再胡攪蠻纏，我是不會跟妳過不去的。」顧瑾瑜無所謂道：「因為我的興趣從來都不在妳身上，也不在府裡的任何一個人身上，我只想簡簡單單地過日子罷了。」

「這些我自然知道。」顧瑾萱粉臉微紅，來回絞著衣角道：「父親說，咱們總是親姊妹，要互幫互助，不分妳我。」

顧瑾瑜微微瞇眼，她就知道若是無所圖，顧瑾萱不會如此熱情。

「三姊姊別誤會，我不是來跟三姊姊要東西的！」顧瑾萱總算聰明了一回，忙解釋道：「我的意思是，咱們姊妹一起加入詩畫社，總比三姊姊一個人去強。二姊姊雖然也加入詩畫社，但終究不是咱們房頭上的，再說，她一向瞧不起咱們二房的姊妹，還說咱們是借住在建平伯府的，她才是府裡真正的嫡女呢！」

顧瑾瑜笑笑，沒吱聲，讓青桐拿剪子，開始剪鞋樣。她對這些事情不感興趣，更不想跟顧瑾萱一起談論顧瑾珝的長短。

顧瑾萱討了個沒趣，略坐了坐，便起身告辭。

到了九月十五這天，姊妹三人各自坐著馬車，如約去忠義侯府。

沈亦晴長袖善舞、八面玲瓏，在京城閨閣女子中很吃得開，詩畫社一成立，幾乎京城一半以上的千金小姐們都來捧場，更讓眾女子驚訝的是，南宮大小姐也來了。

詩畫社設在忠義侯府的梔子花林裡。

時值九月，原本應該凋零的梔子花，卻依然開得燦爛，放眼望去，仍是一片雪白，濃郁的香氣隨風暗浮，沁人心肺。

林間的空地上，數十張桌椅團團圍了一大圈，桌椅上放著文房四寶，五、六個小丫鬟在不遠處支起鍋灶燒水沏茶，佈置得有模有樣。

「沈大小姐，既然大家都到了，那就開始吧！」南宮素素被貴女們簇擁著進了林子，喧賓奪主道：「我提議咱們就以梔子花為題，各人畫下一幅梔子花圖，然後再請公子們定奪魁甲。」她向來不愛做那些酸詩，唯恐沈亦晴提議大家作詩，索性提議畫畫。

公子們？貴女們紛紛驚訝，難不成今日這林中還有男子不成？

「各位姊妹不要見怪，是我大哥哥恰好邀請楚王世子、趙將軍還有程大公子在茶樓喝茶，他們不在這林子裡。」沈亦晴得意道：「若是咱們的畫入了他們四大才俊的眼，倒也成就咱們詩畫社的名聲了。」說著，目光在顧瑾瑜身上看了看，心裡冷哼道：臉皮可真厚的，她怎麼有臉來？因為上次的事情，沈亦瀾現在還被禁足呢！

南宮素素也在人群裡發現了顧瑾瑜，想到她之前跟她的霆表哥卿卿我我的樣子，氣不打一處來，逕自走到她面前，冷笑道：「哎喲，今天是什麼好日子啊！怎麼不要臉的人也來了？」

貴女們會意，一陣鬨堂大笑，紛紛上前饒有興趣地看熱鬧。

南宮素素一向愛慕楚王世子，並不是什麼秘密，而之前顧瑾瑜有意跌倒在楚王世子馬下的事情，也一度在京城裡傳得沸沸揚揚，最後傳出顧瑾瑜是被人推出去的，才算勉強平息了此事。可私下裡仍有人議論，建平伯府之所以說顧瑾瑜是被人推出去，分明是為了替自家人遮醜罷了，那麼多人，怎麼偏偏推她？

如今，南宮素素看見顧瑾瑜，豈能不憎恨她？

「南宮大小姐說笑了，今日詩畫社開張，這麼多千金小姐前來捧場祝賀，如此盛景實在是可喜可賀。」顧瑾瑜淡淡道：「怎麼在南宮大小姐眼裡，竟然都成了不要臉呢？」

「哼，妳少在那兒裝蒜了，妳知道我在說誰！」南宮素素冷哼道：「也不掂量掂量自己是什麼身分，竟然敢打楚王世子的主意，真是不要臉！」

「據我所知，愛慕楚王世子的人一直是南宮大小姐。」顧瑾瑜依然面色沈靜道：「難不成有人說南宮大小姐不要臉？還是南宮大小姐自己說自己不要臉？」

「妳、妳才不要臉呢！」南宮素素大怒，扠著腰，指著顧瑾瑜道：「我告訴妳，妳不要以為自己會一點醫術，打著神醫師姪的幌子出入大長公主府，就能接近我霆表哥，我霆表哥是不會喜歡妳的！」

「哼，我無須楚王世子喜歡，因為我也不喜歡他。」顧瑾瑜氣極反笑。「南宮大小姐，妳喜歡他，但不要以為人人都喜歡他，實話跟妳說，我對妳的霆表哥一點興趣也沒有！」

「好了、好了，兩位都不要吵了！」沈亦晴見兩人越吵越凶，忙上前勸道：「今日咱們詩畫社開張，兩位都給我幾分薄面，咱們還是先畫畫吧！」

「就是啊，今日詩畫社開張，大家就不要大動干戈了，有話好好說嘛！」寧玉皎剛剛到場，依稀聽見南宮素素跟顧瑾瑜在爭吵，立刻從人群中擠過來，招呼大家道：「府裡給每個人準備了畫板，大家各自取畫板畫吧！」

貴女們這才表情不一地散開，紛紛拿畫板去林中畫畫。

南宮素素一跺腳，狠狠地瞪了顧瑾瑜一眼，拿著畫板後怒氣沖沖地轉身就走，結果剛走沒幾步，突然腳下一個趔趄，撲通一聲，連人帶畫板一頭栽倒在地上，摔了個狗吃屎！

「南宮大小姐，您沒事吧？」寧玉皎忍著笑，上前扶起她，見她身上的衣裳都沾了草屑，忙喚過站在一旁的丫鬟扶她去換衣裳。

貴女們裝作沒看見，很快四下散開。

南宮素素想發火，卻不知道拿誰出氣，只得悻悻地跟著丫鬟去換衣裳。霆表哥還在這裡，她捨不得走。

顧瑾瑜完全無視南宮素素的狼狽，神態自如地走到樹下，開始潑墨作畫。這棵梔子花樹一半繁花正茂，另一半卻開始凋零，些許花瓣隨風落下，樹下很快鋪了一層薄薄的花瓣。

「三妹妹，可真有妳的，連南宮大小姐妳也敢得罪！」顧瑾珝走到顧瑾瑜面前，冷冷道：「妳知道她是誰嗎？若是惹惱了他們家，妳讓我父親和二叔日後怎麼做官？」

真是不明白，忍忍就過去的事情，非要跟人爭個你高我低的，也不掂量掂量自己是誰！一個六品主事的女兒，有什麼自信跟堂堂大將軍的千金叫囂啊？

「二姊姊妳哪隻眼睛看見是我得罪她了？」顧瑾瑜不看顧瑾珝，只顧作畫，冷諷道：「難不成為了大伯他們的官位，我就應該忍氣吞聲，在眾目睽睽之下受人折辱？若他日有人為難二姊姊，二姊姊是打算打不還手、罵不還口嗎？」

「三姊姊，二姊姊不是那個意思。」顧瑾萱不知道從哪裡冒出來，提著裙襬上前，有板有眼地勸道：「南宮將軍位高權重，可不是咱們小小的伯府能惹的，俗話說得好，忍一時風平浪靜嘛！」之前她是不屑這樣勸顧瑾瑜的，但現在不一樣了，現在顧瑾瑜怎麼說都跟大長公主府走得近，說不定哪天入了大長公主的眼，攀上楚王府的關係，她也能跟著沾點光啊！她母親說了，人得學會審時度勢。

「哼，連四妹妹都懂的道理，怎麼就是跟三妹妹說不通呢？」顧瑾珝冷笑道：「若妳執意認為自己是對的，就當我們沒說吧！」說著，拽著顧瑾萱就走。

「三姊姊，那我們先去那邊，妳不要生氣了。」顧瑾萱安慰道。

「走了、走了，妳說再多，人家也是不領情的！」顧瑾珝白了顧瑾萱一眼，硬是拖著她去別處。

兩人剛站定，便見兩個面生的女子並肩朝她們走來，其中穿紅衣的女子上下打量顧瑾萱後，不冷不熱地問道：「妳是顧主事的女兒？」

「正是，請問兩位姊姊是？」顧瑾萱朝兩人盈盈一禮，頗有些受寵若驚。

若不是沾了忠義侯府的光，就憑她的身分哪能參加這樣的聚會？如今這兩個女子主動跟她搭訕，看樣子是有意跟她結交，讓她很是激動。

「我父親是吏部於侍郎，也是妳父親的頂頭上司。」綠衣女子揚起下巴，親暱地挽住紅衣女子的胳膊，得意道：「這是我侍郎府的大小姐，也是我的長姊，聽妳父親說妳的雙面繡堪稱京城一絕？」

「於姊姊為何有此一問？」顧瑾萱心裡暗暗叫苦，之前她的確是送給父親幾條手帕子，但那是大姊姊顧瑾華繡的，當時為了討好父親，說是自己繡的，父親因為此事還訓斥了三姊姊，說三姊不如自己孝順長輩呢！萬萬想不到，竟然會在這種場合上被人揪出來，早知道如此，當時就不說是自己繡的了。

「妳父親成天拿著妳給他繡的手帕子在衙門裡炫耀，說妳如何乖巧懂事、如何心靈手巧，還說妳繡的手帕子京城無人能及。」紅衣女子揚起下巴，冷冷道：「剛巧我也在學雙面繡，今日正好討教幾招！」哼，她的雙面繡可是宮裡的嬤嬤手把手教的，還不信了，小小吏部主事的女兒能比她強？

顧瑾玥這才恍然大悟。她恰恰是知道這兩位小姐的，穿紅衣的是於侍郎的嫡長女於洛瑩，綠衣女子則是庶女於蓮蓮，聽說於洛瑩嫡親的姨母是皇后身邊很得寵的女官，故而於洛瑩的身分跟著水漲船高，這樣的聚會自然少不了她。

「剛剛南宮大小姐不是說畫畫嗎？」顧瑾萱頓時慌了，聲如蚊蚋，求救般看著顧瑾玥。

顧瑾玥裝沒看見，看她沒用啊，她不會雙面繡，更何況，這些都是他們二房惹出來的，跟她並無關係好吧？

「呵呵，顧四小姐不要擔心，等畫完畫，就輪到展示繡工了。」於洛瑩好脾氣地衝她莞爾一笑。「彩線和繃子我們都準備好了，待會兒一交畫，顧四姑娘就能大展身手！」

「……好。」顧瑾萱硬著頭皮應道，心裡卻是異常懊惱，原本她就不該來的！好後悔，怎麼辦啊？

第三十四章　詩畫社

南宮素素雖然摔了一跤，在貴女們面前丟了醜，卻並不感到尷尬，待換好衣裳，梳洗打扮一番，竟然又嫋嫋娉娉地回到林中，繼續作畫。她之所以提議畫畫，自然是胸有成竹的，從小，她父親就專門替她請了畫工師傅教她作畫，若她是第二，何人敢稱第一？

待眾人畫完，沈亦晴便逐一收起，讓小丫鬟送到茶樓那邊供公子們賞閱。

時忠也在，望著貴女們的畫作，笑著對程禹說道：「若說評畫，最有發言權的自然非程大公子莫屬嘍！」

「哪裡、哪裡！大家都瞧瞧，都瞧瞧！」程禹手裡的摺扇越加搖得起勁，命人把畫作一一展開。

沈元皓和趙晉也饒有興趣地上前觀看。

楚雲霆眼皮也不抬一下，自顧自地喝茶。

「若論畫功，當推這幅畫為魁。」程禹扯過南宮素素的畫，瞥了一眼楚雲霆，繼而又取過顧瑾瑜的畫，細細端詳一番，繼續點評道：「但若說意境氛圍，定是這幅無疑。」

南宮素素滿紙的繁花錦簇，花瓣枝頭也畫得維妙維肖，一看就是有底子的，但顧瑾瑜的畫則更為取巧，不但有半樹繁花，更有藍天白雲，甚至連樹下的蜂蝶也畫得異常逼真，讓人心生嚮往，想要情不自禁地走進畫裡。

「呵呵，堂堂程大公子也打起啞謎來了！」趙晉咧嘴笑道：「若說賞畫，自當首推意境氛圍，若是沒有這些，豈不就是一堆筆墨罷了，這有什麼好糾結的？」

「趙將軍所言極是！」程禹點點頭，立刻下筆做了批註。

「看了顧三姑娘的畫，我倒是等不及了，走，到園子裡瞧瞧去！」趙晉率先起身往外走，邊走邊道：「她們詩畫社首次開張，咱們京城四大才俊豈能不去捧場？」

「只是男女授受不親……」程禹有些猶豫。

「哈哈，難不成你擔心有人打你的主意？」趙晉不以為然道：「你放心，有咱們楚王世子在，沒人會注意你的。」

「這倒也是。」程禹哭笑不得。

楚雲霆才是京城貴女們的夢中人，有他在，他們這些人不過是陪襯罷了。

「去瞧瞧也無妨，府裡剛剛修建園子，又栽種了不少綠植，能遊玩的地方不光只有梔子花林一處。」沈元皓笑道：「保准讓她們發現不了咱們。」

眾公子們欣然答應，饒有興趣地起身去了園子。

梔子花林裡，第二輪的繡工比試已經準備妥當了。

顧瑾萱欲哭無淚，於家姊妹挑明了要她繡雙面繡，她是真的不會啊，怎麼辦？

紫檀知道自家主子的尷尬，忙上前低聲道：「事到如今，四姑娘唯有使用苦肉計了。」

「苦肉計？」顧瑾萱一頭霧水。

紫檀靠近她的耳朵，一陣嘀嘀咕咕。

顧瑾萱咬咬唇，點頭道是，而後顫顫巍巍地拿起繡花針，對著自己的手指刺了下去，鮮血迅速地湧出來，滴在綳子上。

紫檀立刻大驚小怪地喊道：「哎呀，姑娘，您怎麼扎出血了？」

「我、我沒事，快給我包紮一下。」顧瑾萱疼出了眼淚，齜牙咧嘴道：「我還得繡雙面繡呢！」

雙面繡？貴女們頗為驚訝，雙面繡的繡法極其複雜繁瑣，一般貴女是不會這種繡法的。

「不行啊姑娘，您都流血了！」紫檀乘機道：「奴婢還是帶您去包紮一下吧？」說著，忙起身走到顧瑾玥面前，盈盈一禮。「二姑娘，四姑娘傷了手，奴婢跟四姑娘先行告辭了。」

「既然四妹妹傷了手，那就先回去吧！」顧瑾玥不動聲色地點頭應道，心裡暗忖，這四妹妹總算不是太笨，知道用這樣的方式脫身，要不然，丟臉就丟大了。

主僕倆一溜煙地退出了梔子花林。

剛走沒幾步，便遠遠看見公子們正有說有笑地朝這邊走來，讓顧瑾萱感到欣喜的是，時忠竟然也來了。

「姑娘，眼下顧不上時公子了，咱們還是先走吧！」紫檀最是瞭解顧瑾萱的心思。「上次他救了姑娘，若是對姑娘有心，肯定會去府裡提親的，這個時候見面，總是不妥。」

顧瑾萱顧不得喊疼了，臉紅道：「若是他不肯去府裡提親呢？」他又不知道她傾慕他，她覺得她應該先讓他知道她的心意才行。

「四姑娘儘管放心，時公子怎麼說也是大家公子，怎麼可能連這點禮數都沒有，咱們安心等著便是。」紫檀眼珠子轉了轉，勸道：「如果咱們這樣貿然出去相見，反而會讓他覺得姑娘不夠端莊。」說著說著，她心裡不禁一陣失落，她這麼聰明卻只能為人奴婢，哎呀，不公平啊！不公平啊！

「好，咱們還是走吧！」顧瑾萱依依不捨地看了看那個清風明月般的男子，悻悻地離開忠義侯府，心裡暗暗埋怨父親，要不是他，她哪會如此狼狽？

「哼，什麼扎了手？分明是臨陣逃脫罷了！」望著主僕倆落荒而逃的身影，於蓮蓮不屑道：「看樣子，顧主事手裡的手帕子不知道是誰繡的呢！」

「我就知道她們小門小戶出身，哪裡會雙面繡！」於洛瑩一邊飛針走線，一邊冷笑道：「等回去就把此事跟爹爹說，顧家哪有人會繡雙面繡，不過是顧主事信口開河罷了！」

貴女們聞言，看顧瑾珝和顧瑾瑜的眼神就多了幾分不屑。不會就不會，打腫臉充胖子算什麼本事？

感受到四下裡的目光，顧瑾珝只覺臉上火辣辣的，心裡把顧廷西恨得牙癢癢的。別說自家女兒不會雙面繡了，就是真的會繡，也不用這樣到處嚷嚷吧？這下好了，要被人嘲笑死了！

貴女們一邊竊竊私語，一邊繡著手裡的綳子，她們也覺得剛才顧家四姑娘是故意的，否則這麼多人，怎麼唯獨她扎傷手？

「哼，果然是小門小戶，上不了檯面！」南宮素素瞥了一眼顧瑾瑜，幸災樂禍道：「我看待會兒顧家的姑娘都要扎手走人了！我就說想進詩畫社是要看出身的，要不然阿狗、阿貓都放進來，又拿不出什麼才藝，實在是難以服眾啊！」

顧瑾珝聽南宮素素這樣說，越覺尷尬，但偏偏她也不會雙面繡，只能將一口惡氣憋在心裡，轉頭看了看顧瑾瑜，見她低著頭，臉上並無半點波瀾，一副置身事外的姿態，心裡越加生氣，她果然被他們二房連累死了！

「南宮小姐所言極是，我看咱們的詩畫社得好好定定規矩！」於洛瑩放下繡針，斜睨著顧家姊妹，不依不饒道：「若無才藝者，自動退出詩畫社，省得辱沒了我們詩畫社的名聲！」

「好！」南宮素素拍手稱快，轉頭對沈亦晴道：「沈小姐，可否請公子們把咱們適才的畫作排出名次來？如此也好把濫竽充數的人踢出去！」

沈亦晴和寧玉皎對視一眼，兩人交換了一下意見，欣然答應。

「畫作由公子們來定奪，我自然沒有異議，只是這繡品由誰來評出優次呢？」顧瑾瑜不疾不徐地問道：「既然要比試繡工才藝，自然得找個行家來評定才是。」

前世除了看醫書，她唯一的消遣就是做女紅，什麼蘇繡、湘繡、雙面繡，她全都一一學了個遍，為此，當年程貴妃還特意讓宮裡的女官去程府指點過她呢！

「巧得很，我姨母程貴妃身邊的戴嬤嬤今日恰好在府裡做客，她之前曾經做過尚衣局正五品女官，女紅技藝自然了得。」沈亦晴立刻說道：「我現在就請她過來裁決一二，我想大家應該沒有異議吧？」

「當然沒有異議。」於家姊妹異口同聲地應道。

「那就請戴嬤嬤屈尊過來裁決便是。」南宮素素嘴上說著，心裡卻很沒有自信。她的女紅雖然有師傅專門教過，但她一拿針就想睡覺，連教她的師傅看了她的繡品也連連搖頭，但一想既是宮裡的女官，自然知道眉眼高低，說不定會給她個面子，把她的繡品評為優等呢！

貴女們也紛紛點頭應是。

顧瑾瑜聞言，微微垂下眸子，當年指點她女紅的女官，正是戴嬤嬤。

忠義侯夫人程氏正陪著戴嬤嬤坐在暖閣裡喝茶，見沈亦晴冒冒失失地闖進來，請戴嬤嬤過去評定貴女們的繡品，忍不住嗔怪道：「妳這丫頭當真無禮！戴嬤嬤好不容易出宮來咱們府裡小坐，妳卻拿這些小事來煩嬤嬤，還不快退下！」

「夫人言重了。」戴嬤嬤在宮裡混久了，哪能這點眼色也看不懂？忙起身道：「早就聽聞府裡剛剛修建園子，娘娘一直念叨著要過來看看，如今我正好先替娘娘瞧瞧，等回了宮，也好跟娘娘有個交代。」

「如此，那咱們就去看看吧！」程氏也跟著起身，淺笑道：「姑娘們弄了個詩畫社，又是比畫畫，又是比女紅的，讓嬤嬤見笑了。」

「還是年輕好啊！」戴嬤嬤笑得格外開懷，半點也沒有被打擾的樣子。「等我回去就跟四公主、五公主說說詩畫社，說不定她們也感興趣呢！」

「那小女子就煩請嬤嬤帶個話，說我們詩畫社每逢月半開社，恭候兩位公主大駕！」沈亦晴眼睛一亮，她自幼愛慕慕容朔，心心念念想嫁給他，之前慕容朔心悅程嘉寧，她沒有機會，如今程嘉寧意外身亡，她覺得她的機會來了！若是能跟公主們走得近些，以後見到慕容朔的機會自然就多了些。

「這丫頭，給根棍子就順著往上爬了，當真沒個大家閨秀的樣子！」程氏笑罵道：「都到了說親的年紀，還這麼不懂規矩！」

「母親……」沈亦晴倏地紅了臉，捂臉快走幾步，走在兩人前面。

「其實娘娘也一直有此意。」戴嬤嬤會意，低聲道：「只是最近這半年，先是太子遇刺，後又是程二小姐出事，皇上和娘娘都焦頭爛額，一時顧不上這些而已。」

「我都知道。」程氏抬手扶了扶鬢間的鎏金點翠步搖，語重心長道：「為此我家世子的婚事也是一直拖著，我只盼今年趕緊過去，去去這些霉運，早點把婚嫁的事情了了。」

戴嬤嬤也跟著長長地嘆了一聲。「京城傳言，說是三王奪嫡，其實秦王和燕王才是鬥得厲害，咱們齊王一直規規矩矩地幫皇上做事，娘娘也說了，不讓齊王參與那些亂七八糟的事情呢！」

「有時候只是身不由己罷了。」程氏幽幽道，事關朝局之事，她自然不能跟著議論。

貴女們見沈亦晴真的請來戴嬤嬤，表情不一地一一上前見禮。

戴嬤嬤立刻斂容，滿臉嚴肅地一一過目貴女們呈上來的繡品，突然，她神色一凜，顫聲指著其中一幅繡品問道：「這是何人所繡？」

貴女們紛紛上前看，繼而目光紛紛落在顧瑾瑜身上。

「回稟嬤嬤，是小女所繡。」顧瑾瑜不卑不亢地上前屈膝一禮，聲音輕柔道：「還望嬤嬤不吝賜教。」

「妳是？」戴嬤嬤上下打量著她，一臉疑惑。

「小女是建平伯府二房之女，排行三。」顧瑾瑜答道。原本她繡的是普通的雙面繡，可是當她聽說沈亦晴請的是戴嬤嬤後，便立刻換成戴嬤嬤當年所授、幾近失傳的九轉回龍雙面繡法，為的就是引起戴嬤嬤的注意。

戴嬤嬤是程貴妃的心腹，且經常出入程家，對程家的事情肯定瞭若指掌，前世程嘉寧的身世，戴嬤嬤必定知道。

「顧三姑娘這幅繡品用的竟然是九轉回龍的繡法。」戴嬤嬤心裡早已經是狂風巨浪，面上卻平靜如常。「這種繡法是世上最難的繡法，講究的是心、手合一，不僅需要勤學苦練，更需要天賦養成，所以顧三姑娘的女紅，當屬京城第一。」

話音剛落，貴女們紛紛驚呼。天啊！九轉回龍雙面繡？她們連聽也沒有聽過呢！

連程氏也頓感意外，她自然知道九轉回龍繡法，她記得小時候聽女紅師傅說過，九轉回龍繡法是最需要天賦的繡法，若是學會了這種繡法，世上所有的女紅便都不在話下了。

先前去給公子們送畫的小丫鬟此時捧著一疊畫作，畢恭畢敬地上前道：「公子們一致評定顧三小姐的畫作為魁甲，說其意境最佳。南宮大小姐居第二，蕭家小姐第三，寧五小姐第四……」

「好了，不要說了！」南宮素素不耐煩地擺擺手。「妳且放下，我們自己會看。」

貴女們頓時炸開了鍋。天啊！這建平伯府三姑娘到底是何方神聖？竟然雙雙奪魁？

戴嬤嬤逕自走到顧瑾瑜面前，和顏悅色道：「老身跟繡品打了一輩子交道，卻沒遇見幾個會這種九轉回龍繡法的，以後希望姑娘能跟老身切磋一番，我家娘娘也最喜這種繡法呢！」

「小女榮幸之至。」顧瑾瑜微微屈膝。

待程氏和戴嬤嬤走後，貴女們不約而同地蜂擁上前把顧瑾瑜團團圍住，七嘴八舌地問顧瑾瑜的女紅師傅是誰、是怎麼學會這種九轉回龍繡法的等等。

南宮素素氣得一跺腳，憤然離去。女紅比不上顧瑾瑜就算了，怎麼連她一向得意的畫作也比不上她呢？真是好丟人啊！

顧瑾瑜架不住貴女們如此熱情，只得揮手讓她們安靜下來，有板有眼道：「我並沒有女紅師傅，這些都是照著書上學的。」

貴女們聞言，這才如鳥散去。好吧，也許這就是天賦吧！

不遠處，楚雲霆雙手抱胸，不動聲色地望著眼前的一幕。他雖然不懂什麼繡法，但能如此輕而易舉地入了戴嬤嬤的眼，若說不是她刻意為之，他是不信的，她到底想幹麼？

第三十五章 糾纏

聚會結束，顧瑾玥被許老夫人和程氏喊去說話，顧瑾瑜便跟其他貴女們紛紛道別，帶著阿桃上了馬車回家。

趕車的車伕是府裡新來的黑臉漢子，姓焦名四，據說是管家徐扶的一個遠房親戚。

自從莫風走了以後，徐扶便把他安排在車馬房當差，上次去佛陀山就是他給顧瑾瑜趕的車。

走到半路，馬車突然停了下來。

看清擋在前面的人，焦四忙跳下馬車，上前畢恭畢敬道：「不知楚王世子有何貴幹？」

楚雲霆翻身下馬，逕自走到馬車面前，掀開車簾進了車廂。

面對突如其來的闖入者，顧瑾瑜嚇了一大跳，驚呼道：「楚王世子，你這是做什麼？」

阿桃也愣住了，不是說男女授受不親嗎？楚王世子就這樣上了她們的馬車？

「下去。」楚雲霆冷冷地看了阿桃一眼。「騎我的馬去前面等著，我跟妳家姑娘說幾句話就走。」

阿桃看了看顧瑾瑜。

「去吧！」顧瑾瑜只得點頭應允，反正她又趕不走楚雲霆。

阿桃這才知趣地出了車廂。

馬車繼續緩緩前行。

車廂裡鋪著棗紅色纏枝暗紋地毯，車壁上還懸掛著好些鼓鼓的荷包，裡面放了各種各樣的藥材，一股濃郁的藥味充斥在車廂裡，楚雲霆聞不慣這藥味，掏出手帕稍稍掩了掩口鼻，開口問道：「妳為什麼要刻意結交戴嬤嬤？」

顧瑾瑜心頭微動，不冷不熱地回道：「我不知道世子在說什麼……」

時值晌午，秋高氣爽。

厚重的車壁遮住了橙色的陽光，車廂裡顯得有些幽暗。

「妳瞞得了別人，卻瞞不了我。」楚雲霆冷冷看著她，不動聲色道：「戴嬤嬤是程貴妃的人，妳如此處心積慮地引起她的注意，顯然是為了接近慕容朔，妳知不知道這是件很危險的事情？妳不要命了嗎？」

「這是我的事情，無須跟世子解釋。」顧瑾瑜沒好氣地說道：「大路朝天，咱們各走一邊，你走的陽關道，我過我的獨木橋。」他憑什麼管她啊？真是不可思議。

「來不及了，妳已經糾纏其中了。」楚雲霆看了看她，握拳輕咳道：「從蔡氏死在妳房裡的那一刻起，妳跟我就在同一陣營裡了，就算妳不承認，蔡氏的那些同夥也會認定妳是我楚王府的人。」

「世子說笑了，我是建平伯府的女兒，自然是建平伯府的人，怎麼可能是你們楚王府的人？」顧瑾瑜抓起几案上的彩繪茶杯，自顧自地給自己斟了杯茶，捧在手裡，望著茶湯裡自己模糊的面容，幽幽道：「而我們建平伯府跟忠義侯府是姻親，忠義侯府又是齊王慕容朔的外戚，我們再不濟也是齊王的人。」

「呵，齊王的人會把蔡氏耳環裡的秘密交給我楚王府？」楚雲霆的嘴角扯了扯，向前傾了傾身子，幾乎是貼近她的耳邊，溫濕的氣息噴在她臉上。「其實在妳心裡，妳是相信我的，對不對？」

「就算如此，我的事情也跟你沒關係。」顧瑾瑜雖然承認他說得對，卻不想凡事聽他安排，這輩子，她只想查明自己的身世，除掉慕容朔，別無他求。

「我說有關係就有關係。」楚雲霆見她一副油鹽不進的架勢，好氣又好笑。「總之，妳不能刻意接近齊王和齊王身邊所有的人，因為我還有許多事情沒有弄明白，現在不想驚動他們。」

顧瑾瑜冷冷一笑，剛想說什麼，卻不想車廂猛地一顛簸，她整個人飛起來，直直地撲進了楚雲霆的懷裡！還來不及尷尬，車廂外頓時傳來一聲馬的嘶鳴聲，接著馬車突然疾馳起來，趕車的焦四「啊」了一聲，被重重地摔下地去，受驚的馬拉著兩人向前一路狂奔。

四下一陣驚呼，路人紛紛喊叫著避開這輛狂奔的馬車。

「不要怕。」楚雲霆一手緊緊地攬住她，一手掀開車簾往外看，剛一露面，迎面一支冷箭就射了進來！他抱著她，順勢臥倒在車廂裡的地毯上。

「妳看，我就說，是妳得罪人了。」楚雲霆大半個身子伏在她身上，低頭看著她，揶揄道：「妳以為齊王是那麼容易對付的？」

「你怎麼不說是你把人引來的？」顧瑾瑜被他壓在身下，頓覺尷尬，她不過是在詩畫社上出了個風頭罷了，哪會這麼快招來殺身之禍。

嗖嗖！

又有兩支冷箭射到車壁上。

兩人這才住口，緊緊地拽住地毯，一動也不動地趴在車廂裡。

待馬車疾馳了片刻，再不見有冷箭射進來，楚雲霆才起身掀開車簾往外看。

顧瑾瑜也跟著狼狽地坐起來，一抬頭見馬車已經奔到城外，正朝路邊陡峭的山谷衝去，頓時驚出了一身冷汗，難不成今日她要葬身谷底嗎？

須臾，楚雲霆猛地一轉身，長臂一伸，抱起她便跳下馬車。

哪知終究遲了一步，兩人連同馬車雙雙掉下山谷，跌入河裡。

河水冰涼刺骨，前世那種置身河底的痛楚和絕望再一次朝顧瑾瑜襲來，她奮力掙扎著浮出水面，卻冷不丁被嗆了好幾口水。突然，腰間一熱，她瞬間被攬進一個溫熱的懷裡。

楚雲霆伸手拽著她，迅速地游上岸。

到了岸邊，顧瑾瑜剛想站起來，卻總覺雙腿發軟，冷汗淋淋，心裡暗叫不好，接著便眼前一黑，軟綿綿地倒了下去……

不知過了多久，顧瑾瑜醒來的時候，只覺得渾身痠痛，頭也昏昏沈沈的，勉強睜開眼睛，些許的霞光從雲層裡影影綽綽地灑在她身上，一股食物的香味隨之撲鼻而來。楚雲霆正背對著她，坐在洞口火堆處翻烤著一隻烤得焦黃的山雞，香味太過誘人，顧瑾瑜頓時覺得更餓了，一低頭，臉倏地紅了，她的濕衣裳被脫掉了，身上蓋著他寬大的靛藍色長袍，正尷尬著，楚雲霆回頭看了她一眼。

楚雲霆沈聲問道：「妳沒事吧？有沒有傷到哪裡？」

「我沒事，適才是我犯了失糖症，待吃點東西就無礙了。」顧瑾瑜面紅耳赤地搖搖頭，起身穿好衣裳，走到火堆前，不顧形象地啃了大半隻燒雞，身上才總算有了力氣。天已經快黑了，橙色的落日漸漸沈入不遠處的山峰間，四下灰濛濛的一片。

洞外是一片還算平坦的草地，草地對面則是一條明晃晃的大河，河水緩緩地朝下游流去，摔爛的車廂正半浮在河面上，起起伏伏地朝這邊漂來。

想到車廂裡還有好多什物和藥材，顧瑾瑜便提起裙襬朝河邊走去。

河面很寬，她站在岸邊有些猶豫。

「妳想幹什麼？」楚雲霆站在她身後問道。

「馬車上有好多東西，我想看看還剩下多少。」顧瑾瑜一回頭，見他手上又提著兩隻山雞，其中一隻山雞還沒有死，爪子一蹬一蹬地掙扎著，畫面太過違和，她差點忍俊不禁。想不到堂堂楚王世子，竟然能接二連三地抓山雞，讓她頗感意外。

「我的人很快就會找過來。」楚雲霆挑挑眉，不耐煩道：「難道妳還要在這裡過夜不成？」

「你還不是抓了雞？」顧瑾瑜反問道：「想必世子一定覺得你的人找過來，再快也得兩、三個時辰吧？」說著，她望了望陡峭的山壁，心裡頓時很沮喪，從官道那邊繞過來，至少也得三、四個時辰。

楚雲霆一時語塞，悶不吭聲地把手裡的野雞扔到地上，脫掉鞋襪，挽起衣角，涉水進了河，伸手把幾乎摔裂的車廂拖上岸來。

薄被還在，車壁上懸掛的藥材也在。

雖然多少泡了點水，但還是被顧瑾瑜取出來，一趟趟地抱回山洞裡。

楚雲霆索性連車廂都拖回山洞，就算不能當柴燒，堆在洞口擋擋風也不錯。

待忙完這些，顧瑾瑜這才把薄被和那些濕掉的藥材搭在火堆旁來回翻烤；若是在這裡過夜，就全指望這被子了，天還沒有完全黑透，她已經感到陣陣寒風從洞口處襲來。

她是大夫，知道山風最傷人，若是在這山洞裡待上一夜，再健壯的人也會生病。

見顧瑾瑜在火堆前忙著烤被子、晾藥材，楚雲霆只得另生一堆火，把抓來的山雞搭在火上烤。顧瑾瑜剛剛飽餐一頓，這次是真的吃不下了，倒是楚雲霆，一口氣吃了整整一隻山雞不說，還把之前顧瑾瑜剩下的也吃完，看得顧瑾瑜很驚訝。原本以為他是個嬌生慣養的，卻不想冷不丁碰到這種境遇，他竟是半點畏懼和不習慣也沒有。

待吃完飯，收拾好，天色也完全暗了下來。

遠處的山峰、近處的樹，全都籠罩在如墨的夜色裡，甚至還能聽見不遠處的狼嚎。

顧瑾瑜聽得心驚肉跳，抱著已經烤乾的被子，知趣地坐在楚雲霆身邊。

藉著跳動的火光，她這才發現他的袖子被劃開一道口子，手腕處也受了傷，鮮血把袖口都染紅了，便道：「你受傷了，我給你敷點藥。」

「一點小傷，無妨。」楚雲霆淡淡道，老僧入定般坐在火堆旁。那些襲擊他的人，顯然是有備而來，像是早有預謀的樣子，除了燕王慕容啟，他想不到第二個人。

「我這裡有創傷藥，敷上好得快些。」顧瑾瑜起身取下搭在石頭上的荷包，從裡面拿出藥材，用石頭搗爛了，幫他敷在傷口處，又用手帕包住，囑咐道：「十二個時辰內不能沾水，否則，傷口痊癒後便會發癢。」

楚雲霆點點頭，沈聲道：「山上風大，妳先去裡面歇息，待他們來了，我自會叫醒妳。」不用猜，楚王府肯定找他找翻了天，依他的判斷，兩個時辰內，他們便會找過來了。

「好。」顧瑾瑜裹著被子，蜷縮在火堆旁的石頭上，沈沈睡去。從早上出府到去忠義侯府參加詩畫社跟南宮素素鬥智、鬥勇，再到跌落山谷，這一天經歷的事情實在太多，她是真的累了。

這下輪到楚雲霆驚訝了，她真的睡著了啊？咳，這女子還真不是一般的心大啊！

半夜，外面突然下起了大雨，雨水不停地噴濺進來。

顧瑾瑜睡得正香，竟然絲毫沒有察覺，楚雲霆只得連人帶被子把她抱到山洞最裡面的石頭上。一陣寒風吹進來，他忍不住打了個寒顫，拽過被子的一角，挨著她躺了下來。

一晚上，外面風雨交加，還依稀響起雷聲。

顧瑾瑜夢見自己圍在一個大火堆前看書，那個火堆很溫暖、很舒服，她情不自禁地越靠越近，恨不得把那個火堆抱在懷裡再也不鬆手。

黑暗中，楚雲霆察覺到身邊的女子抱著他睡得正香，清淺均勻的氣息和少女的體香絲絲縷縷地纏繞著他，借著洞外光線，他靜靜地端詳著她恬靜清麗的臉，鬼使神差地伸出長臂把她攬進了懷裡。他懷疑過她、跟蹤過她，也質問過她，但每每面對她的時候，更多的，卻是欣喜。

他欣喜的是，她的一顰一笑都給他異常熟悉的感覺，就好像他和她早就相識一般。只是他並非朝三暮四之人，他傾心愛慕程嘉寧，心裡再也容不下別的女子。想到這裡，他輕輕地推開她，剛想坐起來，卻不想被她死死拽住衣角，就像溺水的人緊緊抓住救命稻草一樣，只聽她喃喃道——

「莫婆婆，妳告訴我，我是誰家的孩子？我的親生爹娘到底是誰……」

楚雲霆聞言，越加不解。這又是怎麼回事？難道……她不是顧家的女兒？若她不是，那她是誰？還有，那個莫婆婆是誰？

睡夢中的女子繼續夢囈。「慕容朔，我恨你……」

楚雲霆更是一頭霧水。難不成，她幾次三番地跟慕容朔作對，並非為了程二小姐，而是她自己跟慕容朔之間有什麼隱情？不得不說，這女子身上的謎團越來越多了。

先是跌倒在他的馬下，引起他的注意，後來又在忠義侯府救了楚九，還幫寧武侯夫人看病，揪出了寧二老爺；接著陰錯陽差地得到了蔡氏耳環裡的密圖，她又成了清虛子的師姪，光明正大地出入大長公主府給他祖父治病；參加詩畫社竟然還攀上了程貴妃身邊的戴嬤嬤，這一切的一切，分明是她處心積慮，刻意安排的。

很明顯，她的對手是慕容朔，可是她如此費盡心機地接近他，又是因為什麼呢？想著想著，天已經大亮，身邊的女子動了動，像是要醒來的樣子，楚雲霆忙起身坐起來，走了出去。

昨夜下了雨，洞外一片泥濘，沒有乾柴，竟是連火也生不成了。心裡越加生氣，那幫蠢蛋，尋了一夜竟然也沒尋過來，真是一幫廢物！

「世子，我看咱們還是不必等了。」顧瑾瑜醒來，見楚雲霆站在洞口徘徊，遂提議道：「咱們沿著這條河往前走，就一定能走出去；說不定找咱們的人，判斷錯方向，一時尋不過來。」建平伯府的人有沒有出來找她，她不知道，但楚王府肯定派出了好多人來尋他，這一點，還是毋庸置疑的。

楚雲霆微微頷首，一直在這裡乾等著，的確不是良策。

顧瑾瑜理了理衣衫，轉身去抱被子，卻被一隻大手攔住了，男人清冷的聲音從頭頂傳來——

「趕路自然是輕裝上陣，妳抱著被子幹麼？扔了吧！」

「可若是今天也走不出去，怎麼辦？」被子很輕，顧瑾瑜覺得抱著無妨。

「那就隨妳吧！」楚雲霆不想跟她爭辯這種無聊的瑣事，轉身走了出去。

顧瑾瑜索性把被子摺成一個包袱的模樣繫在身上，提著裙襬跟著他出了山洞。

天氣晴朗，陽光攀上樹梢，星星點點地灑下來。

昨晚下了雨，山谷裡鬱鬱蔥蔥的花木上落了很多水滴，在晨光的照耀下，閃著亮晶晶的光，成群的鳥時不時地從半空飛過，岸邊雖然泥濘，好在河邊有好多光滑如玉的鵝卵石，走起來倒也不是寸步難行。

兩人誰都沒有說話，一言不發地順著河流往下走，走了約莫半個多時辰，河面漸漸變窄，視野隨之變得寬闊，四周長了許多整齊的荊棘，很明顯是人為修剪的結果。

看樣子，這裡離出口不遠了。

突然，兩個黑衣蒙面人出現在眼前，他們手上的尖刀在晨光下閃著觸目驚心的光芒。

顧瑾瑜心頭猛地跳了跳，不安地看了看楚雲霆。

第三十六章　襲擊

顧瑾瑜隨身帶的安息粉早就掉落河裡，唯一能用上的只有袖子裡的銀針，若說防身，自然遠不如安息粉來得乾脆徹底。

不容顧瑾瑜多想，楚雲霆一個箭步衝了上去，跟兩個蒙面人交手，三人很快打成一團。兩個蒙面人竟漸漸落居下風，這讓顧瑾瑜很是欣喜。她每次見楚雲霆，他都帶著護衛，她以為他不會武功，想不到他的身手並不比楚九差，幾個回合下來，那兩個蒙面人壓根兒沒有討到任何便宜。

顧瑾瑜幫不上忙，只得暗中捏著銀針，退到一邊看。

好在那兩個蒙面人根本不是楚雲霆的對手，很快被踢飛了手上的武器，打倒在地。

楚雲霆大步上前扯掉其中一人臉上的面巾，冷冷問道：「誰派你們來的？」

哪知那人頭一歪，吐血而亡。

「世子，這兩人是死士。」顧瑾瑜迅速上前，眼疾手快地出手點了另一人的穴道，不讓他咬破嘴裡的毒丸，卻不想冷不丁一支冷箭射了過來，正中另一人的心口，那人立刻氣絕。

楚雲霆剛想說什麼，又見兩支冷箭嗖嗖地朝兩人射了過來，忙喊道：「小心！」說著，眼疾手快地上前抱著顧瑾瑜，在地上打了個滾，迅速地躲藏到樹後。

顧瑾瑜這才發現，荊棘叢後面的茅草屋頂上，還有一個玄衣人正同時抽出兩支羽箭搭在弦上來回瞄準他們，心裡不禁倒吸一口涼氣，到底是誰跟他們有這麼大的仇恨？這分明是想置他們於死地的架勢啊！

「不要怕，妳且在這裡躲著。」楚雲霆小聲道：「待他的箭射空，他肯定會過來，到時候我就有機會了。」

「好，那你小心點。」顧瑾瑜躲到樹後，警戒地環視著周圍的動靜，若是再出現一個黑衣人，她真的是凶多吉少了。

玄衣人嗖嗖兩箭射過來，都沒有射中，似乎很是惱火，便從屋頂上跳下來，朝兩人奔來。

楚雲霆剛一抬腿，就覺得一陣勁風襲來，一把小巧的匕首刺中了他的小腿。他忍著劇痛，拔出匕首，反手朝玄衣人扔過去，只聽嗖地一聲，正中玄衣人心口，玄衣人頭一歪，瞬間沒了氣息。

「世子！你怎麼樣？」顧瑾瑜大驚，忙上前扶他坐下，替他察看傷勢。匕首上雖然沒有毒，傷口卻很深，鮮血很快染紅了他的褲腳，她忙從腰上取出藥草幫他敷在傷口處，又把裙角扯了一塊下來包紮，看了看他，道：「傷口有些深，還傷到了骨頭，好在我帶的草藥剛好是止血消腫的，應該能抵擋一陣子。」

「多謝。」楚雲霆剛想起身，卻被顧瑾瑜攔住。

「你現在不能動，前面有個茅草屋，我揹你過去吧！」

「妳？」楚雲霆有些意外，她這麼單薄的小身板，揹他？

「不過數丈遠的距離，我可以的。」顧瑾瑜想也不想地走到他面前，不容置疑道：「如今你我身處險境，我都不計較了，世子還計較什麼？何況你傷到了骨頭，不宜用力，否則會讓傷勢更嚴重的。」

「若妳吃不住，就不用勉強。」楚雲霆不再推辭，只得勉為其難地伏在她背上。女子很纖細柔弱，他不忍心把全部重量壓在她身上，暗暗以一隻腳用力蹬地。

饒是如此，顧瑾瑜仍是咬緊牙關，異常吃力地把他揹到了茅草屋。

一進門，便見一個身穿粗葛布衣衫的老漢一動也不動地躺在地上，這老漢約莫五、六十歲左右的年紀，雙目緊閉，氣息看上去很微弱。

楚雲霆彎腰探了探他的鼻息，沈聲道：「他是被人打暈的。」

屋裡很昏暗，依稀能看清門後的鍋灶和牆角處盤著的土炕，黑漆漆的房樑上還掛著幾串臘肉，窗下的黑木椅上搭著幾張兔子皮。

顧瑾瑜扶著楚雲霆坐下，上前按了按那老漢的人中穴，那老漢才幽幽醒來。

看見兩人，老漢警戒地問道：「你們是什麼人？」

男的丰神俊美，女的清麗可人，看上去不像是壞人。

「大叔，我們路過此處，進來歇歇腳。」顧瑾瑜忙道：「剛才進來見大叔暈倒在地，是出了什麼事嗎？」

「是一個玄衣人打暈了我。」谷清這才反應過來，是這兩個人救了他，忙作揖施禮道：「在下谷清，多謝兩位搭救，救命之恩，在下沒齒難忘。」

「無妨，不過是舉手之勞罷了。」顧瑾瑜盈盈回禮，見他氣色還算不錯，便道：「只是我們剛才也遭那玄衣人襲擊，受了點輕傷，煩請老伯給我們弄些熱水過來好嗎？」

「好，兩位歇著，我去去就來。」谷清拿著水桶，去河邊打水。

「妳倒是實在。」楚雲霆坐在木椅上，打量這間簡陋的小屋子，不動聲色道：「難道妳不怕他跟那幾個人是一夥的？」想不到堂堂顧府千金竟如此沒心眼，也不怕被人賣了。

「我斷定他不是。」顧瑾瑜環顧左右，淺笑道：「此人雖然有些身手，卻並非武功高強之人，我看他兩隻手上都是老繭，加上他身上的氣息，便知他應該只是這裡的獵戶而已。」

楚雲霆嘴角扯了扯，再沒吱聲，她倒是觀察得仔細。

谷清很快取水進屋，燒開水，給兩人泡茶，搓著手道：「此處簡陋，沒有像樣的茶招待兩位，還望兩位恩人不要見怪。」這兩人衣著華麗，氣質不凡，一看便知是非富即貴的大家公子、小姐；只是這樣的兩個人，貿然出現在這裡，他越感不解。

「老伯說笑了，在這山間低谷，有口熱茶喝就不錯了。」顧瑾瑜淺笑，低頭望了望茶杯裡起起伏伏的嫩綠色茶葉，認出這是種野山茶，頭兩泡味苦，第三泡才有些許的甜味，最好喝的是第六泡，入口甘甜，很是可口。

果然，只抿了一口，楚雲霆便放下不喝了，顧瑾瑜卻喝得津津有味。前世莫婆婆最愛這種茶，常常在夜裡去後山採集，回來曬乾飲用，除了她，府裡無人知曉。漸漸地，她也喜歡上這種茶的韻味，先苦後甜，捧著茶杯，她的思緒一下子飄出了好遠……

楚雲霆放下茶杯，拿出手帕拭了拭嘴角，見某人正捧著茶杯出神，遂面無表情地問道：

「敢問谷大叔是哪裡人氏？在這裡住了多久？」

顧瑾瑜回過神來，忍不住嘴角微翹。果然是五城兵馬司的人，一開口便是審問犯人的架勢。

「不瞞兩位，谷某在這山裡住了十八年，至於我是哪裡人，我還真的記不清了。」谷清抱拳道：「可能是因為我之前誤食過一種藥草，導致好多事情都記不清了。」

楚雲霆微微頷首，見他神色從容，覺得他沒必要說謊，又問道：「我們需要多久才能走出這山谷？」

「順著這山谷再走上兩個時辰就到烏鎮了，不知道兩位要去哪裡？」谷清問道。

烏鎮是京城最邊緣的一座小鎮，小鎮坐落在山裡，盛產各種鮮果。

「我們回京城。」楚雲霆對烏鎮很熟悉，因大長公主愛吃葡萄和山核桃，早些年楚老太爺便在烏鎮建了個山果莊子，裡面栽了好多葡萄樹、山核桃樹以及各種果樹，大長公主府的果子都是烏鎮山果莊子精心挑選送過去的。

「聽說烏鎮離京城還有五、六十里地，況且那裡車馬方便，兩位很快就能回到京城了。」谷清似乎不意外，但也沒有接著再問。

楚雲霆和顧瑾瑜不約而同地對視一眼，到了烏鎮，就等於到家了。

楚雲霆剛想站起來，突然覺得腿上吃痛，忙又坐到床上，轉頭問顧瑾瑜。「妳那裡還有沒有止痛的藥？」

「還有。」顧瑾瑜立刻上前察看他的傷勢，取出荷包裡僅剩的一點草藥，準備再幫他敷上。

谷清站在旁邊，看了一眼楚雲霆的傷口，忙道：「姑娘，妳這藥治標不治本，只能暫時止痛，不如用我的。」

谷清起身取下掛在屋樑上的籃子，從裡面取出一大把黑糊糊的葉子，放在泥盆裡，又從鍋裡取熱水，端到楚雲霆面前，憨笑道：「公子，這些草藥看似不起眼，卻有療傷的奇效，您不妨試試，泡上小半個時辰的工夫，保准您的傷就無礙了。」

楚雲霆看了顧瑾瑜一眼。

顧瑾瑜會意，上前細細察看一番，驚訝道：「谷大叔，你這葉子是在泥土裡泡過的嗎？」這些葉子是野煙葉，經過長時間的浸泡，已經變得面目全非，依稀能看見原本的紋路，聞上去有股淡淡的泥土混合著煙葉的味道。

「是的，我也是無意間發現的，之前附近野豬從石頭上掉下來，摔斷了腿，走路一瘸一瘸的，可是過沒兩天，我就見牠很快恢復如初，心裡很是奇怪。」谷清見顧瑾瑜是個懂行的，便笑著娓娓道來。「後來我發現，這山裡的飛禽走獸但凡傷了腳的，都會去前面的泥土泡一泡，我特意去看了，那泥土裡落滿了這種野煙葉，便去採了些回來，也曾救治過斷腿的黃鶯，效果的確不錯。」

楚雲霆臉一黑，敢情在這谷清眼裡，他跟這些飛禽走獸一樣？

「既然如此，世子泡一泡也無妨。」顧瑾瑜上前用手試了試那盆黑糊糊的熱水，覺得並無不妥之處，才替楚雲霆解開褲腳，幫他把腳放進泥盆裡，小聲問道：「感覺如何？」

「還好，傷口處有些發癢。」楚雲霆見她竟然幫他泡腳，多少有些尷尬，忙道：「其他並無異樣。」

他低頭望著蹲在泥盆前神色凝重的女子，心頭微蕩。她其實並無尋常閨閣女子的嬌弱，在谷底這麼長時間，非但沒有半點怨天尤人，反而一直在努力適應這個境遇，對他，亦是如此，還真是個不尋常的姑娘。

「不怕發癢，若是覺得疼你就趕緊抬出來。」顧瑾瑜並不覺得有什麼，他行動不便，所能依仗的人就只有她了；不管怎麼說，剛剛是他救了她，如今換她照顧他，也是應該的。

「那我去給兩位準備點吃食。」谷清從屋頂上取下稻米，去河邊淘米抱柴，給兩人做飯。

楚雲霆泡了那泥土煙葉水後，傷口奇跡般地迅速癒合，只留下淺淺一小道痕跡，待他擦乾腳、穿好鞋襪，竟已能在屋裡行走自如！

顧瑾瑜自認對藥理見多識廣，見楚雲霆恢復得如此之快，也頗為吃驚，在她的認知裡，這樣的傷口沒有十天半個月是好不了的，沒承想，這些不起眼的煙葉，竟然有如此奇效，果然高手在民間啊！

谷清做好糙米飯後，去樹下採了山菇、燉了臘肉，色香味俱全，連吃慣山珍海味的楚雲霆也吃得津津有味，大口嚼著燉得金黃焦嫩的兔肉，還不時地往顧瑾瑜碗裡挾肉，他知道姑娘家臉皮薄，若是吃不飽，路上再犯了失糖症怎麼辦？

「我自己來就好。」顧瑾瑜有些不好意思。

谷清只當沒看見。

三人正吃著飯，木門被一下子推開了，阿桃大步地闖了進來，見到顧瑾瑜，瘋了一樣地抱住她，泣道：「姑娘、姑娘，奴婢總算找到您了！」

小丫鬟很狼狽，衣裳都被刮破了好幾個洞，頭髮也異常凌亂，像是跋山涉水了好久一樣。

「阿桃，妳是怎麼尋過來的？」顧瑾瑜很驚喜。

「楚王府派出好多人沿路找尋世子和姑娘，他們不理會奴婢，奴婢無從尋找，只得從馬車摔落的地方爬下來……」阿桃抹了一把臉上的汗，胖胖的臉上擠出一絲笑容。「還好，奴婢終於找到姑娘了！」

「阿桃，以後切不可這麼傻。」顧瑾瑜很感動，一把抱住她。「好在妳沒事，要不然我不會原諒自己的。」

「楚王府的人現在在哪裡？」楚雲霆放下筷子，不動聲色地問道。

話音剛落，便見楚九衝了進來，見楚雲霆安然無恙地坐在土炕上吃飯，懸了許久的心才算落了下來，忙單膝跪地。「屬下來遲，請世子責罰！」

吳伯鶴緊跟著走進來，忙上前問道：「世子，您沒事吧？」

「你們說呢？」楚雲霆臉色一沈，竟然這麼久才找到他！看來平日的訓練還是少了，回去就罰他們跑步，五十圈不行，再來五十圈！

隨後，一大群侍衛也跟著走進來，紛紛行禮作揖。「屬下來遲，請世子責罰！」

或許是架勢太大，驚得谷清好半天說不出話。

天啊！他作夢也沒想到這公子身分如此尊貴，竟然是個世家公子。

「你們先出去吧，等我吃完飯就走。」楚雲霆深深地看了一眼楚九和吳伯鶴，冷冷道：「你們也出去。」

兩人對視一眼，訕訕地退了出去。世子這是在責怪他們來晚了吧？咳，他們尋了一整夜，加上突然下起大雨，山路被沖斷，害得他們還丟了好幾匹馬，好在主子無礙，要不然他們這一群人就真的沒有活路了。

谷清也跟著起身施禮。「草民見過世子。」

「谷大叔不必多禮。」楚雲霆忙扶住他，展顏道：「谷大叔是在下的恩人，不必拘於這些俗禮，快坐下吃飯，有什麼事情，吃完再說。」

顧瑾瑜忙拉著阿桃上炕。

阿桃也不客氣，坐下就吃。

她一天沒吃東西，肚子早就空了，吃起飯來，幾乎是狼吞虎嚥，很快就把一大碗米飯吞了進去。

谷清見狀，又默默地給她添了一碗。

阿桃接二連三地吃了四碗米飯、大半盤臘肉，還有些意猶未盡。

鍋裡的飯早就空了。

谷清和楚雲霆看得目瞪口呆，這姑娘也太能吃了吧？

「妳餓得久了，不要一下子吃太多。」顧瑾瑜知道阿桃沒有吃飽，忙道：「咱們很快就回去了。」

「好。」阿桃點點頭。

「谷大叔，此番我們這一打擾，你這裡怕是再也住不安寧了。」楚雲霆穿鞋下炕，在地上來回走動幾步，沈吟道：「不如你隨我回京城，從此以後就客居在我楚王府裡吧？」

「這……」谷清有些猶豫，他自在慣了，冷不丁住在人家家裡，他會很不習慣的。

「谷大叔，您還是隨我們回去吧！」顧瑾瑜也跟著勸道：「這谷底雖然幽靜，宛若世外桃源，但我們剛剛傷了那幾個蒙面人，這裡已經不安全了。」

「多謝世子和姑娘美意。」谷清上前施禮作揖道：「谷某遠離人群久了，跟人相處多有不便，並不願意入京，這麼多年來，谷某去過最遠的地方便是烏鎮，若是世子能在烏鎮給谷某尋個落腳之處，谷某感激不盡。」

「如此也好，恰好府裡有個莊子就在烏鎮，若是你願意，就去我那莊子住下，日後若是再有什麼要求，儘管去京城尋我便是。」楚雲霆想也不想地答應下來，輕聲道：「不管怎麼說，你都有恩於我，我是不會虧待你的。」

「多謝世子。」谷清眼睛一亮。

「那咱們現在就啟程吧！」楚雲霆走到顧瑾瑜面前，輕聲道：「咱們走吧？」

「好。」顧瑾瑜點頭應道。想到野煙葉的奇效，她特意問了谷清那裡的位置，然後帶著阿桃，興致勃勃地去撿了好多被污泥浸泡過的煙葉，這些可都是寶貝呢！

她打算把這個偏方引薦給三叔，如此一來，三叔的顧記藥鋪就真正有鎮店之寶了。

楚雲霆卻只當顧瑾瑜是為了他，心裡很感動，忙吩咐楚九過去幫忙。

楚九雖然不知道顧瑾瑜為什麼要撿這些黑糊糊的葉子，但還是很熱心地幫她找了袋子，領著眾人撿了滿滿一袋子的野煙葉，放到馬車上。

楚九一行人正是沿烏鎮一路尋過來的。

吳伯鶴考慮到主子說不定受傷了，便從烏鎮買了輛大馬車，裡面鋪上好幾層被褥，還放了好多藥材和食物。

顧瑾瑜一上馬車，顧不上什麼男女之嫌，躺下就睡。

之前還能強打精神，如今來了人，她才徹底鬆了口氣，索性踏實地睡過去。

楚雲霆則絲毫沒有睏意，便掩上車簾，讓阿桃進去守著顧瑾瑜，自己則坐在車廂口跟吳伯鶴、楚九小聲地說著話。「此事很蹊蹺，我懷疑是燕王所為，你們怎麼看？」

「屬下也覺得燕王的可能性大些。」吳伯鶴輕咳道：「當初顧府世子跟燕王搶女人的事情，咱們替顧家說了話，燕王若是知道了，豈能不記恨咱們？」

「不會吧？」楚九不可思議道：「蘇公公行事素來小心，他不可能讓燕王察覺。」

「可是保不齊此事會被別人知曉，然後再告訴燕王。」吳伯鶴分析道：「我聽醉風樓的人說，前兩天燕王跟齊王一起去醉風樓喝酒，兩人不知道說了什麼，燕王走的時候氣呼呼的，過了好一會兒，才見齊王結帳離去。屬下雖然不知道他們說了什麼，但那幾天剛好是燕王跟顧家世子爭女人那事鬧得沸沸揚揚的時候，隨後世子便出了這事。」

「世子是如何懷疑燕王的？」楚九一頭霧水地問道。

「西北多半是燕王的勢力所在，那些死士雖然沒有開口供出燕王，但是他們的身手和武器分明是西北一帶的人。」楚雲霆低頭看了看腿上的傷處，不假思索道：「別的不說，若今日是秦王或者齊王派來的人暗算我，我怕是不能如此輕鬆地跟你們說話了。西北人生性粗暴，卻不擅用毒，而南直隸那邊的死士或者殺手，往往是用毒高手。」

兩人恍然大悟，如此說來，就真的是燕王下的手了。同時，兩人再看楚雲霆的時候，目光頗為複雜。楚王府和大長公主府不涉奪嫡之爭，是眾所周知的事情，楚王世子也向來遵守這個規矩，如今卻為了顧家的事情得罪了燕王，才招來這場禍事。

楚雲霆顯然看穿了兩人的心思，神色嚴肅道：「此事不管是對楚王府、大長公主府，還是其他任何人，都要說成是碰到了劫匪，才導致馬車失控跌入谷底，切不可牽扯到燕王半個字；還有，也不可提到顧三姑娘。」他倒是無所謂，只是姑娘家的名聲最要緊，他不希望此事再鬧得沸沸揚揚。

「屬下明白。」楚九點點頭，繼而又憤憤道：「可是咱們就這麼忍了嗎？」

「你小子就是沒腦子！」吳伯鶴笑罵道：「俗話說，明槍易躲，暗箭難防，你跟了世子這麼多年，還不明白嗎？世子這是想收拾燕王了！」

「世子，您需要屬下做什麼，儘管吩咐，屬下必定一馬當先，赴湯蹈火，在所不辭！」楚九拍拍胸膛道。幾個皇子當中，除了已故的太子，世子跟燕王的交情還算稍稍好些，可不想燕王卻如此心狠手辣，只因為區區小事，竟對世子下毒手，真是是可忍，孰不可忍！

「哼，對付燕王哪裡需要赴湯蹈火？要靠腦子！」吳伯鶴白了楚九一眼，笑罵道：「你小子就知道靠蠻力！」

楚九撓撓頭，嘿嘿笑。

第三十七章　回家

馬車一路顛簸，到了烏鎮，安頓好谷清後，一行人連夜趕回京城。

一下馬車，顧瑾瑜帶著阿桃匆匆回到清風苑，迎接她們的是青桐和綠蘿又哭又笑的擁抱，尤其是青桐，哭得眼睛都腫了，她以為再也見不到三姑娘了。

「臭阿桃、死阿桃，若是姑娘有什麼，我第一個饒不了妳！」綠蘿嘴上這麼說，還是狠狠地抱了一下阿桃。

阿桃只是咧嘴笑。

顧瑾瑜也很興奮，卻顧不上跟她們打趣，匆匆梳洗一番，換好衣裳，就直奔慈寧堂。

太夫人喜極而泣，拉著她看了半天，確認她的三姑娘並無任何閃失，才哽咽道：「妳這個丫頭，去參加個聚會也能出事，差點沒把祖母嚇死！」好端端的，突然遇上劫匪，還跌下山谷，能安然無恙地回來，真是九死一生。

「三姑娘是大難不死，必有後福。」池嬤嬤也上前拭著眼淚道：「昨晚太夫人一夜沒有合眼，不知道三姑娘是怎麼熬過來的。」原本三姑娘就名聲不佳，如今這樣，是徹底沒希望了，唉……

顧瑾瑜這才把在谷底的事原原本本地說了一遍，當然，她沒提落水和被人追殺，只說跟阿桃在山裡谷底的獵戶家住了一夜，然後碰到了世子他們，又一起回京城。

太夫人雖然有所懷疑，但當著池嬤嬤和丫鬟們的面，卻也只能點頭道是。早在顧瑾瑜回府之前，楚王世子便派人跟她說，此事務必儘量隱瞞，切不可讓更多人知道；既然楚王府有意隱瞞，那她就更應該息事寧人。

第二天請安的時候，沈氏率先發難。「三丫頭，不是大伯娘不心疼妳，而是妳這次實在是太過分了！妳們姊妹三個一同出門，怎麼偏偏妳回不來？」

「母親，您怎麼能這麼說？」站在旁邊的顧景柏實在聽不下去，沈著臉道：「遇到劫匪並非三妹妹所願，您不但不安慰她，反而一味地責怪，實在是沒有當家主母的風範啊！」

「你！」沈氏被自家兒子搶白，很沒面子，沒好氣地說道：「從忠義侯府到咱們家，哪裡需要走城外的官道？若是規規矩矩地趕路，也不可能碰到劫匪，更不可能跌下山谷！」

「大伯娘，您是真的誤會我了。」顧瑾瑜坦然道：「難道焦四回來沒有說，我們是在路上遇到劫匪，然後馬匹受驚才衝去城外的？」果然是欲加之罪，何患無辭，若這樣說的話，她葬身谷底，豈不是罪有應得？

「就算真的如此，那也是妳在詩畫社上出風頭得罪了人，才惹禍上身的。」顧瑾珝冷哼道：「那南宮素素是何等人物，她原本就是衝著奪魁去的，可是妳卻接二連三地壓她一頭，她豈能不生氣？就算她不生氣，肯定還有別的人眼紅。敢情這些年妳一直在藏拙，為的就是等這樣的機會大出風頭嗎？」不得不說，顧瑾瑜的確是出了大風頭，這兩天，滿京城的人都在議論這個詩畫社，也都知道連奪魁甲的女子正是建平伯府二房的三姑娘！

喬氏笑而不語。還真是看不出這個繼女如此有本事，竟然在詩畫社裡大放異彩，嘖嘖，身為繼母，她是真的不知道說什麼好了。

躲在喬氏後面的顧瑾萱也使勁地點著頭，肯定是這樣的，三姊姊定是得罪南宮素素，說不定連於家姊妹也一起得罪了！

顧瑾霜和顧瑾雪沒有參加詩畫社，不知道怎麼回事，更不敢開口問，只是悶不吭聲地站在喬氏身後，大氣不敢出。

「二姊姊的意思，是南宮素素下手對付我的了？」顧瑾瑜直截了當地問道。

「我可沒這麼說，我只是打個比喻罷了！」顧瑾珝咬牙切齒道：「反正我言盡於此，孰輕孰重，妹妹自己是什麼身分，自己掂量便是。」

「二姊姊這是什麼意思？」顧瑾瑜冷冷道：「詩畫社原本就是為互相切磋、展示才藝所設，又不是論出身的所在，怎麼我還得掂量自己的身分呢？難不成我父親是六品主事，我就不應該奪魁嗎？」說得好像顧瑾珝身為建平伯府的嫡女委屈藏拙了一樣，真不明白這個二姊姊到底是個什麼想法。

「三妹妹說得對，若是拿身分壓人，那這個詩畫社不參加也罷！」顧景柏不屑地看著顧瑾珝，質問道：「妳如今怎麼變得如此強詞奪理，是非不分了呢？」自從麗娘出事，他就越發看不慣他母親的行事做法，如今，連他妹妹也看不慣了，反正他覺得三妹妹壓根兒沒什麼錯。

「大哥哥，你幹麼向著她！」顧瑾珝氣得直跺腳。

沈氏雖然對顧瑾瑜很不滿，但因為麗娘的事情，母子倆有了隔閡，不好因為這點小事明著對兒子發火，只得強忍著不悅勸顧瑾珝。「好了，都少說兩句吧！」

「咳，如今你們該說的、不該說的，都說了，我也知道你們的態度。」太夫人這才開口，面無表情道：「咱們都是一家人，不說兩家話，三丫頭這事雖然是個意外，但若是真的傳揚出去，毀的並不是她一個人的名聲，而是咱們整個府裡的名聲，所以這事不用我說，你們各房都養著女兒，該怎麼辦自己心裡有數。」

沈氏一時語塞。上次因為三姑娘跌倒在楚王世子馬下的事情，已經讓大姑娘受了連累，如今若是再因為此事連累了她的二姑娘，那就真的是得不償失。

一番話提醒了喬氏，雖然她有心在這件事情上落井下石，但也得顧及她的四姑娘，誰讓她們是一條繩子上的螞蚱呢！

「所以，此事日後誰也不准再提起。」太夫人嚴肅道：「否則，壞了誰的事情，誰只好自認倒楣。」

沈氏和喬氏紛紛點頭道是。哼，這次真是便宜三丫頭了！

或許是因為楚雲霆的授意，除了顧家的人，京城裡的人並不知道顧瑾瑜跌入谷底之事，反而都在議論詩畫社奪魁的事情，短短幾日，幾乎人人都知道建平伯府三姑娘是個才貌雙全的才女；更重要的是，連宮裡的戴嬤嬤都說她的繡藝冠絕京城呢！

為此，程貴妃也很好奇地問戴嬤嬤。「說說看，建平伯府二房的那位三姑娘是怎麼個心靈手巧的？」未出閣前，她也被人冠以才女的名聲，當時這個名聲很讓她引以為傲，正因為這個名聲，她才入了大長公主的眼，把她送進宮裡，侍奉在帝王左右。但日子久了，她才知道，原來才女並不是個輕鬆的稱呼，凡事做對了，是理所當然；若是做得不好，別人會說「虧妳還是個才女呢」。因此如今她再次聽到才女這個稱呼，心情自是很複雜。

「回稟娘娘，顧三姑娘會用九轉回龍的繡法，而且看起來不像是初學的，倒像是有六、七年的底子。」戴嬤嬤見程貴妃主動問起此事，便興味盎然道：「若不是見她親手所繡，奴婢差點以為是出自程二小姐之手呢！」說完，她自知失言，忙跪倒在地道：「奴婢口不擇言，還望娘娘責罰！」

「罷了，起來吧！」程貴妃聽到「程二小姐」的時候，立刻斂容，黯然道：「既然她的繡品像嘉寧，那就請她替本宮繡條手帕子過來看看，給本宮留個念想也好。」嘉寧走得太突然，什麼也沒留下，什麼也沒有……

夜裡，楚雲霆失眠了，一閉上眼睛，眼前都是顧瑾瑜的影子，她的笑容、她的聲音，甚至她身上淡淡的幽香，不停地在他腦海裡晃。

想到兩人在山洞共枕而眠的那一宿，當時他沒覺得什麼，現在想想，是他冒犯了人家姑娘，雖然他內心深處喜歡的人是程嘉寧，但他對顧瑾瑜卻並不排斥。他雖然懷疑過她，調查過她，但不得不承認，他對她還是有好感的，只是他不知道，這種好感是來自她跟程嘉寧舉手投足間的相似，還是來自他對顧瑾瑜的那點愧疚……

楚雲霆越想越睡不著，索性去院子裡舞了一套劍法，又沖了冷水澡，才又躺下睡覺，卻不想剛剛癒合的傷口處卻一陣隱隱作痛，更是翻來覆去地睡不著，只得起身點燈，把當值的楚九喊起來，讓他去叫吳伯鶴過來。

吳伯鶴和楚九住在楚雲霆的隔壁，兩處院子就隔了一道拱門。

片刻後，吳伯鶴提著藥箱，匆匆趕過來。

「你幫我看看腿上的傷口。」楚雲霆上前挑了挑蠟燭，挽起褲腳給他看，並把傷口癒合的經過也告訴他。

吳伯鶴很吃驚。「世上竟然有如此神奇的藥方？看來屬下真是才疏學淺啊！」傷口癒合得太快，若是不仔細看，他都不知道世子受過傷。

「之前是敷了野煙葉才沒什麼感覺。」想到明天是顧瑾瑜去大長公主府的日子，楚雲霆心頭跳了跳，又見吳伯鶴從藥箱裡取出一帖膏藥，忙擺手道：「算了，我還是明天跟顧姑娘討一些野煙葉吧，你這膏藥我貼了怕也是白貼。」

吳伯鶴聞言，頓時有些尷尬，雖然他自愧不如神醫們，但他也不是庸醫好嗎？

第二天一大早，楚雲霆便早早去大長公主府，還特意吩咐楚九把衙門的公文也搬過來。

大長公主不知緣由，只當是她的寶貝孫子孝順，便勸道：「你祖父由我們照顧，又有神醫在，你放心便是，切不可耽誤你的公事。」

「無妨。」楚雲霆醉翁之意不在酒，掩飾道：「反正衙門離這裡不遠，我守在這裡，也安心。」

「那我讓廚房做幾樣你愛吃的菜，待你祖父施完針，你好好陪他吃頓飯。」大長公主眉眼彎彎道：「你每次都是來去匆匆，好久沒有在祖母這裡吃飯了。」

「好。」楚雲霆欣然應道。

哪知，楚九竟然空著馬車回來。「世子，顧姑娘說她今日身子不適，不過來了。」

「她怎麼了？」楚雲霆心裡有些失落。

「屬下不知。」楚九搖搖頭。「大概因為上次的事情，累著了吧！」

「再去問。」楚雲霆懊惱道：「問她到底是病了，還是另有隱情？」若她不來，那他豈不是白折騰了？

「是。」楚九應聲退下，只得又趕著馬車去了建平伯府。

顧瑾瑜正跟青桐坐在臨窗大炕上給清虛子做鞋，見阿桃進來通報，說楚九又來了，便道：「我今日有些不適，不去大長公主府了，怎麼他又來？難不成之前他沒聽明白？」

「姑娘，奴婢已經說過了，可是他非要問姑娘怎麼了。」阿桃為難道：「奴婢見他纏得緊，只得跟他說了實情……」

「妳說什麼了？」顧瑾瑜微怔。

「奴婢、奴婢說……說姑娘來了月事……」阿桃期期艾艾道：「他聽說後，就立刻趕著車走了，奴婢覺得他再也不會來糾纏了吧！」

「妳……」顧瑾瑜倏地紅了臉。這丫頭真是實在啊！如此私密的事情，她竟然說給楚九聽……想到楚九回稟楚雲霆時的尷尬，她心裡又是一陣哀號，她真的沒臉再見他們了！

青桐和綠蘿捂嘴偷笑。

楚九也實在，原原本本地把阿桃的話說給楚雲霆聽，而後一頭霧水道：「世子，月事是什麼事？」

「好了，我知道了，你下去吧！」楚雲霆有些尷尬地衝他揮揮手，他雖然知道月事是怎麼回事，但總不能解釋給楚九聽吧？

「是。」楚九不好再問，只得悶不吭聲地退下。那個，還是等回去再問吳伯鶴吧！

顧瑾瑜沒來，清虛子只得親自上陣，替楚老太爺施完針後，便回了別院，命人把大長公主府替他準備的八十一道菜抬到院子裡，不多時，院子裡便人聲鼎沸起來。

門口小侍衛匆匆找到楚九。「九爺，神醫在院子裡宴請了好多乞丐，屬下們不知道該怎麼辦，萬一再混進來窮凶極惡之徒怎麼辦？」

「乞丐？」楚九聞言，一口茶差點噴出來。「你等著，我這就去請示世子！」天啊！神醫到底在搞什麼鬼？這可是大長公主府啊！

第三十八章 祖孫

楚雲霆正在陪楚老太爺吃飯，得知清虛子在別院宴請乞丐，並不驚訝。「之前我就答應過神醫，他跟什麼人來往，我們絕不干涉，他樂他的，不必理會。」

楚九只得依言行事。

「早就聽聞清虛子性情乖張，今日一見，果然不假。」大長公主一心向佛，也常常在府外搭粥鋪施粥，對清虛子宴請乞丐一事不但不反感，反而欣慰道：「只要不做犯科之事，一心向善，別說宴請乞丐了，就是把阿狗、阿貓撿進來，我也不阻攔。」

「對對對，我早就想養條狗來著！」楚老太爺正津津有味地吃著雞腿，聽大長公主這麼說，便拍著楚雲霆的肩頭，鄭重道：「孫兒，你給我買條狗，讓牠給咱看家！」

「好。」楚雲霆點頭應允。

待吃完飯，楚老太爺硬要拉著楚雲霆下棋，楚雲霆只得依他。

祖孫倆上了臨窗大炕，你來我往地在棋盤上廝殺。

大長公主和許嬤嬤則坐在對面的榻上一邊纏著絲線，一邊說著體己話。「好些年沒有繡屏風了，今年怎麼著也得繡一副，明天妳陪我進宮一趟，去宮裡找些好看點的花樣，看看最近娘娘們都在繡什麼樣的。」

「好，奴婢陪您走一趟。」許嬤嬤笑道：「若論繡工，當數程貴妃身邊的戴嬤嬤最佳，到時候，咱們去貴妃宮裡跟戴嬤嬤討些花樣回來。」

「聽說程貴妃前些日子身子不適，也不知道最近怎麼樣了。」大長公主嚴肅道：「唉，這些年她跟皇后鬧得厲害，倒是讓我為難。說起來，這些小輩當中，我唯獨對程貴妃還是有些喜歡的，只是她那個綿裡藏針的性子，很不得皇后歡心，如今皇上龍體抱恙，無暇後宮，怕是她的日子也好不到哪裡去。」

皇后容氏是大長公主的親外甥女，程貴妃也是她當年看中送進宮給容氏當助力的，卻不想，兩人陰差陽錯地成了冤家對頭，這讓大長公主很是無奈。這些年若無要緊事，也不願意進宮了。

半年前，皇后痛失皇長子，哀傷欲絕，要不是膝下還有個年幼的七皇子，她怕是也隨著去了。自從皇長子逝世後，京城風雲變幻，秦王和燕王相爭激烈，齊王看似人畜無害，卻也非等閒之輩，表面上與世無爭，暗地裡卻在處處拉攏朝臣，若說他沒有奪嫡之心，她是不信的。如此一來，皇后跟程貴妃之間的矛盾，只能是越演越烈。

「後宮之事，原本就說不清、理還亂的，大長公主不要太憂心了。」許嬤嬤自然知道皇后跟大長公主的嫌隙，安慰道：「不管怎麼說，皇后總是您的外甥女，她雖然嘴上不說，心裡其實肯定知道，您當年送程氏進宮是為了她好，怎麼可能是給她添堵？至於後來她們相處得不睦，怎麼也怪不到您頭上來的。」

程貴妃看似溫柔無害，實際上卻是有主意的；況且她膝下也有成年皇子，怎麼可能甘心臣服皇后，替他人做嫁衣？

「但願如此吧！」大長公主苦笑道：「不過程貴妃也是命好，當年明明脈象是個公主，卻不想到最後生了皇子，怎麼能讓皇后不忌憚她。」想起那些陳年往事，大長公主只是嘆氣。

「祖母，您說當年程貴妃的脈象是個公主？」楚雲霆心不在焉地下著棋，聽聞大長公主和許嬤嬤談論的這些宮中秘聞，隨口插話道：「是哪個太醫替程貴妃診脈的？」

「我只知道那個太醫姓清，當時他進宮不到一年，醫術頗高，有次皇上問起貴妃腹中男女，清太醫說是公主。」大長公主手裡纏著彩線，笑道：「當時我也在場，皇上那時已經有四個皇子，心裡其實是急盼有個公主的，當下便賞了清太醫一柄玉如意，哪知程貴妃卻生下皇子。」

「那個清太醫現在在何處？」楚雲霆又問道。

「清太醫多半是不在人世了。程貴妃生產那天，他恰好去城郊採買藥材，就再也沒有回來過。」大長公主嘆道：「有人說是他知道自己診錯了脈，乘機逃走了，也有人說是被人暗地裡下毒手，總之，說什麼的都有，但這麼多年，清太醫活不見人，死不見屍的，只怕是凶多吉少。」見楚雲霆聽得認真，大長公主失笑道：「算起來，是十八年前的事了，那時你才兩歲，對這些事情自然不知，陳芝麻、爛穀子的事情，不提也罷。」

楚雲霆微微頷首，繼續下棋，心裡卻頓感疑惑。但凡太醫，只要是敢在皇上面前誇下海口的，一是胸有成竹，對此事十拿十穩；二是居心叵測，故意迷惑眾人。

但據當時的情形來看，皇后跟程貴妃並未翻臉，即便清太醫是程貴妃的人，也無須冒著欺君的風險故意顛倒是非，把皇子說成是公主。

也就是說，若他當真醫術了得，診斷無誤的話，當時的脈象便真的是公主。

至於怎麼突然變成皇子，怕是另當別論了。

「哈哈，我贏了、我贏了！」楚老太爺突然拍手叫道：「我終於贏了昭哥兒！」

「祖父棋藝了得，孫兒甘拜下風。」楚雲霆展顏道。

大長公主望著楚老太爺臉上開心的笑容，突然覺得，像他這樣也不錯，眼裡全是快樂和美好，全無半點憂傷……想到這裡她又有些委屈。老東西，我定要讓你恢復神智，跟我一起面對這些難言的煩擾……

「此事也是我老婆子多嘴，在娘娘面前誇了姑娘一通，娘娘原本也是女紅行家，聽聞姑娘竟然精通九轉回龍的繡法，很是驚喜呢！」戴嬤嬤坐在慈寧堂，滿臉笑容地喝著茶。「所以才讓我前來叨擾姑娘，要一條九轉回龍的刺繡手帕子，還望姑娘不要推辭。」

「嬤嬤客氣了，娘娘看上她的女紅是她的福氣，什麼叨擾不叨擾的。」太夫人對戴嬤嬤的到來，雖然很意外，但面上卻是淡然，語重心長地對顧瑾瑜說道：「瑜丫頭，既然是娘娘向妳討一條手帕子，妳趕緊回去繡好，好讓戴嬤嬤交差。」

顧瑾瑜忙吩咐綠蘿回清風苑取蠶絲手帕子和花樣，當下便坐在窗下穿針引線，心情很激動。只要她能入了貴妃娘娘的眼，就不愁查不出慕容朔的真正面目和意圖！

說不定慕容朔為了那個大位，另覓了高枝，急於甩掉她，才狠心推她落水溺亡。但轉念一想，又覺得不可能，因為她從未聽說慕容朔另有所屬，也從未聽說他有什麼風流債，就算沈亦晴傾慕他，也未見他對沈亦晴另眼相看，更別說是為了沈亦晴，他才做出這等狠心之事。不但前世沒有，就連現在，她也沒有聽說齊王慕容朔心儀的女人到底是誰；反而京城裡至今流傳的，都是慕容朔太過癡情，自從程嘉寧溺亡後，對女人便再提不起半點興趣，甚至連通房、側妃也不願意多看一眼了。可見，慕容朔除掉她，並非是有了外心，而是另有隱情，而她想要探究的，正是這些隱情。

心裡胡思亂想著，手上卻沒閒著，僅僅小半個時辰，一條巧奪天工的雙面繡手帕子便繡成了。

一面是兩朵菊花，一叢籬笆，還有一隻正在玩耍的小花貓；另一面則是一株出水芙蓉，兩隻蜻蜓。

針法井然有序，畫面栩栩如生，連戴嬤嬤見了，都大吃一驚；若不是親眼所見，她真的不相信這手帕子是眼前的女子所繡。深深地看了顧瑾瑜一眼後，她表情複雜地拿著手帕子回宮。

顧瑾瑜這才鬆了口氣。到底是宮裡出來的，知趣得很，沒有追問她是跟著誰學這種繡法。

「瑜丫頭，這倒真讓祖母驚奇了。」待戴嬤嬤走後，太夫人又開口問道：「這些妳都是跟誰學的？難不成也是柳家莊子上的那個老婦人？」

三丫頭在柳家住了十年不假，但自從四年前接回來以後，一直是平平淡淡的，沒聽說通曉醫術，也沒聽說會什麼女紅，如今，突然間會了這麼多技藝，著實讓她驚訝；若是別人，她心裡肯定會以為見鬼了。

「祖母所言極是。」顧瑾瑜早就想好了說辭，坦然笑道：「祖母放心，除了這些，我是真的再也不會別的了。我原本只知道是雙面繡，卻不知道這種繡法是什麼九轉回龍。」

「瑜丫頭，妳通曉醫術，又精於女紅，祖母雖然欣慰，但還是想告訴妳，木秀於林，風必摧之的道理。」太夫人嚴肅道：「妳二姊姊說的話雖然不中聽，卻是有幾分道理的，該藏拙的時候，咱們就應該藏拙，若是引來不必要的麻煩，反而不美。妳天生聰慧，應該知道祖母的意思。」像他們這樣的人家，還是不要跟宮裡的人有什麼牽扯得好，何況，程貴妃還是齊王慕容朔的母妃。

「多謝祖母提醒。」顧瑾瑜聽了，心裡很感動，情不自禁地伏在太夫人的肩頭。「孫女定會銘記在心，再也不會給祖母惹禍。」

若她只是顧瑾瑜，她真的只想做個安安靜靜、溫柔婉約的女子，像所有閨閣女子一樣，滿心希冀地等著家裡人替她相看婆家，然後出閣成親、相夫教子，或平淡、或精彩地過完一生。

可惜她不能。

她首先是程嘉寧，其次才能是顧瑾瑜。她連前世的事情都沒弄明白，又怎麼開始這新的人生、新的篇章？若是連前世怎麼死的都不知道，那她重生何用？

夜裡，顧廷西歇在盛桐院。

想到今天宮裡的戴嬤嬤來跟顧瑾瑜討要雙面繡手帕子，喬氏心裡很吃味，忍不住跟顧廷西抱怨道：「你這個女兒當真是心大，不過是去參加一場詩畫社的聚會，竟把宮裡的嬤嬤也引來了，這下一步，是不是要去宮裡當妃子了呀？」

原本只會哭鼻子、唯唯諾諾的繼女，突然搖身一變，成為大名鼎鼎的才女，還真是奇怪了；她若是再出去瘋跑幾天，說不定真的就抬進宮裡去了！

面對喬氏的嘮叨，若是以往，顧廷西早就暴躁了，可是此時，他卻冷諷道：「妳不要說三丫頭，四丫頭也去了詩畫社，也會繡雙面繡，怎麼她沒有被宮裡的嬤嬤看中？」

詩畫社的事情他多少知道一些，四丫頭臨陣脫逃，若不是三丫頭當場亮出九轉回龍的技藝，他還不知道怎麼被於侍郎嘲笑呢！現在想來，三丫頭也並非一無是處。

「那、那自然是四丫頭會藏拙。」喬氏知道顧瑾萱在詩畫社上差點出醜，忙替女兒周旋道：「當日參加詩畫社的有那麼多女子，若是一味地拋頭露面、爭強好勝，自然不妥；況且當時南宮家大小姐也在場，咱們沒必要去跟人家較勁。」

「哼，怕是四丫頭並非藏拙，而是壓根兒就不懂什麼雙面繡吧？」顧廷西雖然不喜歡顧瑾瑜，但事關他的顏面，此時還是拎得清是非曲直的，見喬氏還在為顧瑾萱辯解，遂冷諷道：「四丫頭也到了相看的年紀，我勸妳還是好好教導她用心學習一些女紅技藝，將來嫁出去不至於給顧家丟人現眼。」

「老爺這是什麼意思？」四姑娘一向讓喬氏引以為傲，聽見顧廷西說這樣的重話，臉色一沈，沒好氣地說道：「三丫頭會的那個什麼九轉回龍的繡法，京城女子幾乎都不會，您想想，四丫頭怎麼可能懂？再說了，三丫頭之前惹下的禍事還少嗎？尤其是這次，竟然在外過夜，若是傳揚出去，豈是一個才女之名所能遮掩的？別說丟人現眼了，就是老爺在外也會被人戳著脊梁骨罵！」

「哼，只要妳閉緊嘴巴，外人就不會知道。」顧廷西冷哼道：「我告訴妳，其他事情我可以睜一隻眼、閉一隻眼，唯獨這件事情，妳若是敢透露半點風聲，我絕對輕饒不了妳！」說完，頭也不回地走出去。

喬氏氣得直掉眼淚。

「夫人，您別生氣了，小心氣壞了身子。」紫檀忙安慰道：「肯定是於家姊妹四處添油加醋地說我們四姑娘壞話，要不然，老爺怎麼可能知道這些小事？再說了，咱們四姑娘心靈手巧，遲早會學會雙面繡的。」

「哼，可如今還是被三丫頭搶了風頭！」喬氏恨恨道：「若她真的入了貴妃娘娘的眼，說不定真的能入宮當妃，我可是聽說當今皇上最喜才女的。」程貴妃當年就是名震京城的才女，聽說恩寵至今呢！

「夫人不必憂心，就算三姑娘得了聖心，也並非好事。」紫檀眼珠轉了轉，低聲道：「您想啊，聽說皇上最近龍體欠安，說句大逆不道的話，就算三姑娘真的進宮，日後也是久居冷宮的命；倒是咱們四姑娘，若是能跟那時公子喜結連理，才是真正的美事一樁呢！」

「也就妳會寬慰我。」喬氏聽紫檀這麼說，這才擦擦眼淚，轉怒為喜，壓低聲音問道：

「時公子那邊打聽得怎麼樣了？」

「夫人，當真是良配呢！」紫檀把打聽來的消息娓娓道來。「時公子雖然不是京城人，卻是銅州府實打實的豪門世家，田產、商鋪無數，家裡時老太爺早些年還做過先帝的師傅，只因時老爺的夫人是程家老太太裴氏的表姪女，故而時公子才以程家表公子的身分客居在程家。」

「若是明年春試，時公子一舉中第，時家肯定會在京城置辦宅院家業。」喬氏聽得入迷，遐想道：「到時候萱兒嫁過去，不用在婆母面前立規矩，小倆口關起門過悠閒日子，想想就覺得美。」

「對啊，四姑娘真是好福氣！」紫檀喜孜孜道。到時候她做為大丫鬟，肯定也會跟著嫁過去做姨娘，時公子不僅相貌堂堂，家裡更是腰纏萬貫，絲毫不遜色於京城的公子哥兒。

顧瑾萱站在門口，聽了喬氏和紫檀的話，羞得滿臉通紅，捂臉跑回屋去。

想到時忠跟顧景柏是同窗好友，兩人常常在一起談論學問，吟詩作對，當下心裡便有了主意，從櫃子裡取出兩雙給顧廷西做的暖手套，去了顧景柏的蒼山院。

顧景柏對顧瑾萱的到來頗感意外，得知緣由後，沈吟道：「四妹妹，自古男女授受不親，妳這禮物雖然不甚貴重，但是貿然相送，時公子怕是會誤會。」他也算是過來人，當下便明白顧瑾萱對時忠的心思，只是這等私相授受的事情，他還是不能接受。

「大哥哥誤會了。」顧瑾萱嬌羞道：「那日在佛陀山，我不小心落水，幸有時公子搭救，我心存感激，無以為報，所以就繡了這對暖手套，還請大哥哥轉贈於他，聊表一下心意罷了。」

「他救了妳？」顧景柏頗感驚訝。這事他怎麼從來沒聽說過？四妹妹落水，時公子相救，怎麼聽怎麼像英雄救美的橋段，難道四妹妹要以身相許？

顧瑾萱羞愧萬分地點點頭，唯恐顧景柏不答應，放下東西就跑。

第三十九章 月事

巧的是，次日時忠恰恰來找顧景柏喝茶，聽他說起此事，驚訝道：「那日府上四姑娘為了撿手帕子濕了鞋襪，我不過是扶了她一把而已，區區小事，我早就忘記了，何來救命之說？」

「……但你終究是幫了舍妹，她不過是聊表心意罷了。」咳，顧景柏也有些尷尬了，時忠所說的那處淺灣他是知道的，充其量僅僅能濕個鞋襪而已，的確談不上救命。

「梓熙說笑了，女孩子的東西豈能隨便收？」時忠不以為然地笑笑。「我這個人最煩這些繁瑣禮節，若這也算救命之恩的話，那日府上三姑娘救了我，我豈不是應該大張旗鼓地登門道謝？」

「我三妹妹救了你？」顧景柏一頭霧水。誰能告訴他，到底是怎麼回事？時忠救了四妹妹，三妹妹救了時忠？

「那日我犯了失糖症，暈倒在地，幸而三姑娘出手相救，我才轉危為安，這才是真正的救命之恩吧？」時忠笑笑，皺眉道：「實不相瞞，剛才我遞了拜帖拜訪太夫人，想要當面謝過三姑娘，卻不想吃了閉門羹，你家三姑娘並不想見我，我這才是投報無門啊！」

顧景柏只是訕訕地笑。

窗外，一個小丫鬟凝神傾聽一陣後，毫無聲息地出了院子，一溜煙去了盛桐院，把時忠在顧景柏屋裡說的話，咬著耳朵說給顧瑾萱聽。

顧瑾萱羞憤難當，掩面跑回屋去。

紫檀一頭霧水，忙拉著那小丫鬟問道：「小蝶，到底是怎麼回事？」

小蝶是家生子，顧瑾萱賞了她一些銀錢，讓她幫忙探探時忠的口風，巧的是時忠當天便來了蒼山院，小蝶便躲到窗下，偷聽兩人說話，見紫檀問，便又把時忠的話原原本本地告訴了紫檀。

紫檀示意小蝶退下，進屋安慰顧瑾萱。「四姑娘別傷心，是那時忠不識抬舉，姑娘看上他，是他的福氣。」

「可是他並沒有把此事放在心上，我真是自作多情……」顧瑾萱越說越羞愧，恨不得找個地洞鑽進去，覺得沒臉見人了！

喬氏得知此事，很是氣憤，倏地起身去了慈寧堂，把此事原原本本地說給太夫人聽。

「原本以為時公子是個懂禮的，卻不想他竟然如此不成體統，想那山上人多，若是被人瞧見，四丫頭的名聲何在？」她還以為時忠肯定會對顧瑾萱負責，託人上門求娶呢，哪知一切都是她自作多情罷了！

「那妳想怎樣？」太夫人不動聲色地問道。

顧瑾瑜剛給太夫人把脈，正在暖閣裡寫調養的方子，聽喬氏這一通牢騷下來，心裡頓時明白幾分，原來喬氏竟然看上時忠，盤算著把顧瑾萱許配給他？果然是親娘啊！

「兒媳覺得時家怎麼也得負起責任來才是！」喬氏絞著手帕子，直言道：「既然跟萱兒有了肌膚之親，就應該主動上門求娶才是。」

「哼，怕是妳這些日子一直心心念念地盼著此事吧？」太夫人冷笑道：「妳怎麼不掂量掂量自家是什麼身分，時家是什麼身分？僅憑人家扶了一把，就想訛人家不成？」

「瞧母親說的哪裡話……」喬氏粉臉通紅道：「兒媳這還不是為了四丫頭打算！」

「四丫頭才多大，妳就為她這般謀算？」太夫人越加不屑道：「大丫頭婚事剛剛有了眉目，二丫頭、三丫頭八字還沒一撇，妳就著急地替四丫頭打算，妳這是唯恐世人不知道妳才是四丫頭的親娘嗎？這事要我說，連想都不要想，沒來由讓人家笑話！」

「我知道這些年母親素來瞧不起我……」喬氏被太夫人數落得掉眼淚，泣道：「這些年無論我怎麼做，都得不到母親的歡心，這些我都認了，誰讓我當年做錯事，可是萱兒是無辜的，她不應該受我的連累……」

「妳這話是什麼意思？我們哪裡待四丫頭不好了？」太夫人越聽越生氣。「難不成我應該把二丫頭、三丫頭拋一邊，先給四丫頭相看人家，才算她沒有被妳連累嗎？」

喬氏語塞，直到顧廷東和沈氏雙雙掀簾走進來，喬氏這才擦擦眼淚起身告辭。

沈氏不解地問道：「二弟媳這是怎麼了？」

「沒什麼，她不過是自找煩惱罷了。」太夫人冷冷道：「人貴在有自知之明，若是逾越了，只會事事覺得不順心。」

兩口子訕訕地笑，知趣地沒再問下去。

池嬤嬤上前奉茶。

「母親，前幾天我給銅州蕭家那邊去了書信，邀請蕭家回京城小住，好把兩個孩子的婚事定下來，蕭大人欣然答應，說年底前一定回來。」顧廷東心情愉悅地看著太夫人，面帶喜色道：「蕭大人還說，他之前也曾拜在蘇崇蘇大人門下，這些年跟蘇崇交往頗深，聽聞柏哥兒恰恰也是蘇崇的得意門生，很是高興，連誇柏哥兒有上進心呢！」

「母親，我們的意思，是趕在蕭大人回京前，先備一份厚禮過去，以表親家之誼。」沈氏心情大好，整個人變得異常通情達理，輕聲道：「俗話說，抬頭嫁女，低頭娶媳，凡事總得咱們主動才是。」

「那就這麼辦。」對兩口子的這番話，太夫人聽著很舒心，點頭道：「好生備一份厚禮給蕭家送去，待你們擬好了禮單，拿過來我瞧瞧便是。」

兩口子歡歡喜喜地應下。

相談甚歡，氣氛很是和睦。

暖閣裡的顧瑾瑜聽了，也替蕭盈盈高興。自她到了顧家，便一直跟顧家的姑娘們不睦，不想因為清虛子，跟未來的嫂子蕭盈盈甚是投緣，若蕭盈盈早點嫁進來，她就有伴了，正想著，卻聽見顧景柏的聲音不冷不熱地傳來──

「祖母，恕孫兒不孝，不能娶蕭家小姐為妻。」

顧廷東正心情愉悅地喝著茶，聽顧景柏這樣說，忍不住拍案而起，怒吼道：「婚姻大事，從來都是父母之命，媒妁之言，豈是你說不能就不能的！」

「老爺，有話好好說。」沈氏擔心父子翻臉，忙拉住顧廷東的衣角，轉過身勸著顧景柏。「柏哥兒，千錯萬錯都是娘的錯，之前不該插手你跟麗娘之間的事情，你怨娘、恨娘，娘都無話可說，可是如今麗娘已經進了燕王府，說什麼都為時已晚；再說蕭家小姐跟這事並無關係，你切不可遷怒於她，她真的是位好姑娘，你就聽娘這一次吧！」

蕭家雖然是外官，但京城裡的根基深厚不說，更重要的，沈氏還打聽到蕭盈盈的外祖家是鹽商，家資豐厚，是當地小有名氣的土財主，到時候蕭盈盈的嫁妝肯定少不了，眼下顧家急需這樣一個家境殷實的親家來幫襯。

「要娶你們娶，反正我不同意。」顧景柏絲毫不為所動，鄭重道：「麗娘的事情已經過去了，我不想再提，而且我已經答應父親用心讀書，考取功名，我就一定能做到；至於親事，你們就不要再逼我了。」

「你、你這是什麼話？」顧廷東鐵青著臉，恨鐵不成鋼地道：「你既熟讀聖賢書，豈能不知成家立業的道理？這門親事你應也得應，不應也得應！」

顧景柏臉色一沈，掉頭就走。

「柏哥兒！」沈氏跟著急急地追了出去。

顧廷東黑著臉，氣得直罵。「逆子、逆子、逆子！」

「我到底是作了什麼孽啊，養了這些不肖子孫！」太夫人撫著胸口道：「他分明是放不下那個伶人，才說不跟蕭家結親，若蕭家老夫人知道此事，說不定真的會帶著孫女離開京城，冤孽、冤孽、冤孽啊！」

「太夫人莫著急，世子血氣方剛，氣頭上的話哪能當真？」池嬷嬷安慰道：「再說，蕭大人還有兩個多月才回京，那時候說不定世子就回心轉意了呢！」

太夫人只是嘆氣。顧景柏從小就倔強，認定的事情十頭牛也拉不回來，若他執意不跟蕭家結親，難不成要綁著進洞房？

「祖母，其實蕭姊姊知道麗娘的。」顧瑾瑜這才從暖閣裡走出來，坐到太夫人身邊，把之前在大長公主府遇到蕭盈盈的事情告訴了太夫人。「蕭姊姊當時還說，大哥哥是性情中人，麗娘能得到他如此照顧，想必有過人之處；還說可惜麗娘進了燕王府，要不然日後替大哥哥收入房，也是成人之美了，可見蕭姊姊並非善妒之人。」

「難得那孩子心胸寬廣，倒是個通情達理的。」太夫人欣慰道：「瑜丫頭，妳既然跟蕭家小姐如此有緣，那妳大哥哥的事情，妳多上心，切不可因為讓妳大哥哥一時衝動，毀了這門姻緣。」

「祖母放心，此事我自會盡力而為。」顧瑾瑜欣然應道。

顧瑾萱得知太夫人不肯替她出頭，瞬間哭成了淚人兒。

她生平第一次心動，不但心上人沒有回應，連太夫人也不支持她，她真的是沒臉見人了。

喬氏見女兒傷心欲絕的樣子，很是心疼，忙安慰道：「不怕，有母親在呢，咱們再想想辦法。」

「還能有什麼辦法？他都沒放在心上。」顧瑾萱泣道。她自認姿色尚可，又是嫡女，原本以為時公子定會找人上門提親，沒承想人家壓根兒就沒當回事，真是丟死人了！

「哼，他不放心上沒關係，只要咱們放心上不就好了？」喬氏見女兒傷心，信誓旦旦道：「妳放心，母親自有主意！」

既然時公子如此不知趣，她只有等下個月銅州老家來人的時候，想辦法把消息傳回銅州，到時候，她倒要看看時家人打算如此處理此事！

到了給楚老太爺施針的那天，顧瑾瑜照例沒去。

月事剛剛過去一天，她擔心有反復，便讓阿桃去跟楚九說她身子依然不適，不想出門。

楚九面紅耳赤地走了。他問過吳伯鶴，知道女子的月事是怎麼回事，當下鬧了個大紅臉。嘖嘖，做女人還真是不容易啊！

楚雲霆得知後，心情瞬間有些煩躁。他雖然知道女子每月一次的月事，卻不知道幾天才能過去，眼下已經五天，難不成她那月事還沒有過去？但又不好意思明著問吳伯鶴，便輕咳一聲道：「怕是顧姑娘因為上次的事情，不願意過來了吧？」

「也不盡然，但凡女子月事少則三天，多則七天，或許顧姑娘真是身子不適。」吳伯鶴到底上了年紀，對男女之間的事情通透，加上這些日子見楚雲霆對顧瑾瑜的事情格外上心，心裡自然明白了幾分；如今又見他把公文搬到大長公主府來批閱，越加篤定了心裡的猜測，遂沈吟道：「顧姑娘是醫者，她自然知道這個時候是斷斷不能出門的。」

楚雲霆面無表情地點點頭。如此說來，等下一次祖父施針的時候，就能看到她了。

楚九聞言，頓感驚悚。敢情堂堂楚王世子和吳大夫在這裡堂而皇之地討論顧姑娘的月事？

第四十章　新鮮

後晌，顧瑾瑜便收到寧玉皎的帖子，邀她和蕭盈盈明日去府裡喝茶，且再三囑咐務必要去，切不可爽約。顧瑾瑜對這兩人印象頗佳，欣然應下。

閒來無事，她便跟青桐坐在臨窗大炕上給清虛子做鞋。

「三姑娘，給誰做繡活呢？」三姨娘掀簾走進來，走到兩人身邊湊上前看，讚道：「哎呀三姑娘，這針線做得比繡娘做的都好呢！說說看，跟誰學的？」

「姨娘說笑了，這哪裡是我做的，都是青桐的手藝。」顧瑾瑜笑笑，往裡挪了挪身子，給她讓了地方，問道：「姨娘今日怎麼有空到我這裡來？」

「三姑娘，您上次開的那個方子，奴家日日都用，可就是不見動靜。」三姨娘俏臉微紅道：「所以，想請三姑娘再給奴家把把脈。」

「好。」顧瑾瑜點點頭，便讓青桐拿著針線，去外套間，伸手給三姨娘把脈。那個方子三姨娘吃了有一個多月了，按理說，也該有動靜了。

「怎麼樣？」三姨娘急切地問道。

「姨娘身子康健，只是並無喜脈。」顧瑾瑜收回手，隱晦地問道：「妳跟父親還好嗎？」

她雖然討厭顧廷西，但對三姨娘還是很有好感的，也真心希望她能達成所願，但若無房事，再好的身子、再好的藥方，也是白搭。

「前兩個月，奴家可謂是專房之寵。」三姨娘會意，繼而撇嘴道：「可是這個月夫人重新排了日子，老爺在奴家屋裡的日子就沒幾天了，細算下來，也就三日，其中有兩日老爺喝醉了酒，回來得晚，並未跟奴家……」一個月三十天，喬氏自己占了半個月，其他半個月她們三個姨娘分，每人最多五天，若是碰到月事，根本就輪不到五天，想到這些，她心裡就越加憎恨喬氏。

「我明白了。」顧瑾瑜尷尬道：「這方子原本是溫補的，姨娘不要著急，來日方長，總會有的。」一個月只同房一次，懷上的機會的確小。

「多謝三姑娘！」三姨娘也有些不好意思，雖然三姑娘懂醫術，但她畢竟是個未出閣的姑娘，和她說這些床笫之事，未免尷尬了些。沈默片刻後，她扭扭捏捏地看了顧瑾瑜一眼，低聲道：「三姑娘，奴家還有一事，不知當講不當講……」

「姨娘但說無妨。」

「伯爺在南大街北巷安置了外院。」三姨娘環視四下，靠近顧瑾瑜的耳朵道：「那女子叫瓔珞，聽說生得很是嫵媚，伯爺幾乎每天都跑去南大街看她，看樣子是真的動心了。」

「妳、妳是怎麼知道的？」顧瑾瑜頗感驚訝，她怎麼啥都知道啊！

「是之前一個姊妹告訴我的，她說那瓔珞原本是名門之後，後來家道中落，靠賣花度日，不知什麼時候入了伯爺的眼，便把她安置在南大街北巷，金屋藏嬌養了起來。」三姨娘幸災樂禍道：「您說，我要不要告訴二夫人？」

「伯爺的事情，妳幹麼要告訴二夫人？」顧瑾瑜不解地問道。

「三姑娘您知道，二夫人一向對大夫人不滿，若二夫人手裡有了這把柄，不知道怎麼鬧呢！」三姨娘索性直言道：「如此一來，她就沒有工夫盯著奴家了。」要不是喬氏盯得太緊，這個月老爺怎麼可能只在她房裡歇那麼幾天……

「姨娘，這事還是不要聲張得好。」顧瑾瑜捏捏眉頭道：「下個月我大姊姊出嫁，府裡要大辦喜事，這個時候再傳出這等不雅之事，真的不好；況且這終究是大房那邊的事情，咱們還是眼不見為淨吧！」包養外室的事情，其實大都不會長久，等過了新鮮勁，男人膩了，通常就不了了之了。

三姨娘見顧瑾瑜對此事沒興趣，便沒有再說下去，略坐了坐，便起身告辭。

顧瑾瑜到底是個姑娘家，對長輩的外室什麼的，自然不感興趣，但她就不一樣了，整天待在屋裡無所事事，簡直是無聊透頂，如今好不容易聽說這麼個大消息，怎麼捨得錯過？想了想，她便扭著腰肢，盈盈進了盛桐院。就不信了，喬氏得知此事，還能把她攆出去？

喬氏果然心花怒放。

哼，伯爺看上去一本正經，卻不想也是個好色的，竟然偷偷包養外室，若是讓沈氏知道了，還不當場氣死？哈哈！

但她轉念一想，覺得此事不能聽三姨娘一面之詞，應該再好好探查一番，便極力掩飾住心裡的喜悅，鄭重道：「此事切不可對外張揚，待咱們親眼看見再說。」

「夫人放心，這事奴家哪敢對別人說。」三姨娘知道喬氏動了心，但又唯恐她把自己推出去當擋箭牌，便低眉屈膝道：「只是伯爺位高權重，又是當家人，若是他知道是奴家告訴了夫人，不知道怎麼憎恨奴家呢，奴家擔心大夫人會遷怒於奴家……」

「妳放心，此事我絕對不會牽扯到妳的。」喬氏見三姨娘平日裡耀武揚威，今日遇到這點事情就嚇成這樣，心裡很是不屑，衝她揮揮手道：「好了，妳下去吧，此事我自有安排。」

三姨娘心裡一喜，盈盈退了下去。

第二天一大早，顧瑾瑜便帶著阿桃出門赴約。

還是焦四趕車，看見顧瑾瑜，訕訕道：「三姑娘，上次的事情，是小人失職，還請三姑娘見諒。」

「無妨，事發突然，我不怪你。」顧瑾瑜淡淡道。

「謝三姑娘不怪之恩。」焦四畢恭畢敬道。

寧武侯府在崇明坊的東北角，跟楚王府隔了兩道街。顧瑾瑜沒來過這邊，有些好奇地掀開車簾往外看。

雕梁畫棟，紅瓦綠樹，街道筆直寬敞，路口不時地走過一隊侍衛來回巡視，相比顧家所在的滄瀾坊，崇明坊顯得很肅穆安靜。

早在前世，她就聽聞崇明坊向來是朝中大員的聚集地，很少有老百姓出入，故而治安是整個京城最好的，聽說之前在這裡住的達官貴人們路不拾遺、夜不閉戶；只是最近京城接二連三地揪出了前朝餘孽的事情，弄得大家人心惶惶，崇明坊也加緊了巡邏。

待侍衛上前拉住馬車，看了顧瑾瑜遞的帖子，才放他們往裡走。

剛拐彎，就看見楚雲霆帶著楚九和吳伯鶴迎面而來，顧瑾瑜忙放下車簾，假裝沒看見他們，哪知馬車走了幾步，又停了下來。

焦四暗暗叫苦，怎麼他每次出門都能遇見楚王世子……

「顧姑娘，聽聞前幾天妳身子不適，好些了嗎？」楚雲霆策馬上前，攔住馬車。

「多謝世子關心，好多了。」顧瑾瑜坐在車廂裡答道。想到之前兩人在山洞裡共枕而眠的情景，她的臉悄悄紅了起來，不知道為什麼，突然覺得羞於見到他了。

「妳這是要去哪裡？」楚雲霆繼續問道。

昨天他讓楚九去府上接她，她說身子不適，今日就能出門了，看來她那個是過去了吧？

「我接了寧武侯府五小姐的帖子，要去寧武侯府喝茶。」顧瑾瑜輕聲應道，卻始終沒有掀起簾子來看他。

「下次我祖父施針，想必姑娘不會爽約吧？」楚雲霆對著緊閉的車簾，繼續耐心地問道。晨起的陽光慢慢爬上樹梢，星星點點地灑在鋪滿青石板的大路上，跳躍著、閃動著，頗有些歲月靜好的感覺。

「不會，我下次一定去。」顧瑾瑜對著車廂外那個影影綽綽的影子答道，心裡暗忖，自從上次兩人跌入谷底後，便再也沒有見面，難不成他有別的事情要問她嗎？正想著，便聽楚雲霆又說道——

「妳來的時候記得帶著野煙葉給我，我上次的傷尚未痊癒，雖無大礙，但練功的時候會隱隱作痛，府裡大夫也束手無策。」

吳伯鶴笑笑，知趣地策馬前行。什麼叫他束手無策？分明是世子不讓他醫治好嗎！嘖嘖，顧家這位三姑娘還真是有福氣，竟然入了他們世子的眼，若是南宮大小姐和四公主知道了，不知道有何感想？唉，真是世事難料啊！

聽到他提起腿上的傷，顧瑾瑜這才忍不住掀起車簾，一本正經地囑咐道：「不用等五日後，我這就讓阿桃回去給你們取野煙葉，既然感覺到疼痛，說明還沒有痊癒，萬萬不能大意。」他腿上的傷怎麼說也是她經手的，她自然不會無動於衷；何況，她的確帶回好多野煙葉。

「無妨，平日並感覺不到，只是練功的時候會有些疼。」楚雲霆見她對他的傷勢很是上心，嘴角情不自禁地微翹。「等妳去大長公主府的時候捎去就行，不急在這三、四天。」

她身穿一件粉白色長裙，同色齊腰褙子，精緻的眉眼掩映在車簾下，顯得越加清麗脫俗、落落大方。他的心跳不自禁地狂跳了幾下，竟有些不知所措，全然忘了這是在大街上，只覺得天地間只有他和她。

「好，到時候我一定捎過去，告辭。」顧瑾瑜覺得在大街上這樣說話很不妥，衝他一笑，便放下車簾，吩咐焦四繼續趕路。

楚九對自家主子的行為感到不可思議，光天化日之下，攔住人家姑娘的馬車問東問西，真的好嗎？見人家姑娘的馬車要走了，他家主子還是攔在前面不讓路，他再也看不下去了，便夾緊馬腹，上前提醒道：「世子，咱們今天還要去烏鎮，若是再不走，回來的時候，天就黑了。」

楚雲霆這才意識到失態，瞬間斂容，揚鞭前行。

或許是在路上耽誤的時間多了些，顧瑾瑜在丫鬟的帶領下進了寧玉皎的淺月閣時，蕭盈盈已經到了，跟寧玉皎正聊得熱火朝天。

看見顧瑾瑜，蕭盈盈興奮地上前拉她的手，淺笑道：「我的顧三小姐，妳總算是到了！約好了辰時末到的，妳看看，妳還是遲了一盞茶的工夫！說說看，來晚了該怎麼辦？」

「自然是認罰。」顧瑾瑜笑笑，在淨盆裡淨過手，上前坐下。

「哎呀，我可捨不得罰瑜妹妹，瑜妹妹可是我們一家的大恩人啊！」寧玉皎喜孜孜地說著，壓低聲音道：「我母親有喜了，父親高興得跟個孩子似的，說不滿三個月不讓說，這才讓我遞帖子給妳，讓妳開些保胎的藥來吃呢！」

「我說妳怎麼突然請我們喝茶，原來是另有所圖。」顧瑾瑜失笑。楊氏原本就身子無礙，有孕是遲早的事情，她並不覺得太過驚喜。這一胎，她雖然不敢保證是男胎，但若是細心調養，定能順利生產。

「哼，原來我竟然是來湊數的！」蕭盈盈撇嘴道。

「哎呀，瞧我這個不會說話的。」寧玉皎摸了摸臉，笑了幾聲，上前扶住兩人的肩頭，討好道：「我錯了，是我早就想請妳們來我家喝茶，順便呢，請瑜妹妹幫我母親把把脈，這樣可以吧？」

「這還差不多！」蕭盈盈抿嘴笑道：「好了，妳快帶瑜妹妹去見夫人吧，咱們待會兒還要出門呢！」

「出門？去哪裡？」顧瑾瑜好奇地問道。

「妳這未來嫂子為了討好小姑，想請妳吃飯啊！」寧玉皎見蕭盈盈倏地紅了臉，自顧自地說道：「原本來我家喝茶，應該是我作東請妳們吃飯的，可是啊，妳嫂子來的時候，看到街上新開了家西北飯館，外面掛出來的招牌菜，全是西北最有名的地方菜，這不，非要拉著咱們陪她去吃呢！」

「好啊，等我回來，咱們一起去。」顧瑾瑜眉眼彎彎道。

楊氏看見顧瑾瑜很是激動，拉著顧瑾瑜的手說個不停，完全是恨不得讓顧瑾瑜在她家住下的架勢。

顧瑾瑜給她把脈，淺笑道：「夫人脈象不錯，無須過度擔心，好好保養就是。」

「好。」楊氏連連點頭。「我聽姑娘的。」

寧玉皎見楊氏對顧瑾瑜言聽計從的樣子，忍不住捂嘴笑。

從楊氏那裡出來，三人便直奔那家西北飯館。

飯館分了三層，一樓散客，二樓雅間，三樓茶室。

或許是剛剛開業，樓下人來人往，很是熱鬧。

菜都是大盤菜，酒也是用大碗盛的。

食客們三五成群，大聲調笑著吃肉喝酒，好不愜意。

蕭盈盈讓人提前訂了雅間，三人帶著各自的丫鬟穿過人群，上了二樓雅間。

小夥計畢恭畢敬地呈上菜單。

「我們西北菜講究的就是一個大字，大口吃，大口喝，這才痛快。」

蕭盈盈笑笑，把菜單推到兩人面前，豪爽道：「想吃什麼，儘管點，點少了，我跟妳們急！」

「哈哈，果然是西北來的，痛快！」寧玉皎翻看著菜單，有些眼花撩亂，搖頭道：「這些菜我看看就飽了，實在不知道點什麼了。」

「我看咱們不用點了，來個烤羊腿就好。」顧瑾瑜提議道。記得之前時忠告訴過她，西北烤羊腿才是西北菜裡的一絕，還說要烤給她吃，可惜她那時候聞不了那股腥甜的羊味。

剛剛她進門的時候，見樓下散客要了烤羊腿，她並不覺難聞，想來味道應該不錯。

身後的阿桃眼睛一亮，她最喜歡吃羊肉了，不管是烤的、燉的、蒸的，只要是熟的，她吃掉一隻羊也不在話下！

「好，我也正有此意。」蕭盈盈笑咪咪道：「再配上一盤燙麵餅，把羊肉捲起來吃，我保證妳們這次吃了，下次還想來！」

很快，烤得外焦裡嫩的烤羊腿和三小碟燙麵餅便端了上來，香味飄滿一屋子。

阿桃狠狠地嚥了口唾沫，也學著人家丫鬟的樣子，小心翼翼地替自家姑娘布菜，用筷子把羊肉撕下來，然後放到薄麵餅上，再淋上碟子裡的醬料，捲起來用籠布托著吃。

三人都是性情中人，並不忸怩，吃得很是過癮。

吃完飯，天色還早，寧玉皎提議不坐馬車，散步回府裡喝杯普洱茶解解膩再走。

蕭盈盈和顧瑾瑜欣然同往，三人出了飯館，慢騰騰地往回走。

一輛馬車緩緩停在三人面前，慕容朔掀簾下了馬車，笑咪咪地走到顧瑾瑜面前。「顧姑娘，別來無恙？」

男子身著一襲暗紅色金邊絲線袍子，腳蹬黑色祥雲暗紋靴子，雖貴氣卻不讓人望而生畏，不得不承認，成年皇子們當中，秦王慕容欽陰狠冷漠，燕王慕容啟荒淫好色，唯有慕容朔和顏悅色、平易近人。

壓抑在心底的那股恨意倏地攀上心頭，顧瑾瑜緊緊地絞著衣角，努力平抑住自己的情緒，垂下眸子，面無表情道：「見過齊王殿下。」這個人是她最想接近，卻又最不想看到的。

「齊王殿下。」寧玉皎和蕭盈盈也跟著上前屈膝施禮。

「免禮、免禮。」慕容朔心情似乎格外開懷，一雙眸子笑得瞇起來。「今日有幸見到三位姑娘，本王深感榮幸。」說著，又低頭看著顧瑾瑜，笑盈盈道：「本王剛剛從宮裡出來，聽戴嬤嬤說，顧姑娘不但醫術超群，而且繡工也堪稱京城一絕，是不可多得的才女啊！」語氣依然溫和如初，似乎他仍是當初那個溫潤如玉的表哥，而不是決絕把她推下護城河的猙獰男子。

「殿下過獎。」顧瑾瑜淡淡道：「不過略通一二罷了。」

有時候，她希望這只是一場夢，夢醒之後，她依然是程家二小姐……不，她永遠都不會是程家二小姐了，她不是程家的女兒。

慕容朔笑笑，深深地看了她一眼，轉身上了馬車，揚長而去。

「瑜妹妹，妳是怎麼認識齊王殿下的？」寧玉皎頗感驚訝，打趣道：「我倒是看出齊王殿下對妳印象不錯哦！」要不然，堂堂齊王殿下又何必為了一個女子停車駐足？越想越覺得其中必定是另有隱情。

「之前在我家藥鋪無意見過一面罷了。」顧瑾瑜解釋道。

「但我怎麼覺得他看妳的眼神很不一般啊？」蕭盈盈望著慕容朔遠去的馬車，皺眉道：「瑜妹妹，妳可要當心點。」

直到回了寧武侯府，丫鬟們上了茶，寧玉皎和蕭盈盈都還在討論慕容朔的心思，唯恐顧瑾瑜吃虧。

「妳們放心，今兒只是碰巧遇到，因為上次認識，說了幾句話而已。」顧瑾瑜見兩人一心為自己打算，心裡很感動。「妳們想多了，我不過一個六品主事的女兒，堂堂齊王殿下能對我有什麼想法？」

「話雖如此，可是有時候不是妳想躲就能躲開的。」寧玉皎托腮嘆道：「你們男未娶，女未嫁的，若是齊王真的開口，妳父親是不敢不答應的。」

「就是啊瑜妹妹，若是他真的想娶妳，妳實在是推辭不過啊！」蕭盈盈擔憂道。

「放心，我不會讓事情到那一步的。」顧瑾瑜篤定道：「眼下太子孝期未過，齊王是不可能有這樣的心思的。」

當今皇上最重孝悌之道，就算是齊王對她真的有心，也不敢在這個時候輕舉妄動。

兩人想想也是，這才紛紛鬆了口氣。

「對了，差點忘了，我還有一事想問妳呢！」寧玉皎猛然想起了什麼，忙對顧瑾瑜說道：「上次登高節，妳家四姑娘落水被程家表公子時忠搭救了嗎？」

「此事我從未聽說。」顧瑾瑜搖搖頭，又問道：「妳這是聽誰說的？」

顧瑾萱在佛陀山濕了鞋襪她知道，但是似乎沒有嚴重到需要人搭救的地步吧？

「我也是聽府裡的小丫鬟說的。」寧玉皎見顧瑾瑜一臉茫然，索性擺手道：「算了，不關咱們的事情，不說了、不說了。」

三人說了一番體己話，越說越投緣，大有相見恨晚之感，直到日頭偏西，才依依不捨地各自散去。

回去的路上，阿桃才期期艾艾地說道：「姑娘，四姑娘落水那天，其實奴婢瞧見了。」

「難道真的是時公子搭救了她？」顧瑾瑜問道。

「搭救談不上，只是扶了一把而已。」阿桃如實道：「而且那手帕子，奴婢瞧著也是四姑娘故意扔下去的。」

顧瑾瑜聞言，半晌無語，末了，才道：「此事咱們就當不知道，切不可向外人提起。」

阿桃點頭道是。

第四十一章 閒話

程府，別院。

兩個小丫鬟站在廊下邊嗑瓜子邊聊天，其中一個穿紫色褙子的小丫鬟吐著瓜子皮，口沫橫飛道：「今兒去了柳家首飾鋪子一趟，聽了一個閒話，是有關咱們表公子的，不知道該不該跟夫人說？」

「什麼閒話？快說來聽聽！」穿青色褙子的小丫鬟一臉好奇地問道。

「說是那日登高節，咱們表公子在山上搭救了一個建平伯府的姑娘，為此，時公子還特意去建平伯府拜訪過一次呢！」穿紫色褙子的小丫鬟繪聲繪色道：「我猜時公子肯定也喜歡那個姑娘，只可惜父母不在身邊，無人做主罷了。」

「竟有這等事？」穿青色褙子的小丫鬟頓時來了興趣，索性把手裡的瓜子全都塞到她手裡，眉飛色舞道：「表公子客居咱們府裡五年，一直獨來獨往，聽說時家前些日子還來信讓咱們太夫人幫忙留意京城這邊的千金小姐，說若是有般配的，他們好盡快給表公子訂下親事呢！」

「若真如此，倒也是美事一樁，只是不知道建平伯府哪個姑娘如此有福氣，竟然入了表公子的眼。」

「聽說是二房的姑娘……」

來。

蘇氏挽著程嘉儀的手站在別院門口，冷不丁聽兩個小丫鬟這麼說，便毫無聲息地退了出

「母親，您怎麼不進去問一問她們，此事到底是不是真的？」程嘉儀不解道：「若真如此，就應該跟時家說一聲，準備上門提親啊！」

「時家不是母親這邊的親戚，母親哪能這麼魯莽？」蘇氏不以為然道：「再說了，那時家一向都是給妳祖母寫信，對我不過捎帶著問幾句罷了，我又何苦操這份閒心？若表公子真的中意那姑娘，自會主動開口，哪裡需要咱們主動過問？」

「母親所言極是，倒是女兒思慮不周了。」程嘉儀點點頭，又道：「聽說最近京城未出閣的女子組建了詩畫社，互相切磋才藝、女紅什麼的，戴嬤嬤還當場評定了那個顧三姑娘的九轉回龍繡法為魁甲呢！」

「顧三姑娘竟然會九轉回龍雙面繡？」蘇氏吃了一驚，九轉回龍雙面繡最初流行於前朝貴族女眷中，以複雜繁瑣著稱，精通者便會被冠以才女之名。可惜自從改朝換代三十多年以來，這種繡法漸漸失傳，知者也寥寥無幾。如今聽聞顧三姑娘竟然在詩畫社以九轉回龍繡法奪魁，著實讓她意外。

「正是。」程嘉儀說道：「前天姑母召見我的時候，還說有意見一見顧三姑娘呢！」

「看來，建平伯府的姑娘個個都不簡單，竟然敢把手伸到宮裡去顯擺，心可真夠大的。」蘇氏冷笑道：「下次我進宮的時候，告誡一下妳姑母，切不可讓這個三姑娘給迷惑了。」當初在佛陀寺一見她，就知道這姑娘不簡單，如今看來，還真的是。

清晨，淅淅瀝瀝地下起了小雨，天地間灰濛濛的，院子裡也是濕漉漉的一片。

「下著雨，姑娘怎麼出門啊？」綠蘿收起傘，在門口甩了甩傘上的水珠，跺了跺腳，掀開門簾進屋，撇嘴道：「姑娘，楚九早就在外面等著了，說今兒務必請姑娘去大長公主府呢！」

「我答應今天去，就一定會去。綠蘿，妳幫我把給師伯做的鞋和衣裳包起來交給阿桃，我好給師伯帶去。」顧瑾瑜坐在梳妝檯前扶了扶鬢間的髮飾，吩咐道：「青桐，把我那件天青色蠶絲斗篷取出來。」

兩人齊聲應著，各司其職。

待收拾妥當，顧瑾瑜帶著阿桃出門上了馬車，直奔大長公主府。

清虛子早就在別院裡等著了，看見新鞋和新衣，樂得眼睛瞇成了一條線，連聲道好，當下便迫不及待地穿在身上，興高采烈地在屋子裡轉了幾圈，大手一揮。「好了妳回去吧，今兒下雨，不宜施針，暫停幾日吧！」

「既然下雨不宜施針，您為什麼還讓楚九把我接來？」顧瑾瑜有些無語，這種天氣，誰願意出門啊！

「是那個臭小子非要把妳接來的，關我屁事？」清虛子翻著白眼道：「妳若不信，親口去問他便是。」

楚九突然出現在門口，訕訕道：「世子說，今兒陰雨天，腿疼得厲害，請姑娘過去幫忙瞧瞧。」

「世子現在在哪裡？」顧瑾瑜這才想起，她答應今日給楚雲霆看腿傷來著。

「剛剛世子去了醉風樓，說在那裡等姑娘。」楚九忙道：「咱們這就過去吧？」

清虛子斜眼看了看顧瑾瑜，乾笑幾聲，背著手去了裡屋，片刻又探出頭來吩咐道：「楚九，今兒有雨，你把偏廳收拾出來，把飯菜擺在那裡，今兒來的人可能有點多，你多派幾個人照應。」

楚九哭笑不得。這幾天神醫把堂堂大長公主府弄成了乞丐窩，每天都會有七、八十個乞丐蜂擁到此吃飯，很是吵鬧，偏偏清虛子有言在先，誰也不好說什麼，就連大長公主也睜一隻眼、閉一隻眼，任他們去。

「今天師伯有客人嗎？」顧瑾瑜不解。

「顧三姑娘妳不知道，妳這師伯最近天天請乞丐們吃飯呢！」楚九輕咳道：「也幸好大長公主是個樂善好施的，要不然哪能容他這樣胡鬧。」

見過性情乖張的，沒見過如此乖張的，嘖嘖，還真是把這裡當自己家了啊！

到了醉風樓，楚九領著主僕兩人上三樓。

穿過大大小小的茶室，又上了三、四個臺階，便進了一間偌大的書房，靠牆處放著兩排高大的書架，上面擺滿了琳琅滿目的書，靠窗的地方盤了一座臨窗大炕。

楚雲霆正倚在炕上看書，聽見腳步聲，抬起頭，見是顧瑾瑜，俊朗的臉上才有了笑意。「來了。」

顧瑾瑜點點頭，上前問道：「世子可還腿疼？」

「有點，是隱隱作痛。」楚雲霆坐直身子，放下書，順勢把胳膊放在炕几上。「有勞姑娘了。」

「無妨。」顧瑾瑜盈盈上前，微涼纖細的手指搭在他的腕上，微白的天光透過月白紗窗影影綽綽地灑進來，映在她恬靜清麗的臉上，給人一種異常舒心溫暖的感覺，看得他心頭微動。

楚九知趣地退了下去。

阿桃依然木頭樁子般站在顧瑾瑜身後，胖胖的臉上不帶一絲表情。

或許是感受到男人異樣的目光，顧瑾瑜面上一紅，垂眸道：「世子並無大礙，或許是陰雨天的緣故，等到了晚上臨睡的時候，再泡一次就好了。」從脈象上看，他的腿傷應該是好了，至少沒有他說的這麼嚴重。

「今天請姑娘來，不單單是因為這事，還有一件更重要的事情。」楚雲霆頓覺失態，不動聲色地收回目光，轉身朝外吩咐楚九。「你先帶阿桃姑娘去三樓喝茶，我有些事情要跟顧姑娘單獨說。」

阿桃有些遲疑。

「去吧，待會兒我下去找妳。」顧瑾瑜衝阿桃點點頭，待楚九跟阿桃出門以後，才問道：「不知道世子要跟我說什麼？」

「程院使家的莫婆婆是妳什麼人？」楚雲霆冷不丁地問道。暗衛告訴他，程院使家住著一個瘋瘋癲癲的老婦人，姓莫，府裡的人都稱她「莫婆婆」。

稱年老的婦人為「婆婆」，並不是京城這邊的稱呼，而是南直隸水鄉一帶的稱謂。

「世子怎麼這麼問？」顧瑾瑜暗暗吃驚，他怎麼會知道莫婆婆？

「那天在山洞，妳在夢中喊過莫婆婆，看得出她跟妳關係不一般。」楚雲霆用茶蓋輕撥著碗裡起起伏伏的茶葉，從容道：「我調查過了，那個莫婆婆在程家住了近三十年，卻是從來不出門，當然妳也從來沒去過程家，那麼，妳是怎麼認識她的？」

「就算我夢裡喊過莫婆婆，那也只是夢話。」顧瑾瑜見他大剌剌說出她夢囈的話，頓覺尷尬。「世子怎麼就斷定是程院使家的莫婆婆？京城裡姓莫的老婦人多了去，不是嗎？」回去趕緊吃些清火的藥，夢囈被人聽去，著實尷尬，尤其是被外人聽去。

「的確，京城姓莫的不少，可是莫婆婆卻只有一個。四十年前，她被人追殺，逃到京城，被程老太爺所救，兩人一見鍾情，可惜當時程老太爺已有妻室，不能娶她為妻，便金屋藏嬌，把她安置在南大街的宅子裡。或許是程老太爺臨終留了話，在程老太爺死後，她才被程院使接到府裡，無名無分地過到今天。」

楚雲霆抿了一口茶，合上碗蓋，繼續說道：「裴老夫人是程院使的嫡母而非親生母親，故而我斷定那個莫婆婆就是程院使的生母。」

他的聲音很低沈，卻異常堅定，不容置疑。

「世子為什麼要告訴我這些？」顧瑾瑜雖然心裡驚訝，面上卻是異常平靜。她簡直難以相信他所說的這些，簡陋的院子、粗茶淡飯的供給，程庭就這樣對待自己的生母？

雨漸漸地停了，烏雲散去，橙色的陽光夾雜著花木的雨後清香，若有若無地從窗櫺透進來，給櫻桃木地板染上一層淺淺淡淡的光暈，連同屋裡的氣氛也瞬間變得朦朧起來。

「我之所以告訴妳這些，就是想讓妳知道，程家的水很深，又是力保齊王的，妳切不可再輕舉妄動。」

楚雲霆的臉隱在暗影裡，聲音沈沈道：「若妳實在恨慕容朔，妳盡可以多多留意程家的動靜，若有什麼把柄，妳一定要告訴我，由我來處理。齊王不同於秦王、燕王，他雖然看著和善，卻很陰險毒辣。」

她所做的一切，他都看在眼裡。雖然他現在還不知道她為什麼如此恨慕容朔，但他知道，若不是徹骨的恨意，她不會這麼做。以前他只是懷疑，現在卻是真心想幫她，畢竟兩人同生共死過，再也不是當初的路人，對她的處境，他做不到無動於衷。

「多謝世子提醒。」顧瑾瑜面無表情道：「我會小心的。」

她跟楚雲霆立場不同，實在難以達成一致的意見。

反正她早晚要查出她自己的身世，不管是一年還是兩年，即便三年、五年她都等得起，總之，這輩子她是不會放過慕容朔的。

「顧姑娘，我的意思是，這些事情我幫妳做。」楚雲霆握拳輕咳道：「妳無須自己動手。」

「你幫我？」顧瑾瑜不解，他憑什麼要幫她？

「之前在山谷的時候，咱們同生共死地走了一遭，姑娘對我的照顧，我銘記在心。」楚雲霆目光炯炯地看著她，坦言道：「難道我在姑娘的心目中，還是先前那個高高在上的楚王世子嗎？」讓他想不到的是，自從山谷回來後，她似乎還是原來的那個她，壓根兒什麼也沒改變；若是換了別人，怕是早有什麼想法了吧？只是他對她，卻真的做不到跟之前一樣了。

「在山谷的時候，咱們是相互照拂，在那樣的境遇下，任誰也不會各管各的。」顧瑾瑜淡淡道：「若是真的追究起來，還是世子照拂我多一些吧！」若沒有他，她是無論如何也抓不到山雞的；至於後來黑衣人襲擊他們，也是楚雲霆護著她，她才能毫髮無損，倒是他，卻因此受了傷。

「可是姑娘對我的照顧，我卻是記在心裡的。」楚雲霆意味深長道：「顧姑娘，楚王世子的人情並不是能輕易欠下的，妳應該高興才是，難道多一個人替妳謀算，不是好事嗎？」

「如此，那就多謝世子了。」顧瑾瑜心頭微動，勉強笑道：「畢竟楚王世子的人情的確是不輕易欠到的。」

楚王府在京城德高望重且從不涉奪嫡之爭，豈會因她的一己私利而除去齊王？怕是到最後只會勸她顧全大局，化干戈為玉帛罷了。如今她一舉一動他都看得清清楚楚，實在讓她覺得無所遁形，但她偏偏又阻止不了他什麼，只能由他。

楚雲霆自然不知她心裡的彎彎繞繞，又問道：「那以妳之見，那三個死士會是誰派的？」

「他們個個身材魁梧，刀法狠辣，用的暗器卻是沒毒的。」顧瑾瑜沈吟道：「我想應該是西北那邊過來的。」

說到這裡，她心裡突然通透起來，原來是燕王慕容啟想要暗算他們，想到這裡，又忙問道：「世子，難不成是燕王不肯放過我？」想想又覺得不太可能，畢竟慕容啟若是想對付她，實在用不著如此大張旗鼓。

「不是妳。」楚雲霆搖搖頭，不以為然道：「他是針對我來的。」

顧瑾瑜點點頭，表示同意，她的確不值得燕王如此大動干戈地派暗衛刺殺。

「實不相瞞，我如今奉旨徹查太子遇刺一案，明裡暗裡自然得罪了不少人，為了保住自己的利益，想要我命的大有人在。」楚雲霆笑笑，低頭看著她那雙清亮的眸子，輕聲道：「我猜秦王和齊王，也恨不得要置我於死地呢！」若說他跟慕容啟的恩怨，自然是因為上次顧景柏強闖燕王府，他讓蘇公公在皇上面前說話，被慕容啟知曉，才對他懷恨在心的，除此之外，他跟慕容啟的交情反而要好過秦王和齊王。唯一讓他沒有想到的是，燕王氣量如此狹隘，竟然為了這等小事對他動了殺意。當然，這些他不可能告訴顧瑾瑜，他並不想讓她對他有什麼愧疚之情。

「想不到楚王世子的處境也如此不易。」顧瑾瑜感慨道：「我雖然對太子一案不甚瞭解，但聽聞是前朝餘孽宇文族下的手，世子還在查什麼？」早在前世的時候，她就聽說，太子慕容曄是被前朝餘孽所暗害，卻不想，事情過了這麼久，楚王世子竟然還在徹查此事。

「徹查宇文族在京城的內應。」楚雲霆直言道：「太子出行的路線都是極其隱秘的，若說京城沒有他們的內應，我是不信的。」

「原來如此。」顧瑾瑜恍然大悟。

不知不覺，已經到了晌午。

雖然楚雲霆執意要留主僕兩人吃飯，但顧瑾瑜還是拒絕了。單獨見面已經逾禮了，再留下吃飯更是說不過去，她雖然名聲不佳，但並不代表不在乎。

楚雲霆無奈，只得讓楚九送她們回去。

不遠處的馬車上，南宮素素憤憤地放下車簾，用力絞著手裡的手帕子，恨恨道：「又是那個顧瑾瑜！成天在我霆表哥面前晃來晃去，分明是故意的！我就不信我收拾不了一個小小六品主事的女兒！巧杏妳說，我哪裡比不上她？」顧瑾瑜進去那麼久，走的時候，霆表哥還親自出來相送，真是氣死她了！

「小姐，收拾那個顧瑾瑜，何必您動手？」巧杏靈機一動，對她咬耳朵道：「不如把此事透露給四公主，讓四公主出面收拾她。」

「對啊，讓她們狗咬狗，先咬起來再說！」南宮素素眼睛一亮，得意道：「走，咱們這就進宮見四公主！」

街上雖然車水馬龍，熙熙攘攘，但楚王府的馬車卻是一路通行無阻，只用了小半個時辰，便來到建平伯府。

剛下馬車，就見池嬤嬤急急地迎上來。「三姑娘總算回來了，太夫人一直在等著妳呢！」

「池嬤嬤，是出什麼事嗎？」顧瑾瑜問道。

「沒有，剛剛宮裡的戴嬤嬤來了，說是程貴妃召見，讓您明日進宮一趟。」池嬤嬤低聲道：「太夫人有些擔心，想多囑咐囑咐姑娘呢！」

「讓祖母掛心了。」顧瑾瑜笑笑，她對進宮並不惶恐，反而有些期待。知彼知己才能百戰不殆，她不便靠近慕容朔，但她可以靠近他身邊的人。

第四十二章　進宮

第二天一大早，宮裡果然來了馬車。

昭陽宮前翠竹依舊蔥翠，細碎的陽光星星點點地灑在朱色大門上，耀眼奪目。

一切還是當初的模樣。

顧瑾瑜亦步亦趨地跟在戴嬤嬤身後，穿過游龍般的迴廊，沿著腳下漢白玉鋪成的臺階，進了榮華殿。榮華殿是昭陽宮的正殿，邊邊角角上懸掛了許多風鈴，叮叮噹噹地響。

前世程貴妃是她的姑母，自然少不了召見她跟長姊到宮裡來小坐，而榮華殿是她最喜歡待的地方，殿裡不但放著大量的藏書，還有許多精美的樂器，都是她的最愛。

戴嬤嬤率先掀起珠簾，引著顧瑾瑜走進去，對著上首坐著的紫衣麗人畢恭畢敬道：「娘娘，顧三姑娘來了。」

「臣女見過貴妃娘娘。」顧瑾瑜垂著眸子，盈盈上前施禮，須臾，頓覺一股難言的情緒在她心頭翻騰，傷心、憤怒、不甘，更多的則是委屈。

前世她含冤而亡，今生又借著別人的身子、別人的容貌，再次出現在世上，其中的辛酸偏偏無人訴說、無人知曉，所有的一切只能自己嚥下。想著想著，她的眼底悄悄有了淚。

「妳抬起頭來，讓本宮瞧瞧。」

程貴妃略帶沙啞的聲音從頭頂傳來，須臾，一股淡淡的百合清香若有若無地迎面撲來，還是熟悉的香料。

顧瑾瑜緩緩抬頭，映入眼簾的女子雖然妝容精緻，嫻靜清麗，但眉間緊鎖的憂傷卻是藏也藏不住的。貴妃姑母比上次見的時候憔悴不少，乍看竟然一下子蒼老了好幾歲。她越瞧越心酸，忍不住落淚。

「顧三姑娘，妳這是怎麼了？」戴嬤嬤驚訝地問道。怎麼這姑娘一見貴妃的面就掉眼淚呢？娘娘沒對她怎麼著啊！

「顧三姑娘，妳不要怕，本宮今兒找妳來，是聽說妳會九轉回龍的繡法，覺得很是驚訝，故而想見見罷了。」程貴妃和顏悅色道：「戴嬤嬤，快請顧三姑娘坐下，我要跟她好好聊聊。」

「是。」戴嬤嬤忙命人搬了椅子過來。

「謝娘娘賜座。」顧瑾瑜悄悄擦乾眼淚，坐了下來。

一個綠衣宮女上前奉茶。

「妳們都退下吧！」程貴妃朝屋裡的宮女揮了揮手。

眾宮女福了福身，毫無聲息地退下。

「顧三姑娘看見本宮，可是想起了什麼傷心事？」程貴妃往前傾了傾身子，輕聲道：「本宮猜，妳是想起了程家二小姐，對不對？」自從嘉寧溺亡，幾乎再也無人敢在她面前提這個名字，殊不知，她是極其期盼有人跟她說說嘉寧，說說她所不知道的一切。

「是的。」顧瑾瑜點點頭，輕聲道：「臣女跟程二小姐私交甚好，如今看見貴妃，驚覺容貌跟二小姐極為相似，一時失態，還望娘娘見諒。」除此之外，她再也想不到更好的說辭了。

反正任憑貴妃問什麼，只要是關於程嘉寧的，她自然全都能答上來。

「好好好……」程貴妃說著，眼裡也有了淚，哽咽道：「嘉寧自幼體弱，常年臥病在床，不常常出門，本宮原本以為她跟京城女子並無交往，卻不想她竟然還與妳有所來往，本宮頓覺安慰。說說看，嘉寧都跟妳說了些什麼？可曾提到本宮？」

「二小姐說，貴妃娘娘待她最好，但凡有什麼稀罕之物，都會賞賜給她。」顧瑾瑜知道程貴妃有意試探她，兩手摩挲著茶杯，垂眸道：「她說娘娘最喜歡喝用荷葉露珠製作的蓮子心茶，每年夏天她都會親自採些荷葉上的露水封在罈子裡，埋在她院子裡的梨樹下，等進宮的時候孝敬娘娘。」

今年夏天她採的露水依然埋在她秋皎院的梨樹下，原本她是打算親自送進宮的，可是父親卻很堅決地拒絕，說少不了出門回來後又得大病一場，不如安安穩穩地待在家裡，等齊王來的時候，讓他捎進宮裡去，她才作罷。

「難為妳還記得這麼清楚，自從她懂事以來，知道本宮愛喝這茶，就年年給本宮採荷露、採蓮心，這孩子就是細心……」程貴妃擦擦眼睛，勉強笑道：「本宮替嘉寧高興，能有妳這樣的知己。聽說妳不但會繡九轉回龍雙面繡，還懂醫術，真可謂是才女啊！」

「娘娘謬讚。」顧瑾瑜努力抑制自己的情緒，勉強笑道：「臣女不過略懂一二罷了。」

「娘娘，蘇公公來了。」戴嬤嬤上前稟報道：「說是皇上召見娘娘去西暖閣品茶。」

「知道了，妳告訴他，待本宮換件衣裳就去。」程貴妃微微頷首。

戴嬤嬤依言退下。

「娘娘珍重。」顧瑾瑜起身道：「臣女告辭。」

「顧三姑娘好不容易進宮，又是本宮召見的，怎麼也得用了午膳再走。」程貴妃起身上前，拉著她的手，上上下下地打量她一番，眼帶笑意。「妳在這殿裡待著也無趣，本宮讓七彩陪著妳去御花園逛逛，也不枉妳來一次。」

「臣女恭敬不如從命。」顧瑾瑜只得點頭應道。

「顧三姑娘，請跟奴婢來。」七彩立刻上前福身施禮。

顧瑾瑜認識七彩，知道她是貴妃娘娘的心腹侍女，身手不凡，能撂倒五、六個壯漢，人長得端莊秀麗，只是額頭長了好多粉痘，雖然她極力用頭髮遮住，但還是隱約可見。

時值深秋，御花園百花凋零，唯有大片大片的菊花開得茂盛，連綿成一片花海。

樹影花叢間，南宮素素正親熱地挽著一個身穿鵝黃色衣裙的女子，眉眼彎彎道：「以四公主的才藝，若是加入我們詩畫社，肯定會奪魁的，若四公主是第二，無人敢稱第一。」

「那是，本公主琴棋書畫樣樣精通，豈是妳們這些人所能比的？」慕容婉揚了揚手裡的馬鞭，眉眼間盡是上位者的驕傲，漫不經心地問道：「聽說妳們已經比試了一場，還被什麼建平伯府的姑娘奪了魁甲？」

「四公主消息還真是靈通，上次的魁甲的確是建平伯府的姑娘。」南宮素素微怔，忙問道：「四公主是聽何人所說？」難不成顧瑾瑜的名聲已經傳到宮裡來了？想想又覺得不太可能。

「自然是戴嬷嬷說的。」慕容婉啪地收起馬鞭，順手摘下一朵稚菊，一片一片撕著嫩黃色的花瓣扔在地上，不屑道：「聽說貴妃娘娘今日還召見她呢！」哼，不過是個六品主事的女兒，沒來由辱沒了她皇家的名聲，就算是奪了魁甲又能怎麼樣？

南宮素素剛要說什麼，冷不丁一抬頭，瞧見迎面走來的那兩個女子，其中一個竟然是顧瑾瑜，遂冷笑道：「四公主，真是說誰誰就來了！您看，七彩身邊的那個女子就是在詩畫社奪魁的那個顧姑娘。」

慕容婉不屑地瞥了顧瑾瑜一眼，大言不慚道：「哼，也不過如此嘛！等我加入詩畫社，就讓她瞧瞧什麼是真正的才女！」不過是個小小六品主事的女兒，她看都懶得看。

「公主有所不知，這個顧瑾瑜仗著有些才名，竟然對楚王世子起了不該起的心思呢！」南宮素素憤憤道：「七夕那天，她故意跌倒在我霆表哥的馬下，想要乘機嫁入楚王府，哪知被我霆表哥用一千兩銀子給打發了。她一計不成，就再生一計，仗著懂些醫術，不知道怎麼入了清虛子神醫的眼，竟然混進了大長公主府給楚老太爺瞧病，別人不知道，我心裡卻像明鏡一樣，她此舉分明是故意想接近我霆表哥罷了！」哼，她先借四公主的手除掉顧瑾瑜，然後讓四公主惡名在外，這樣她就有把握讓霆表哥跟四公主結不成親！

「竟有這等事？」慕容婉停下腳步，警惕地看著南宮素素，問道：「那霆表哥待她如何？」

父皇有意把她許配給楚雲霆的事情，她自然是知道的，等太子孝期一過，自會下旨讓他們成親，在她心裡，早就把楚雲霆當未婚夫婿看待。

「霆表哥現在礙於她時時入府給楚老太爺瞧病，自然不能給她冷臉。」南宮素素想到上次楚雲霆親自送顧瑾瑜出府的情景，心裡越發酸楚，恨恨道：「現在是沒什麼，可是誰知道以後霆表哥會不會被她迷惑？」

「想不到世上竟然有如此不要臉的女子，本公主這就去教訓教訓她！」慕容婉越聽越生氣，大步地走到顧瑾瑜面前，冷冷問道：「妳就是顧三？」

「四公主！」七彩忙福身施禮。

「回稟四公主，正是臣女。」顧瑾瑜早就看見南宮素素跟慕容婉站在那裡嘀嘀咕咕，剛想找個藉口離開，卻不想還是遲了一步，跟慕容婉撞了個正著。

前世她進宮的時候，也跟慕容婉有過幾面之緣，並無交集，只知道四公主是當今皇上的掌上明珠，燕王慕容啟的胞妹。聽說她悟性極好，不管學什麼都很快上手，宮裡人都說，她像極了年輕時的孝慶帝。

「聽說妳不但會九轉回龍雙面繡，而且還懂醫術？」慕容婉圍著她轉了一圈，眼珠轉了轉，輕咳道：「恰好本公主身子有些不適，妳給本公主瞧瞧吧！」

「回稟四公主，臣女只是略懂皮毛而已。」顧瑾瑜不卑不亢道：「公主身分尊貴，恕臣女不敢妄診。」

「哼，顧瑾瑜，妳的意思是不肯領旨了？」南宮素素冷笑道：「欲擒故縱的把戲，我見多了，看在咱們都是詩畫社的人，我奉勸妳一句，在四公主面前，妳就不用裝模作樣了，讓妳把脈，是看得起妳！」

「妳放心，本公主不會白白用妳的，自會多賞妳一些。」慕容婉往半空甩了甩鞭子，挑釁道：「若是瞧得好了，本公主會請求父皇封妳進宮做個女醫，到時候妳的賞賜會更多。」

「多謝四公主抬愛。」顧瑾瑜淡淡道：「臣女並不想做女醫，也不想要什麼賞賜。」

「難道妳還想抗旨不成？」慕容婉見她表情冷淡，似乎壓根兒沒把她放在眼裡，不由得火冒三丈，忍不住提高聲音。「不過是小小六品主事的女兒，有什麼資格說不！」

「四公主，顧三姑娘是貴妃請來的客人，公主若有不適，還是另傳太醫吧！」七彩忍不住開口道：「娘娘奉旨去西暖閣品茶，怕是快回來了。」說完，拉著顧瑾瑜就走。

「等等！」慕容婉身形一晃，伸手抓住顧瑾瑜的手腕，不依不饒道：「貴妃的客人，本公主就留不得嗎？妳少拿雞毛當令箭！難道本公主還怕貴妃不成？」她才是父皇的掌上明珠好不好？程貴妃算什麼？

「四公主當真要如此無禮嗎？」顧瑾瑜臉色一冷，順手抓住慕容婉的另一隻手，暗暗掐住她的穴道。

慕容婉只覺得手臂一麻，忙放開她，氣急敗壞地質問道：「妳、妳敢暗算我？來人，給我拿下！」

「四公主，若是我有什麼不測，信不信妳這隻手臂就廢了？」顧瑾瑜向前傾了傾身子，小聲道：「我死不足惜，可是公主從此失了胳膊，值得嗎？」前世她雖然看上去養尊處優，實際上一直活在一個她看不見的陰謀裡，才枉送了性命，這輩子她絕對不會再讓任何人欺負，哪怕是公主。

「妳、妳威脅我?!」慕容婉又驚又怒，忙雙手抱在胸前，護著自己的胳膊，跳腳道：「妳竟然敢威脅我？來人啊，快把她給我抓起來，投入天牢！」

「不知道顧三姑娘哪裡惹了四妹妹，讓四妹妹生這麼大的氣？」慕容朔冷不丁從旁邊的樹叢中閃身而出，面無表情地問道：「她好歹是我母妃請來的客人，四妹妹這般為難，到底是什麼意思？」

父皇有九個皇子，卻只有兩個公主。慕容婉聰明伶俐，才藝過人，更是深受父皇寵愛，越發寵得她無法無天。

「她、她暗算我！」慕容婉跺腳道：「六哥，你得替我做主啊！」適才顧瑾瑜握她手的時候，她身上突然感到發癢難忍，分明是這個死丫頭暗算她！她豈能吃這個啞巴虧？

「殿下，娘娘現在在西暖閣陪皇上品茶，才讓奴婢陪顧三姑娘前來御花園賞花，卻不想碰到了四公主和南宮小姐。」七彩忙上前屈膝施禮，解釋道：「四公主說身子不適，非要顧三姑娘替她診脈，顧三姑娘並非女醫，自然不敢妄斷，四公主便拖住顧三姑娘，不讓她走，這才起了爭執。」

「哼！就算如此，那又怎麼樣？」慕容婉心有餘悸地摸了摸胳膊，惱火道：「難道我堂堂公主還指使不動一個小小六品主事的女兒嗎？」

「四公主貴為金枝玉葉，為難一個小小六品主事的女兒，格調卻是不高啊！」顧瑾瑜冷冷一笑。「況且我今日來，是程貴妃召見，不知道四公主百般刁難，究竟是為了什麼？」

「顧瑾瑜，想不到妳如此伶牙俐齒，竟然連四公主也敢頂撞！」南宮素素唯恐天下不亂，幸災樂禍道：「妳以為妳懂點醫術，就了不起了嗎？」

「顧三姑娘，四公主生性魯莽，還望顧三姑娘不要放在心上，本王這就送姑娘回昭陽宮。」慕容朔冷冷地看了南宮素素一眼。早就聽聞南宮大小姐驕縱跋扈，今日一見果然如此，怪不得楚王世子對她不動心呢！

接觸到慕容朔如冰的目光，南宮素素嚇得不敢再吱聲。

「六哥，你胳膊肘子往外撇，不幫我，幫一個外人，我這就去告訴父皇！」慕容婉惱羞成怒，把手裡的馬鞭往地上一扔，憤然道：「顧瑾瑜，我跟妳勢不兩立！」

「四公主，等等我！」南宮素素也乘機退了下去。

「顧三姑娘，今日之事，實在抱歉。」慕容朔笑容滿面地看著顧瑾瑜，輕聲道：「四妹一向驕縱慣了，口無遮攔，妳放心，她只是說說罷了，不會真的對姑娘怎麼樣的。」

顧瑾瑜微微屈膝，面無表情地轉身就走。

慕容朔自然不知道原因，亦步亦趨地追上她，淺笑道：「若顧三姑娘想在御花園走走，不如本王陪妳逛逛，保證不會再有人打擾到姑娘。」

「多謝齊王殿下，不必了。」顧瑾瑜雖然討厭慕容婉，但更恨慕容朔，跟他實在是無話可說，更不想跟他逛什麼園子。

「殿下。」一個小太監從花木叢中走出來，畢恭畢敬上前稟報道：「皇上在西暖閣賜宴，請殿下前去用膳。」

「知道了。」慕容朔皺眉，快走幾步，追上顧瑾瑜，輕聲道：「顧三姑娘，失陪了，本王先走一步。」

這女子恬靜淡然，看上去溫柔賢淑，卻時不時亮出小爪子揮舞，這綿裡藏針的性子，他很是喜歡，更重要的是她懂醫術，若是能將她納進齊王府，將來會成為他的一大助力。

待回到昭陽宮，戴嬤嬤笑盈盈迎上來道：「顧三姑娘，真是不巧，皇上留娘娘用膳，一時半刻回不來，特吩咐奴婢回來陪姑娘用膳，娘娘說了，等改日空閒，再找姑娘說話。」說著，又從宮女手裡取過一個錦盒，塞到顧瑾瑜手裡。「這是娘娘的賞賜，希望姑娘喜歡。」

「多謝娘娘厚愛。」顧瑾瑜接過錦盒，依禮謝恩。

第四十三章 遇見

待用完午膳，七彩親自送主僕三人出宮，悄悄囑咐道：「今日之事，三姑娘無須擔心，四公主是雷聲大、雨點小的脾氣，過陣子就忘了，日後若是真的看見她，稍稍服個軟，事情也就過去了。」

「謝七彩姊姊提醒。」顧瑾瑜瞧了一眼她額頭上的粉痘，順勢搭了一下她的脈搏，淺笑道：「聽聞姊姊身手不凡，習武之人難免有些氣血虧損，才導致額頭生了粉痘，我這就給姊姊配個清火祛瘀的方子，連服一個月後，定能讓姊姊恢復如初。」

其實像四公主這樣跋扈無禮之人，根本就不能服軟，越軟越會增長她的囂張氣焰，只不過七彩這樣說也是為了她好，顧瑾瑜自然不好明著反駁。

七彩不知顧瑾瑜的心思，聞言大喜。「若是姑娘能醫好奴婢臉上的這些粉痘，奴婢感激不盡！」

馬車上備了紙筆，區區粉痘自然難不倒顧瑾瑜，立即開完藥方交給七彩。

七彩歡天喜地地謝了又謝。這些粉痘很讓她煩惱，之前吃了藥，卻總是反反覆覆不見好，連太醫們都說，習武之人，臉上起些痘子最正常不過，根本無須擔心；但她正值豆蔻年華，愛美之心還是有的，自然希望早點消除這些痘痘。

直到馬車駛出皇宮，主僕三人才算徹底鬆了口氣。

顧瑾瑜這才打開錦盒看了一眼，眼睛倏地濕潤了。程貴妃賞她的是一只羊脂玉玉鐲，在馬車幽暗的光線裡，泛著清亮的光芒。這樣的玉鐲，她前世也有一只，據說是西裕國進貢的，原本就是一對的羊脂玉玉鐲，皇上賜給程貴妃，當時程貴妃自己戴了一只，送了她一只，如今，那只羊脂玉玉鐲早就被程嘉寧帶進了棺材裡；也就是說，現在這只是程貴妃戴過的。顧瑾瑜反覆端詳著這只玉鐲，一時感慨萬千。

「姑娘，貴妃有沒有為難您？」憋了大半天，綠蘿才敢開口，撫著胸口道：「您不知道，奴婢可是嚇死了，總覺得這皇宮處處都是規矩，不敢動，也不敢抬頭看，真是不想再來第二次了。」

顧瑾瑜笑而不語。

「姑娘，糯米丸子好吃！」阿桃認真地說道：「裡面包了羊肉還有胡蘿蔔。」

「妳還好意思說，上了一盤糯米丸子，都讓妳吃了！」綠蘿翻著白眼道：「不知道的還以為妳好幾天沒吃飯了，真是丟死人了！」

「妳說妳不吃羊肉的！」阿桃據理力爭，臉脹得通紅。說是一盤糯米丸子，其實只有八個，她壓根兒就沒有吃飽。

「那盤鴿子蛋妳也吃了不少！」綠蘿噘嘴道：「妳沒見屋裡的宮女看妳看得眼睛都直了嗎？」

阿桃很是委屈，鴿子蛋雖然多了點，卻只有十個！唉，看來宮裡的日子也不好過啊，怪不得宮女們那麼瘦，肯定是餓的！

「好了，妳們不要爭了。」顧瑾瑜笑道：「說實話我也沒有吃好，待會兒讓焦四拐個彎，我帶妳們去吃烤羊腿，好不好？」

「好！」阿桃神色一喜。

「可是姑娘，奴婢不吃羊肉啊！」綠蘿嘀咕道。

「去了就吃了。」顧瑾瑜淺笑，掀簾對焦四道：「去北巷杏子胡同那邊的西北飯館。」

焦四很是興奮，他其實也沒吃飽。

西北飯館三樓。

「元昭，聽說你上次被人襲擊，跌入谷底，還在谷底待了一天一夜？」趙晉雙手抱胸站在窗前，嘖嘖道：「你這是大難不死，必有後福啊！說說看，是哪個不長眼的人動手的，連堂堂楚王世子也敢算計？哎呀，想不到我前腳剛離京不過三、四天，就有人敢挑釁你了？」

「哈哈，趙將軍說得好像是你一直保護元昭似的！」沈元皓失笑。「不過兩個區區毛賊，早被元昭滅了，你就不要操這個心了！」

「真的是毛賊？」趙晉不依不撓地問道。

「不是毛賊，是死士。」楚雲霆淡淡道：「是西北那邊派過來的死士。」

「燕王？」趙晉倏地拍案而起。「他到底想幹什麼？」

「元昭，你到底是怎麼得罪燕王的？」沈元皓皺眉道：「你之前不是跟燕王交情不錯嗎？怎麼說翻臉就翻臉？」

「此事一言難盡，恕我不能直言。」楚雲霆淡淡道。

「你說咱們該怎麼做？」沈元皓越說越氣憤，倏地起身道：「說實話，我對秦王和燕王早就看不過眼，一個整日在府裡玩弄男寵、一個荒淫好色，若是我大梁江山交到這樣的人手裡，那還了得？」他雖然不願意涉足官場，但起碼的公平正義還是有的。

「這兩年西北大旱，好多地方顆粒無收，每年這個時候，燕王便會進宮為民求情，請求朝廷給西北九州發放救災的糧食。」楚雲霆看了看兩人，緩緩道：「據我所知，朝廷救災的糧食並非全都發給老百姓，而是進了燕王在西北的糧倉，西北九州就有四州的難民民不聊生，流離失所，可是燕王卻靠著西北的旱情大發橫財，這些事情想必大家心知肚明，只不過是睜一隻眼、閉一隻眼罷了。」

「竟有這等事？」沈元皓簡直不知道該說什麼好了，背著手在屋子裡來回走了兩圈，憤然道：「身為皇子卻如此荒淫無道，實在是讓人是可忍、孰不可忍，咱們不如聯名上書彈劾燕王，讓他把貪的糧食都吐出來！」

「咳，修宜你不要激動。」趙晉對這些事早就習以為常，如今見好友一臉憤世嫉俗的樣子，頓覺好笑，索性伸手拉他坐下，拍拍他的肩頭，一副過來人的口氣。「你非官場之人，這些事聽聽就算了，你以為元昭會真的讓你上書彈劾燕王？」

「其實也不是讓修宜聽聽就算了。」楚雲霆沈吟道：「此事還真的須修宜出面不可。」

「但說無妨！」沈元皓拍拍胸口。「只要我能做到的，赴湯蹈火，在所不辭！」

「無須你赴湯蹈火，只是要你去一趟西北銅州，幫我細細察看那邊的民情和地勢就好。」楚雲霆眼中光芒漸冷。「咱們跟西裕國只有一山之隔，怎地他們風調雨順，咱們卻是連年乾旱呢？」

「放心，此事交給我！」沈元皓痛快道。

一輛馬車徐徐停在飯館門口。

「你們聊，我去去就來！」透過微微打開的窗子，看到從馬車上下來的那個熟悉身影，趙晉眼睛一亮，匆匆下樓，大步走到顧瑾瑜面前，笑道：「顧三姑娘，這麼巧？」

「趙將軍。」顧瑾瑜下意識地望了望他身後，印象中，他跟楚雲霆幾乎都是形影不離的，說不定楚雲霆也在這裡，便笑道：「將軍公務繁忙，我們就不打擾將軍了。」

「不忙、不忙！」趙晉笑意更盛，伸手喚過掌櫃，吩咐道：「帶這位姑娘去二樓雅間，好生招待！」

「好的。」掌櫃畢恭畢敬道：「姑娘這邊請。」

「不用了，我們在一樓坐坐就好。」顧瑾瑜見一樓稀稀疏疏地坐著三、四個人，並不擁擠，遂客套道：「煩請掌櫃的，給我們來個烤全羊就好。」有阿桃在，一隻全羊應該夠了。

「好咧！姑娘請稍等。」掌櫃的匆匆去廚房吩咐。

趙晉見顧瑾瑜不肯上二樓，只好作罷，殷勤地替她拉開椅子，問道：「顧三姑娘是從哪裡來？」

「貴妃娘娘召見，剛剛從宮裡出來。」顧瑾瑜如實答道。

「是程貴妃？」趙晉點點頭，順勢在她身邊坐下，囑咐道：「宮中乃是非之地，以後姑娘能少去，還是少去得好；若下次貴妃娘娘再召見，妳盡可派人通知我一聲，我陪姑娘一起去。」像顧三姑娘如此溫柔善良的人，哪能一個人進宮？他是真的不放心。

「多謝趙將軍。」顧瑾瑜粉臉微紅。「有丫鬟們陪著，無妨的。」話說這個趙將軍真的很奇怪，就算她再進宮，也不會讓他陪著啊！

綠蘿也覺得驚悚，難不成……趙大將軍看上他們姑娘了？

焦四只顧埋頭喝茶，裝沒聽見。

烤全羊很快地端上來了。

「你們吃，楚王世子和沈世子還在三樓等我，我先上去了。」趙晉再怎麼厚臉皮，也不好意思再坐下去，慢慢地上樓。

「焦四你快去結帳！」待趙晉上樓，顧瑾瑜忙取出一錠銀子推到焦四面前，吩咐道：「咱們回去吃。」不知道為什麼，她突然不想見楚雲霆，冷不丁聽聞他在，她心裡很不自在，至於為什麼，她也不知道，就像是做了壞事，不敢見他了一樣。

焦四結完帳，把一大堆羊肉分成好幾份打包，放到馬車上。

「姑娘，咱們怎麼不在這裡吃了？」阿桃狠狠地嚥下口水。

「回去吃也是一樣的，我擔心回去晚了，讓太夫人擔心。」顧瑾瑜期期艾艾道：「你們若是餓了，就在馬車上吃吧！」

三人興高采烈地應下。

焦四乾脆一邊吃著羊肉，一邊趕車，好不愜意。還是跟著三姑娘好啊！沒那麼多規矩，還有好吃的吃。

綠蘿雖然口口聲聲說不吃羊肉，也禁不住如此香的烤羊肉，見阿桃吃得津津有味，便也開始吃了起來，車廂裡全是羊肉味。

顧瑾瑜扶額。看樣子，馬車裡的裝飾都要取下來換洗了，太夫人不吃羊肉，更聞不得羊肉味，日後若是碰巧坐了這輛馬車，那就不妥了。

走著走著，馬車突然停下來。

「姑娘，前面有好多人！」焦四嘴裡塞得滿滿的，含糊不清道：「咱們走不動了。」

顧瑾瑜掀開車簾，見杏子胡同旁邊圍著裡三層、外三層的人，其中還夾雜著女人的低泣聲。

「哼，那女人平日打扮得十分妖嬈，一看就知道是大戶人家的外室，果不其然！」

「如今正室找上門來了，看他們怎麼辦。」

「哎呀，終於有熱鬧看了！」

見又有馬車被擋下，眾人紛紛轉頭看。

顧瑾瑜迅速放下車簾。「焦四，先停在路邊，咱們待會兒再走吧！」

焦四應了一聲，緩緩駕著馬車靠往路邊。

胡同太窄，只能容下一輛馬車，更可氣的是前面一連停了三輛馬車在看熱鬧，嘖嘖，這些人還真是無聊得很啊！

「……妳在胡說什麼？」男人厲聲道：「事情根本不是妳想的那樣，妳個蠢女人！」

「老爺、夫人，你們都消消氣，不要吵了。」下人勸道。

「母親，您消消氣，不要鬧了……」

一個含羞帶怯的聲音隱隱傳來，顧瑾瑜聽著聽著，頓覺這些聲音很熟悉，像是大伯娘和大伯父還有顧瑾珝的聲音。她猛然想到之前三姨娘說的，大伯父在杏子胡同包養外室的事情，難不成東窗事發，被發現了？若真如此，可是喬氏怎麼會在這裡？

焦四聽著覺得有些不對勁，索性站到馬車上，張望一番，看到青瓦小院門前那幾個熟悉身影，嚇得差點從馬車上摔下來，忙放下手裡的羊肉，用袖子擦擦嘴，低聲道：「姑娘、姑娘，是大夫人和二夫人、二姑娘，還有伯爺！咱們怎麼辦？」

綠蘿和阿桃聞言，也嚇了一跳。天啊！這到底是怎麼回事？

「咱們原路返回，從別的地方走吧！」顧瑾瑜不想插手此事。

「姑娘，咱們的馬車沒法調頭啊！」焦四為難道。這麼窄的胡同塞了這麼多馬車，想走也走不了啊！

「那就在這裡等著吧！」顧瑾瑜叮囑道：「你不要過去，也不要讓他們發現咱們。」

「好。」焦四索性壓低斗笠，繼續津津有味地吃著手裡的羊肉。他是男人，自然知道主子們的事還是裝作不知道得好。嘖嘖，大戶人家的骯髒事還真是多啊！

過了一會兒，只聽見朱漆大門砰的一聲響，似乎把一切的吵鬧聲吞噬了一樣，再無半點聲響。

眾人如鳥散去，前面的馬車這才徐徐前行。

路過那家門前的時候，顧瑾瑜特意掀簾看了一眼，見大門緊閉，卻未上鎖，裡面依稀能聽到低低的說話聲，不用說，肯定是嫌丟人，想關起門來解決。

焦四則是目不斜視地甩著鞭子，恨不得插翅飛起來，離開這個是非之地。

不遠處的屋頂上，楚九隱在屋簷下，一動也不動地盯著那個青瓦小院看。

顧瑾瑜尚未到家，太夫人卻早已聽到了風聲，氣得她立刻喚過管家徐扶。

「你趕緊帶人把伯爺和兩個夫人給我接回來，找人牙子把那個賤人給我賣了，賣得越遠越好！」

徐扶連聲道是，匆匆忙忙地帶人直奔北巷。

第四十四章 心動

「顧三姑娘來了，正在樓下吃飯呢！」趙晉擠眉弄眼道：「小姑娘對下人還真是好，竟然點了一隻全羊犒勞他們呢！」

「原來你是見到顧三姑娘，我還以為你見到誰了呢！」沈元皓揶揄道：「你這麼興奮，該不會是看上人家了吧？」

「那是當然！」趙晉毫不掩飾他對顧瑾瑜的好感，遐想道：「等明年她及笄，我就請官媒上門提親，到時候你們可得幫我！」

「說說看，我們怎麼幫你？」沈元皓饒有興趣地問道。

「這些事情還要我教你嗎？」趙晉白了他一眼，振振有辭道：「你跟她好歹沾親，平日裡也比我跟元昭見得多，自然是多多在顧家太夫人面前替我美言幾句，到時候我上門提親才有把握啊！」

「趙將軍，依我看，你還是趁早斷了這個念想得好。」楚雲霆握拳輕咳道：「你跟她是真的不適合。」跟他共枕而眠過的女子，他豈能讓別人娶了去？要娶，也是他娶。

「我們怎麼不適合？」趙晉見楚雲霆說的煞有介事，不以為然道：「顧家二爺雖然只是六品主事，品階低了些，但我並不在意這些，我傾慕的是顧三姑娘溫婉淡然的性子和過人的醫術，放眼這京城，怕是只有我這一品軍侯能配得上她。」

「咳，趙將軍，元昭的意思是，你一品軍侯配六品主事的女兒，委屈了些。」沈元皓看看楚雲霆，又看看趙晉，笑道：「聽說吏部於侍郎曾經自做自家媒，想把嫡長女許配給你趙大將軍，我倒覺得於大小姐跟你才相配呢！」

「我誰都不要，就喜歡顧三姑娘。」趙晉把玩著茶碗，咧嘴笑道：「你們瞧著，我定能抱得美人歸！」還不信了，堂堂一品軍侯娶不到六品主事的女兒，他雙親早已亡故，他的親事他說了算！

楚九毫無聲息地走進來，在楚雲霆耳邊低語道：「顧伯爺在北巷養了外室，東窗事發，府裡夫人帶人鬧了一通，現在已經被管家接回去。」

楚雲霆微微頷首，又問道：「顧三姑娘還在樓下？」

「顧三姑娘當時剛好路過，親眼目睹了此事。」楚九如實道：「只是她沒有出面，毫無聲息地走了。」

「嗯，這樣的事情她的確不方便出面。」楚雲霆想著她淡定離開的畫面，忍不住嘴角微翹。「那個外室什麼來歷？」印象中，建平伯正直刻板，並非好色之人，應該不會做出包養外室這樣的事情。

「回稟世子，此女名喚瓔珞，原先只是個走街串巷的賣花女，不知怎地就被顧伯爺安置在北巷杏子胡同裡。」楚九忙把打聽來的消息娓娓道來。「顧伯爺雖然常來，每次卻只待小半個時辰，聽說他還給這個瓔珞請了樂曲師傅教她音律，依屬下看來，倒不太像是金屋藏嬌，而是另有所謀。」

「原來如此，我知道他想送給誰了。」楚雲霆恍然大悟。

秦王喜男風，燕王雖重色卻來者不拒，唯有齊王尤喜有一技之長的女子。

「你們倆嘀嘀咕咕說什麼呢？」趙晉敲著桌子道：「楚九，說說看，你一個四品侍衛成天忙著打聽什麼？你家主子吃個飯也吃不安寧！」

楚九只是嘿嘿地笑。

「那你們聊，我下去送送顧三姑娘。」趙晉估算著這個時辰一行人應該已經吃完飯，心情大好地起身往外走。既然心儀人家，就應該先讓姑娘有所察覺才是。

「趙將軍，顧三姑娘已經走了。」楚九輕咳道：「這個時辰怕是已經到家了。」

「什麼？走了？」趙晉愣了一下。「她什麼時候走的？」

「您剛上樓，她就走了。」楚九一臉無辜地看著他，補刀道：「我看她走得很匆忙，像是碰到了不願碰到的人一樣。」

趙晉臉一黑。

沈元皓忍不住哈哈大笑。

「好你個臭小子，竟敢取笑本將軍！」趙晉這才反應過來，抬手打了楚九一拳。「你怎麼知道她是躲我？說不定是躲你們呢！她知道他們也在的。」

楚雲霆心裡一沈。她知道他在樓上，卻連招呼都不打地走了？

慈寧堂徹底炸開鍋。

怒吼聲、哭聲，此起彼伏。

「陰險的毒婦！此事鬧得人盡皆知，對妳有什麼好處？」顧廷東怒吼道：「妳自己丟人也就罷了，還帶了二丫頭一起去鬧，妳沒長腦子嗎？」

「我哪裡是帶二丫頭去鬧？我們是真的無意碰到的！」沈氏狠狠地瞪了喬氏一眼，泣道：「只是妾身突然見夫君進了那個女人的院子，才跟著進去看看的。」

現在才知道喬氏如此殷勤地慫恿她去崇明坊北巷看布料，不過是幌子罷了，這女人分明是故意讓她撞見顧廷東去那個青瓦小院，然後自己躲在一邊看熱鬧，她恨死喬氏了！

喬氏眼觀鼻、鼻觀心地站在太夫人身後，捏著手帕子悶不吭聲。哼，自家男人的屁股也不乾淨，看妳以後怎麼在我面前顯擺！

「夠了！出了這等醜事，你們一個個的還有理了？」太夫人被吵得耳朵嗡嗡響，氣得摔了茶碗，鐵青著臉道：「大郎，你先說！到底是怎麼回事？」她不相信一向穩重老成的大郎會做出包養外室這樣的事情來，第一反應是——大郎是被人陷害的！

「母親，事情真的不是這樣的，您不要聽她亂說！」顧廷東氣得臉通紅，索性跪在地上，扶著太夫人的膝頭。「上次因為麗娘的事情，柏哥兒被燕王軟禁，幸而齊王出手相助，此事欠齊王一個人情，之前雖說送了些謝禮，但我總覺得金銀珠寶對齊王來說不過是一堆物件而已，便想著投所其好，給他送個女子入府伺候。那個瓔珞是個賣花女，我瞧著她生得端莊清秀才買下她，原本想調教些日子再送到齊王府，卻不想被這兩個蠢婦鬧了這麼一場，我倒成了包養外室的那個了！」

包養外室雖然不是什麼大罪，但眼下正逢太子孝期，鬧出這樣的風流韻事來，若是被有心人肆意宣揚一番，繼而傳到宮裡，那就真的糟了！

「若真如此，老爺大可跟我說一聲，也不至於弄出這樣的誤會來。」沈氏心裡這才通透過來。自家男人並非好色之輩，若是真的喜歡那個女人，想把她收房，別說太夫人了，就是她也不會說什麼，何必多此一舉地養在外面。

「哼，我一個大男人在外面的事情，難道還要跟妳稟報不成？」顧廷東越說越生氣，兩眼噴著怒火。「別說我沒有包養外室，就算真的如此，妳堂堂忠義侯府嫡女就能跟個潑婦一樣上門鬧嗎？枉我這些年以為妳知書達禮、溫柔賢淑，卻不想妳跟街頭潑婦並無兩樣，當著女兒的面也敢對我疾言厲色、出言不遜，我真是錯看了妳！罷罷罷，以後我的事情，妳休要再過問一句，我跟妳再無話可說！」

「老爺，妾身……妾身知錯了。」沈氏羞憤難耐，恨不得找個地洞鑽進去。抬頭見喬氏像個無事人一樣坐山觀虎鬥，不由得火冒三丈，指著喬氏的鼻子罵道：「喬氏，妳挑唆得我夫妻兩人反目，對妳有什麼好處？」真是知人知面不知心，她算是領教了這個妯娌的齷齪！

「大嫂，妳這麼說，我可擔當不起！」喬氏翻著白眼道：「崇明坊北巷離咱們家那麼遠，我怎麼知道大伯在那裡安置什麼瓔珞？妳也瞧見了，我也是第一次去那邊，咱們今兒不是差點迷路嗎？妳若硬要往我身上扯，那我真是太冤枉了！」

「喬氏，妳給我住口！」太夫人會意，板著臉道：「不管妳有意無意，此事總有妳幾分過錯，回去給我閉門思過三天，罰抄五十遍家規！不要把別人當傻子，這筆帳我先給妳記著，回頭再跟妳算！」蒼蠅不叮無縫的蛋，若是夫妻和睦，就算別人再怎麼挑唆，也不可能出這樣的事。喬氏肯定是提前知道了瓔珞的事情，故意挖坑讓沈氏往下跳。妯娌間這種烏七八糟的事情，她見多了，但眼下大姑娘正在備嫁，她不想把此事鬧大。

喬氏悻悻地退了下去。

顧廷東也心情鬱鬱地出了慈寧堂，轉身去謝姨娘的落櫻院。

謝姨娘早已得知此事，又見自家夫君黑著臉走進來，知道他是跟沈氏生氣，便小心翼翼地伺候他洗漱歇息。

顧廷東憋著一肚子火，一句話不說，一上床便把謝姨娘壓在了身下，直把謝姨娘揉搓得嬌聲連連，鶯啼婉轉……

第二天，顧廷東在落櫻院要了兩次水的消息很快傳遍了建平伯府。

沈氏氣得連早膳也沒吃。

「夫人，您不要生氣，老爺哪裡是喜歡謝姨娘，分明是在跟您賭氣呢！」元嬤嬤好言安慰道：「您又不是不知道，老爺並非好色之人，說不定是落櫻院那邊故意傳出來的呢！」

「妳以為我是在跟那個賤人吃醋嗎？」沈氏咬牙切齒道：「我是恨我著了喬氏的道才便宜那個賤人罷了，否則，老爺怎麼可能對她感興趣！」

喬氏，妳給我等著，我遲早會讓妳知道，得罪我會是什麼下場！

喬氏笑彎了腰。

大伯平日看起來一本正經、不苟言笑，夜裡竟然能要兩次水，原來也是個風流種呢！在腦中想了一下沈氏氣急敗壞的樣子，她的心情越發愉悅，吩咐蘇嬤嬤從庫房裡取出兩疋上好的綢緞，準備親自給謝姨娘送去。

「夫人，好端端的，為什麼要送綢緞給謝姨娘？」蘇嬤嬤找出庫房的鑰匙，很是不解。

「上次她送了好幾塊雙面繡給四姑娘，我還沒有感謝她呢！」喬氏坐下來，對著銅鏡，細細梳髮，幸災樂禍道：「再說大姑娘下個月就嫁了，她雖是姨娘，卻是大姑娘的生母，也該做兩身新衣裳喜慶喜慶，順便讓她教教四姑娘雙面繡的繡法，日後也不至於太丟面子。」

據她所知，大伯其實挺喜歡謝姨娘的，只是礙於沈氏的面子，才不怎麼進她的屋罷了。沈氏不喜歡的人，她偏偏要好生待之！

蘇嬤嬤恍然大悟。

後晌，阿桃領著柳禹丞匆匆進了清風苑。

顧瑾瑜正倚在軟榻上看書，見柳禹丞神色很不自然，忙起身相迎。「舅舅，可是出了什麼事嗎？」

青桐上前奉茶。

「瑜丫頭，我跟妳表哥昨晚剛剛從南直隸那邊回來。」柳禹丞顧不上喝茶，眉眼間滿是焦慮之色。「卻不想，大清早的，秦王府卻來人把妳表哥叫走了，說是有樁生意要跟妳表哥談，妳表哥當時沒有多想，就跟著去了；可現在都後晌了，還沒有回來，派去打聽的人也打聽不出什麼，我很擔心。」眾所周知，秦王爺是個好男色的，他擔心……此事在外甥女面前難以啟齒，他竟一時不知道該怎麼說。在京城他雖然有些根基，但秦王府卻不是隨便哪一個人能攀上關係的。他交往的大都是些經商之人，好不容易認識楚王府的侍衛楚九，卻得知楚九今兒一大早剛剛離開京城，不知去向。想來想去，他想到了顧瑾瑜。他知道顧瑾瑜最近一直跟著神醫清虛子出入大長公主府給楚老太爺瞧病，便希望外甥女能幫忙打聽柳元則的下落。

「舅舅，您先不要著急。」顧瑾瑜會意，知道柳禹丞在擔心什麼，忙道：「我跟楚王世子有過幾次交集，咱們去求求他，看他能不能幫上忙。」秦王身分尊貴，若是真的想難為柳元則，實在是輕而易舉的事情，但眼下除了楚雲霆，她一時想不到第二個人。

「好，我跟妳一起去！」柳禹丞忙道。

不巧的是，楚雲霆並不在五城兵馬司。門口的侍衛說世子剛剛離開，回府去了。

顧瑾瑜便讓柳禹丞先留在這裡等著，她帶著阿桃去了楚王府。

遠遠瞧見楚王府門口排列整齊的數十名侍衛和鵝黃色車駕，顧瑾瑜心裡一陣沮喪，不用猜，是四公主在楚王府裡，但則表哥的事情緊急，她只得硬著頭皮下馬車。

「什麼人？」立刻有兩個侍衛迎上前問道。

「兩位官爺，小女是清虛子神醫的師姪，有急事要找楚王世子，煩請官爺通報一聲。」

沒辦法，事到如今，也只能借用清虛子的名聲了。

「清虛子？」兩人對視一眼，大名鼎鼎的清虛子在大長公主府大肆宴請乞丐的消息，早就傳遍了京城，他們自然是知道的，而且也聽說過清虛子的確帶了個女弟子在大長公主府給楚老太爺看病。

正猶豫著，吳伯鶴從大門裡走出來，上前問道：「出了什麼事？」

「吳大夫，我找楚王世子有急事。」顧瑾瑜看見吳伯鶴，眼睛一亮，忙道：「還望吳大夫通融一下，讓我見世子。」

「顧姑娘，世子不在府裡。」吳伯鶴輕咳一聲，壓低聲音道：「姑娘不妨去醉風樓喝杯茶，說不定能碰到世子。」世子並不想見四公主，索性躲出去，嚴令不准告訴任何人他的下落；但吳伯鶴知道他家世子的心思，覺得告訴顧姑娘無妨。他就說，主子有個能洞察他心思的屬下實在是幸事一樁，要是換成楚九、莫風這兩個愣頭青，肯定早就把人轟走了！

「多謝吳大夫！」顧瑾瑜會意，立刻上了馬車，去醉風樓。

望著遠去的馬車，吳伯鶴聳聳肩。若是日後世子娶了顧姑娘進府，說不定就沒他什麼事了，他正好可以告老還鄉。哎呀，這回總算有走的理由了！嘖嘖，以後楚王府有個會醫術的世子妃，怕是再也不用別的大夫入府坐鎮了吧？

第四十五章　她的苦衷

楚雲霆正慵懶地倚在臨窗大炕上看書，見顧瑾瑜嫋嫋娉娉地走進來，頗感意外，上下打量她一眼，心情愉悅道：「顧三姑娘是有什麼事嗎？」

先前在西北飯館，她明明知道他在，卻不打招呼地走了，讓他心生不悅，現在她主動來找他，讓他很驚喜。

顧瑾瑜忙把事情的來龍去脈說了一遍，又道：「若非事情緊急，必不敢麻煩世子，還請世子幫忙打聽一下，我則表哥在秦王府到底出了什麼事。」

柳元則？楚雲霆立刻在記憶中找到他，柳元則是她的舅表哥。

楚雲霆見她面帶著急，索性放下手裡的書，吩咐守在門口的小侍衛。「你去秦王府打探一下，到底怎麼回事。」

小侍衛應聲退下。

「多謝世子。」顧瑾瑜這才鬆了口氣。

「據我所知，妳舅舅想讓妳嫁給柳元則？」楚雲霆起身關上窗子，走到她面前，低頭瞧著她，神色柔和專注，似乎他一眨眼，她就會消失不見一樣。

「世子為什麼這麼問？」顧瑾瑜微微臉紅，這是她的私事好嗎？什麼時候，堂堂楚王世子也這樣喜歡打聽別人的隱私？

「那妳說，咱們應該聊些什麼？」楚雲霆笑笑，扯過椅子坐下來，橙色的日光影影綽綽地從窗子透進來，照在他身上，他整個人沐浴在那抹光裡，神色越發柔和起來。「難不成咱們就這樣乾坐著？」其實這樣乾坐著也好，只要她在他身邊，就好。

「不如我給世子把把脈，看看世子的傷吧？」顧瑾瑜乘機轉了話題，她現在有求於他，他有意跟她聊天，她豈有不配合的道理？

「好，那就煩勞顧姑娘了。」楚雲霆挽起袖口，把胳膊伸到她面前，女子微涼的手指搭了上來，她的手指纖細、瓷白，宛如上好的羊脂玉雕刻而成，怪不得那些騷人墨客總是喜歡把女子的手形容為玉手，之前他對這樣的描述很是不屑，此時，他才真正理解這話的涵義，果然是玉手纖纖。

「世子腿上的傷無礙了。」顧瑾瑜凝神把完脈，抬眸看著他，輕聲道：「最近世子失眠是因為思慮過重，只要放鬆心情，好好休息幾天就沒事了。」

「失眠還能診出來？」楚雲霆頗感驚訝。難道他的心事就這樣赤裸裸地暴露在她面前了？

「自然能的。」顧瑾瑜淺笑，嘴角微翹。「世子日夜為京城安危殫精竭慮，實在是我等百姓的福氣。」

如此一頂高帽子扣下來，反而讓楚雲霆頓覺尷尬，笑道：「顧姑娘言重了，眼下國泰民安，京城治安也是井然有序，無須我殫精竭慮。」

顧瑾瑜笑笑，低頭喝茶。

不愧是五城兵馬司總指揮使，說話可謂是滴水不漏。若京城真的是井然有序，那他跟趙晉還在日夜搜捕梨園春的人幹麼？算了，橫豎不過是閒聊罷了，誰也沒必要較真兒。

不多時，侍衛毫無聲息地走進來稟報道：「世子，秦王爺在府裡搭了戲臺，正在請柳公子看戲。聽線人說，秦王爺在席間對柳公子甚是熱情，十有八九是瞧上柳公子了，柳公子幾次要告辭離去，都被秦王爺婉言拒絕，說等看完戲，自會送柳公子回去。」

「我這就去一趟秦王府。」楚雲霆看了看顧瑾瑜，安慰道：「妳放心，他不會有事的。」

「多謝世子。」顧瑾瑜這才鬆了口氣。「我舅舅還在五城兵馬司門口等我，我去那裡等消息吧！」

「我先讓人送妳去五城兵馬司。」楚雲霆微微頷首。

柳禹丞在五城兵馬司門口來來回回地轉了快一百圈的時候，才見到風塵僕僕的顧瑾瑜，得知楚雲霆答應幫忙，他才徹底鬆了口氣。

護送顧瑾瑜的侍衛客客氣氣地引著兩人進了正廳。

衙門主事親自端茶招待兩人，很是熱情。

「舅舅，難道咱們跟秦王府有生意往來？」顧瑾瑜這才問出心中的疑惑。若不是柳元則跟秦王爺有交集，秦王怎麼會看上他？還以生意之名邀他去府裡作客。

「唉，此事說來話長。」柳禹丞搖搖頭，皺眉道：「之前我們在南直隸買地、蓋鋪子，不過是想著在南直隸做些珠寶生意罷了，哪知，一個多月前，妳則表哥突然勸我把新蓋的鋪子賣了，說是專心做京城這邊的生意就好……」

「表哥為什麼要賣鋪子？」顧瑾瑜越發不解。之前她聽柳元則說過，說他很喜歡四季如春的南直隸，還說要把生意做到那邊去，怎麼現在又要賣掉那邊的鋪子呢？

「說起來，他是因為妳。」柳禹丞見顧瑾瑜一頭霧水，索性直言道：「瑜丫頭，說到這個，我還是要問問妳，妳真的不想嫁給妳則表哥？」

「舅舅，我……」顧瑾瑜聞言，倏地紅了臉，愧疚道：「舅舅，我有我的苦衷，還望舅舅原諒。」不但不能嫁給柳元則，她誰也不想嫁，她的苦衷，只有她知道。

「我這些日子忙於生意，四處奔波，的確疏忽了妳，是舅舅的過錯。」柳禹丞劍眉微挑，拍拍顧瑾瑜的肩頭，和顏悅色地問道：「妳到底有什麼苦衷，儘管說給舅舅聽。」他從小看著她長大，知道這個外甥女除了性子有些柔弱外，心底其實是很善良的，在他眼裡，不管她是通曉醫術也好，還是會什麼九轉回龍的繡法，她依然是他嫡親的外甥女，也是他願意用生命去保護的親人。

「舅舅，我、我心裡有人了……」

顧瑾瑜乾脆一不做、二不休地把後路堵死。若說她想終身不嫁，舅舅肯定會不同意，與其日後再費口舌，不如直接把話說絕。舅舅是好人，則表哥更是好人，她是真的不想連累他們，傷害他們。

「那人是誰？」柳禹丞簡直不敢相信自己的耳朵，之前聽柳元則說外甥女性情大變，他還一笑置之，就是那天她在府裡懲戒他的小妾時，他亦沒有在意，以為她不過是一時氣憤罷了；可是如今，見她從容不迫，胸有成竹的樣子，他才驚訝她的的確確像是變了一個人。

「舅舅，他是誰並不重要。」顧瑾瑜絞著衣角，硬著頭皮道：「我是真的不想嫁給則表哥。」

「就算妳不願意做我的兒媳婦，妳還是我的外甥女。」柳禹丞心裡雖然失落，卻並不生氣，只語重心長道：「瑜丫頭，自古婚姻大事，從來都是媒妁之言，父母之命，妳私相授受已是不妥，切不可再被別有用心之人哄去，否則妳讓舅舅怎麼能放心……」看來，他的瑜丫頭果然是變了。

「舅舅放心，我不會做出不妥的事。」顧瑾瑜倏地紅了臉，期期艾艾道：「等以後我再慢慢告訴您。」她覺得，她這輩子都不會有心上人了。

柳禹丞只是嘆氣，心裡很懊悔。自從外甥女回到顧家以後，他忙於生意，天南地北地奔波，一年下來，的確見不到她幾次。他以為只要他給她足夠的銀子，她便不會在顧家受委屈，何況她身邊有青桐和綠蘿兩個丫鬟照顧，他更是放心。原本想著，只要等她及笄，他便讓兒子娶她，護她一生安寧，這樣也算對得起他早逝的妹子……哪知，人算不如天算，她卻是不願意嫁進柳家。眼下外甥女這樣說了，當舅舅的自然不好再問。

兩人正說著，一輛馬車急急地停在門口。

慕容婉跳下馬車，目不斜視地進了五城兵馬司。

眾人嚇了一跳，齊齊跪下。「恭迎四公主。」

衙門主事暗暗叫苦，之前四公主派人來問過世子的下落，可他們是真的不知道啊！按理說，四公主應該就此罷休回宮的，卻不想竟然找到這裡來了。

慕容婉大步進了正廳，一眼見到顧瑾瑜，氣不打一處來，這女人還真是陰魂不散啊！怎麼在哪裡都能碰到她？

「四公主。」顧瑾瑜微微屈膝施禮。

柳禹丞也上前作揖。「草民見過四公主。」

「主事，你們五城兵馬司不是向來以門禁森嚴著稱嗎？」慕容婉看也不看顧瑾瑜和柳禹丞，沈著臉道：「怎麼如今卻是什麼人也能往裡放？難道你就不怕我霆表哥回來責罰你？」

「回稟四公主，顧三姑娘是世子的客人。」衙門主事忙道。

「客人？」慕容婉冷笑道：「顧瑾瑜，妳可真有本事，竟然能成為我霆表哥的客人。只不過，妳再怎麼樣也只是一個小小六品主事的女兒，根本不配站在這裡！妳走，本公主不想看到妳，本公主要妳現在就走！」

「四公主，吾等是世子的客人，公主怎麼能隨便攆人？」柳禹丞客客氣氣地上前理論。要不是因為兒子的事情，他才不屑到這裡來呢！他雖然是商人，卻也有商人的傲骨，公主也得講理吧？

「哼，本公主就是攆你們了怎麼著？」慕容婉見面前這個清瘦儒雅的男人竟敢頂撞她，氣急敗壞道：「來人，本公主說讓他們出去就出去！難不成這點小事，我堂堂公主還做不了主嗎？」

一想到之前顧瑾瑜在御花園戲弄她的情景，她就氣不打一處來，害她還作了好幾天的噩夢，夢見她胳膊沒了，如今看見顧瑾瑜，她恨不得上前撓花她的臉！

「舅舅，咱們走。」顧瑾瑜想也不想地上前拽著柳禹丞的衣角就往外走。

堂堂公主如此跋扈，她真是領教了，甚至她都不知道是怎麼得罪了這個四公主，怎麼每次一見面，四公主就跟炸了毛一樣？真是不可思議。

「顧瑾瑜，妳給本公主站住！」慕容婉跺腳道：「來人，掌嘴！」

柳禹丞氣得握起了拳頭。真是欲加之罪，何患無辭，若是他們真的敢動顧瑾瑜一根頭髮，他就跟他們拚了！這不是欺負人嗎？

「四公主息怒，顧三姑娘好歹是世子的客人，您大人不計小人過，就原諒她吧！」商門主事大驚，忙擋在顧瑾瑜面前，陪著笑臉道：「您消消氣，我這就把他們送出去！」

「不行，本公主就是要她留下！」慕容婉拍著桌子道。

「好啊！」顧瑾瑜索性停下腳步，不卑不亢道：「那我就留下，公主想把我怎樣？」

「妳自己掌嘴十下，本公主就放過妳！」難道她見了公主，不應該跪地求饒嗎？這樣無動於衷的態度實在是讓人討厭！

「敢問四公主，臣女為什麼要掌嘴？」顧瑾瑜反問道：「臣女到底做錯了什麼？」

「本公主看妳不順眼，這就是妳的錯！」慕容婉很惱火，伸手就去打顧瑾瑜。

顧瑾瑜在她快撲過來的時候，不著痕跡地閃身躲開。惹不起，總躲得起吧？

慕容婉撲了個空，腳下一個趔趄，重重地摔在地上，氣得她剛想破口大罵，就看見一雙繡著祥雲圖案的靴子出現在她面前，接著，一道冷冷的聲音傳來——

「四公主，這好歹是我處理公務的衙門，妳在這裡大喊大叫成何體統？」

「霆表哥，你回來了？」慕容婉尷尬萬分地爬起來，指著顧瑾瑜，可憐兮兮道：「她、她戲弄我，霆表哥你一定得替我做主！」目光落在男人年輕俊朗的臉上，她倏地紅了臉。父皇一直說定要挑個佳婿給她，果然沒有食言。她的霆表哥不僅生得好，而且還是京城四大才俊之首，放眼整個京城，真的找不出比霆表哥更好的郎君了。

「她怎麼戲弄妳了？」楚雲霆面無表情地問道。

「她仗著懂些醫術，暗地裡給我使絆子！」慕容婉上前拽住楚雲霆的衣角，委屈道：「剛才要不是她，我哪裡會跌倒？都是她害的！」讓她在霆表哥面前出醜，她真是恨死顧瑾瑜了！

楚雲霆又轉頭看著顧瑾瑜，似乎在等著她回答。

顧瑾瑜轉身就走，她就算解釋了又能怎麼樣？難不成楚雲霆還能幫著她？還是閉嘴來得省事。

楚雲霆臉一沈，甩開慕容婉，快走幾步，追上顧瑾瑜，低聲道：「妳先回去，這裡的事情由我來處理；還有，妳表哥已經回去了，若是日後秦王爺再召見他，務必告訴我。」

「多謝世子。」顧瑾瑜淡淡道。

「草民謝過世子！」柳禹丞上前作揖行禮。

「柳老爺不必多禮。」楚雲霆看了看他，又轉頭對顧瑾瑜說話。「以後若是有事，就盡快通知我。」
顧瑾瑜面無表情地點點頭。
楚雲霆知道小姑娘生氣了，輕聲道：「那回頭我再找妳說話。」
柳禹丞看看楚雲霆，又看看顧瑾瑜，再沒吱聲，心裡暗忖，難不成楚王世子喜歡瑜丫頭，而剛才瑜丫頭說的心上人也是楚王世子？
慕容婉見兩人交頭接耳的樣子，氣得直跺腳，南宮素素所言不虛，這個顧瑾瑜果然是在勾引她的霆表哥，哼，真是找死！
柳元則看見顧瑾瑜，頓覺羞愧難當。
他一個大男人差點被秦王爺輕薄，想想就覺得尷尬，要不是楚王世子及時趕到，他真的不知道該如何脫身。越想越難以啟齒，索性閉上嘴不說話，只是一杯接一杯地喝酒，一罈酒很快見了底。
怪不得顧瑾瑜不想嫁給他，說起來，他不過是一個商人罷了，在位高權重的秦王爺和楚王世子眼裡，他什麼也不是，甚至是可以把玩褻瀆的！這到底是什麼世道？
「表哥，你這是何苦？」顧瑾瑜上前搶過酒罈。「此事橫豎不是你的錯，你幹麼如此蹧踐自己？」
「秦王爺位高權重，豈是咱們一個小小商戶所能得罪的？」柳禹丞嘆道：「楚王世子幫得了一時，幫不了一世，咱們總得想個萬全之策才行。瑜丫頭說得對，此事不是你的錯，你不用愧疚。」

「父親，咱們家除了有銀子，還有什麼？」柳元則搖搖頭，苦笑道：「我原以為我只要努力，就可以得到我想要的一切，如今看來，竟然是一個笑話；我連我自己也保護不了，我還能保護得了誰？我不過是個廢人罷了。」

「則表哥，咱們總會有辦法的。」顧瑾瑜聽了，心裡酸酸的。秦王終究是皇子龍孫，的確不是尋常人家所能對抗的，難為則表哥了。

柳禹丞也是一籌莫展。普天之下莫非王土，率土之濱莫非王臣，若是秦王爺真的惦記上柳元則，就算逃到天涯海角，也逃不出他的手掌心，他們還能有什麼辦法？

「我想一個人靜一靜，你們先出去吧！」柳元則衝他們擺擺手，一臉頹廢。他從小養尊處優地長大，從來沒有像此時這樣感到失敗和失落過，尤其是在他心愛的女子面前，他越加感到自己的渺小。原本他覺得他賣掉南直隸那邊的鋪子，長長久久地待在京城，說不定能挽回顧瑾瑜的心，可是萬萬想不到，他會被秦王爺盯上……想到這些，他就像是吃了一口蒼蠅般地噁心。他就是死，也不會向那個惡魔屈服的！

顧瑾瑜心情黯淡地回府，晚飯只喝了一碗小米粥，便早早上床歇息。

枕著胳膊，她靜靜地想著這件棘手的事情。

原本她想對付的人，只有齊王慕容朔，並不想惹別的麻煩，可是如今，偏偏秦王爺看上了柳元則，她自然不能袖手旁觀；儘管楚雲霆答應幫忙此事，但也不能秦王爺一召見柳元則，就讓楚雲霆過去相救吧？

秦王爺又不是傻子，一次、兩次是偶然，次數多了，他自然會看出端倪的。想了想，一個大膽的念頭猛地跳上心頭——

若是秦王爺那裡廢了，他就不會如此肆無忌憚地荒淫無道了吧？

如此一來，她也算是為民除害了。

第四十六章 不舉藥丸

一連三天，顧瑾瑜都沒有出門，躲在屋裡精心研製讓男人不舉的藥丸。

雖然她還沒有想到怎麼把藥丸送到秦王爺府裡，但總得提前做好準備。

「姑娘，一會兒楚九怕是又要來接姑娘了，您還不去嗎？」綠蘿認真地搗著藥材，不解地問道：「您這樣急著做藥丸，是打算給楚老太爺服用的嗎？」

「多嘴。」顧瑾瑜頭也不抬地和著研磨好的藥材，既然要做，就得把事情做絕，絕對不能有任何紕漏。

綠蘿吐了吐舌頭，不再吱聲。

青桐捂嘴笑。

「姑娘，楚九來了。」阿桃掀簾走進來稟報道。

「就說我身子不適，不去了。」藥丸材料都研磨好了，必須今日熬製好，藥效才能發揮最佳作用，她是真的脫不開身。

「是。」阿桃應聲退下。

「妳家姑娘身子不適？」楚九眨眨眼睛，有些不可思議。三姑娘是大夫吧？怎麼大夫也三天兩頭不舒服？難不成她的月事還沒有過去？

可是上次吳伯鶴明明說過，姑娘家的月事三、五日就過去了啊！

「對的，我家姑娘就是這麼說的。」阿桃鄭重地點點頭。「你回去吧！」

「那有沒有請大夫瞧瞧？」楚九不依不撓地問道，他還是有些不信，怎麼辦？

「我家姑娘自己就是大夫，還用請大夫嗎？」阿桃反問道。

「也是！」楚九撓撓頭，嘿嘿笑道：「阿桃姑娘，妳看，咱們都是當差的，妳能不能說得詳細點，妳家姑娘到底在幹麼？讓我回去好交差。」

沒辦法，世子一大早便把公文搬到了大長公主府，若是顧三姑娘不去，他肯定會追問到底的。哎呀，當下人不容易啊！

「實話跟你說了吧！」阿桃覺得他說得有道理，遂如實道：「我家姑娘在做藥丸，已經忙了三天了，昨晚姑娘說，這藥丸一刻也不能耽誤，要不然藥效就不好了。」

「做藥丸？」楚九立刻想到自家主子腿上的傷，恍然大悟，輕咳道：「謝謝姑娘如實相告，我明白了。」說著，心安理得地調轉馬頭走了。

「我都不明白，他明白什麼了？」阿桃一頭霧水。

「什麼？你說顧三姑娘不來，是因為在家給我做藥丸？」楚雲霆頗感驚訝，前幾日，顧瑾瑜明明說他腿上的傷無礙了，怎麼又幫他做藥丸？

「阿桃的確是這麼說的。」楚九認真地點了點頭，有板有眼道：「還說顧三姑娘忙了三天了，大概是想給世子一個驚喜，所以才說身子不適的吧！」

說得楚雲霆心頭一暖，想必她是為了答謝他那日搭救柳元則之事吧？

門。

既然她今兒來不了，那他也沒必要在這裡等了，便吩咐楚九把公文搬回五城兵馬司衙

這讓大長公主很納悶，怎麼昭哥兒今日興沖沖地來了，又這麼快走了呢？

「或許是因為想起有什麼事情尚未處理吧？」許嬤嬤看了看大長公主，若有所思道：「奴婢瞧著這些日子世子挺忙的，就是四公主來那天，也沒顧上跟四公主說幾句話，據說那天四公主走的時候很不高興呢！」

「她不高興是她的事情。」大長公主臉一沈，不悅道：「昭哥兒身兼數職，總攬五城兵馬司不說，還替皇上監管著天子衛，又要查太子被刺一案，我是覺得他年輕歷練些也好，才眼睜睜地看著他整天忙碌，這些都是公事，倒也罷了，難不成還要哄她們那些無所事事的公主開心？」她既不喜歡南宮素素，也不喜歡四公主慕容婉，兩人一個心機深沈，一個囂張跋扈，都不是什麼佳偶。

她有心替寶貝孫子另覓良人，甚至把京城適齡未婚女子挨個兒查了一遍，總覺得無人跟她這孫子相配，不是門第不般配，就是模樣不般配，這些日子，她一直在為這事犯愁呢！

「大長公主，恕奴婢多嘴。」許嬤嬤彎下腰，在大長公主耳邊低聲道：「奴婢總覺得世子這兩次來府裡批公文，不像是心血來潮。」若上次也就罷了，可是這次，楚九前腳剛回來，世子後腳就走了。

「那是因為什麼？」大長公主跟許嬤嬤相伴多年，知道她性子向來沈穩，若不是看出什麼，絕對不會這樣說。

「奴婢覺得世子倒像是為顧三姑娘來的。」許嬤嬤看人看事向來靈敏，很少有失誤的時候，故而她總覺得世子跟顧三姑娘之間絕非尋常。兩人雖然不常見面，但每次見了面，總能說上大半天的話，她也是看著世子長大的，還從來沒見世子對哪個姑娘如此熱心。

「妳是說顧三姑娘？」大長公主頗感意外。

「正是。」許嬤嬤一下子打開了話匣子，眉眼彎彎地看著大長公主。「聽說前幾天顧三姑娘來找世子，然後世子就匆匆去了一趟秦王府，很晚才回衙門，而顧三姑娘一直在衙門裡等著他呢！」

「是為了什麼事？」大長公主問道。

許嬤嬤便把打聽來的消息一五一十地告訴大長公主。

「原來如此！」大長公主恍然大悟，眼帶笑意。「難得昭哥兒有喜歡的人，顧家雖然門楣不高，但顧三姑娘我倒是看得上的；既然昭哥兒喜歡，將來娶回來做個側妃，倒也是美事一樁。」

「大長公主所言極是。」許嬤嬤笑道：「尤其顧三姑娘還懂得醫術，眼下又跟著清虛子神醫給老太爺看病，以後進門，老太爺就有人照應了。」

「妳說得對，我也是這麼想的！」大長公主越說越高興，臉上全是笑意。「等昭哥兒娶了正妃，我就做主把顧三姑娘許配給他。既然他願意幫顧三姑娘做事，那就由他吧，若是他因此得罪了秦王，我諒秦王也不敢對昭哥兒怎麼樣；再說了，秦王這些年的所作所為，我早看不下去，恨不得親自動手收拾了這個敗壞我皇家聲譽的畜生，就他這樣的，還想繼承大統？作夢去吧！」

「可是這些年皇上對他還是不錯的。」許嬤嬤嘆道：「如今太子殿下不在，皇上待他越發器重了。」

「哼，什麼器重？依我看，他不過是個棋子罷了。」大長公主不屑道：「如今太子已逝，成年皇子只有秦王、燕王和齊王，秦王和燕王行為不端，皇上之所以睜一隻眼、閉一隻眼由他們，不過是想維持幾年平靜的日子罷了。」她平日雖然不出門，也不常進宮，但眼下京城的局勢，她還是看得通透的。

許嬤嬤點頭道是。自從上次世子遇襲，跌落山谷，害得大長公主跟著擔驚受怕了好一陣子，為此大長公主密調了十個暗衛輪番保護在世子左右，那些暗衛都是昔日追隨楚老太爺的心腹親兵，個個武功高強，足智多謀，別說是秦王了，就算是皇上要對他下手，怕也是極其艱難。當然，此事除了她跟大長公主，連世子也不知道。

清虛子得知顧瑾瑜又不來了，很是不悅，哼了一聲，去楚老太爺屋裡施針去了。這個死丫頭，總是這事、那事地偷懶，再有下次，他絕對不會答應，就是綁也要把她綁來！

顧瑾瑜做好了藥丸，收在貼身的荷包裡。她知道，秦王是個急性子，上次沒有得手，相信他很快就會按捺不住地要見則表哥。

果然，兩天後，柳禹丞便派人送來消息，說秦王爺已經去了柳家，說要好好跟柳元則談談收購南直隸那邊的鋪子。

顧瑾瑜覺得機會來了，帶著阿桃和綠蘿匆匆去了柳家，一進門，便見柳禹丞在正廳來回轉圈。

見到顧瑾瑜，柳禹丞凝重道：「秦王帶了兩個侍衛，還有一個年輕公子，在妳表哥的和風院，說是有事相談，不讓別人過去打擾。我已經跟則兒說好了，若是秦王敢亂來，就跟他拚了。」

「舅舅放心，這次我有備而來，則表哥不會有事的。」顧瑾瑜低聲道：「您先讓廚房備一桌飯菜，待會兒送進去就行，其他的事我來安排。」

「瑜丫頭，秦王爺畢竟是皇子，妳切不可魯莽行事。」柳禹丞以為顧瑾瑜要下毒，忙道：「大不了我搭上這條命跟他們拚了，也不能連累妳。」他是男人，更是父親，保護兒子是他分內的事情，哪能讓外甥女上陣？

「舅舅，您聽我說……」顧瑾瑜悄悄在柳禹丞耳邊低語了幾句，又道：「此事我有分寸，您相信我。」只要秦王敢動手，她就能一舉成擒廢了他。

飯菜很快送進了和風院。

東湖醋魚、明爐烤乳豬、鴛鴦五珍燴、雞絲銀耳、清蒸乳鴿、羊皮花絲，全都是用大盤子盛著，擺了滿滿一桌子，色香味俱全，賣相十分好看。

門口的侍衛上前一一用銀針試了，酒也是反復查驗一番，或許是還不放心，索性取過筷子試吃一遍，才衝秦王點了點頭，毫無聲息地退下。

柳元則見前來上菜的丫鬟是阿桃，心頭微動，難不成是瑜表妹來了？

阿桃看也沒看柳元則，路過他身邊的時候，眼疾手快地往他手裡塞了張小紙團，便端著托盤迅即離去。

柳元則會意，緊緊捏著紙團，像是抓住了救命稻草般，絲毫不敢放手。

「柳公子不要見怪，這都是皇家的規矩，並非懷疑柳公子。」坐在秦王身邊的年輕公子翹著蘭花指，陰柔道：「咱們王爺對公子可是十分信任呢！」

「哈哈，還是玉公子深知本王的心！」秦王不好女色，自然不會在意一個上菜的粗使丫鬟，索性拍著玉公子的肩膀，爽朗道：「今兒沒有外人，大家都不必拘禮，咱們來個一醉方休！」

玉公子原來是梨園春唱曲的小生，唇紅齒白，膚色白皙，被秦王看中贖了身，是秦王身邊最當紅的男寵。

秦王最看中他的，不僅僅是他的樣貌，而是玉公子還常常幫忙秦王物色更為年輕的男人供秦王淫樂；柳元則便是他推薦給秦王的，理由也是極其下流，他斷言柳元則那裡會很緊、很銷魂，這讓秦王很是神往。

上次原本就能得手，卻不想被楚王世子壞了好事，這次說什麼也不會讓柳元則跑了。

「好，咱們一醉方休！」玉公子捏著手帕子，看了一眼柳元則，淺笑道：「我等喧賓奪主，柳公子不會見怪吧？」

「玉公子多心了，這樣也好，大家都光明磊落，樂得逍遙自在。」柳元則深知秦王的來意，強作歡顏道：「王爺大駕光臨，寒舍蓬蓽生輝，在下深感榮幸。來，在下敬王爺一杯。」

「柳公子，一杯太少，應該要三杯才是！」玉公子翹著蘭花指道：「咱們一起敬王爺三杯。」

「哈哈，好說、好說！」秦王看著清俊儒雅的柳元則，想到很快就能把這個妙人兒壓倒在身下銷魂，不禁神魂蕩漾，不由分說地連飲了三杯。

柳元則和玉公子也紛紛陪著喝了三杯。

三人臉上都是紅通通的，氣氛很是融洽。

「王爺，這兩天在下權衡許久，南直隸那邊的鋪子決定暫時不賣了，還望王爺見諒。」柳元則致歉道：「之前在下是覺得來回奔波太過勞累，才動了賣鋪子的心思，如今卻覺得男兒志在四方，就應該四處奔走，多長點見識才是。」

他剛剛偷偷打開紙團，取出裡面的藥丸，藏在袖子裡，按照紙條上寫的，從容跟兩人周旋。

「好說、好說，不賣就不賣。」秦王一心想著早點跟他溫存，哪裡顧得上什麼鋪子不鋪子？他要買柳家的鋪子原本就當是跟柳元則套近乎的藉口罷了。他拿起筷子，熱情地挾了一大塊乳豬肉放在柳元則碗裡。「咱們邊吃邊聊！」

「王爺果然大義。」柳元則勉強笑道。

「王爺好生偏心！」玉公子嘟嘴道：「我也要吃乳豬肉。」

「哈哈，都有、都有！」秦王爽朗一笑，又挾了一大塊肥瘦適中的乳豬肉放在玉公子碗裡。

柳元則見兩個大男人眉來眼去、打情罵俏的，差點吐了。

酒過三巡，秦王舌頭打結，微有醉意。

「王爺，您喝多了。」玉公子會意，伸手攙扶住秦王。「我陪您去屋裡休息一會兒吧！」秦王人高馬大，他一個人扶不動，求救般看著柳元則。現在整個和風院雖然都是秦王的人，但在這裡行那巫山雲雨之事畢竟不便，還得去床上才行；只要柳元則進了臥房，就別想再出來了，呵呵！

「若王爺不嫌棄，可去在下的寢室歇息一下。」柳元則自然不傻，忙上前幫忙，引著兩人去了隔壁的寢室。

寢室窗簾掩著，有些昏暗，牆角香爐裡的熏香尚未燃盡，若有若無的香味在四下裡瀰漫。正廳跟寢室只隔了一個小小的書房，走幾步就到了，兩人七手八腳地扶著秦王上床。

「本王沒醉，本王還要喝……」床帳裡很幽暗，秦王一時看不清，便拽住柳元則的衣角不放。

柳元則不著痕跡地側身一步，掙脫開他的拉扯，小聲對玉公子道：「你照看一下王爺，我幫王爺取布巾，給他擦把臉。」

「好。」玉公子嘴上雖然應著，眼睛卻一眨也不眨地盯著柳元則看。按照事先跟秦王的約定，他要負責把人打暈了抱到床上，故而柳元則這次是無論如何也逃不掉！

正當他要抬起手朝柳元則劈去的時候，卻突然覺得四肢無力，軟綿綿地倒在了地上。

柳元則用濕布巾捂住口鼻，將剛剛偷偷捏碎的藥丸扔進香爐裡，才把玉公子扶到床上，迅速地拉下床帳，不聲不響地退了出去。

獸頭暗紋香爐裡的火苗躥了躥，很快暗了下去。

柳元則到飯廳，給自己倒了碗酒，一飲而盡，接著又搖搖晃晃地進書房，軟綿綿地倒在軟榻上呼呼睡去，很快打起了細細的呼嚕。

片刻，他翻了身，支起耳朵聽著隔壁的動靜。裡面依稀傳來木床的搖晃聲夾雜著男人粗重的喘息聲，聽上去戰況十分地激烈精彩，聽得柳元則冷汗直冒。

今日若不是顧瑾瑜，看來他真的得以死相拚了；只是躲得了一時，躲不了一世，秦王一而再、再而三地失手，說不定會惱羞成怒，更加瘋狂地報復他。

但眼下他偏偏什麼也做不了，只能按照顧瑾瑜的吩咐，佯裝躺在軟榻上醉酒而眠；當然，他不敢真的睡去，順手取來斗篷罩在身上，屏住呼吸聽著屋裡的動靜。

約莫過了小半個時辰，屋裡總算安靜下來。柳元則這才鬆了口氣，再也睜不開眼睛，不知不覺地沈沈睡去……

不知過了多久，柳元則醒來的時候，發現身上蓋著厚厚的棉被，書房裡也點起了燈，他一骨碌坐起來，只覺得頭昏昏沈沈的，嘴也乾渴得厲害。一轉頭，見柳禹丞正坐在對面的椅子上，一臉關切地看著他，想到之前發生的事情，他心裡又是一陣尷尬。「父親，我……」

「我讓人熬了醒酒湯，你先醒醒酒再說。」柳禹丞忙起身把溫在食盒裡的醒酒湯端出來，送到他面前。

柳元則接過來，一口氣喝完，問道：「秦王爺走了？」

「剛走一盞茶的工夫。」柳禹丞滿臉凝重道：「他走的時候很不高興，為父裝作什麼都不知道；倒是他帶來的那個玉公子，是被人抬著出去的，秦王說他喝醉了。」

柳元則苦笑。玉公子哪裡是喝醉了，分明是被秦王糟蹋得下不了床！越想越覺得羞憤難當，扶額道：「瑜妹妹雖然三番兩次地出手相救，但秦王是不會放過我的。」

「瑜丫頭臨走的時候說，讓咱們放心。」柳禹丞安慰道：「我雖然不知道她到底想怎麼徹底解決，但見她神色篤定，怕是已經想到辦法了吧！」

「她不過是個六品主事的女兒，人微言輕，能有什麼辦法？」柳元則捏著眉頭，心情很是煩亂。「大概她是想去求楚王世子幫忙吧！」

「你怎麼知道她會找楚王世子？」柳禹丞不解。「她跟你說什麼了嗎？」

「父親，難道您還看不出，她喜歡的人是楚王世子嗎？」柳元則一臉木木然，眼底悄悄湧出濕意。「之前我跟父親想的一樣，覺得只有咱們家才能護瑜妹妹一生安寧，可是眼下看來，咱們錯了，這世上並非所有的事情都能用銀子解決，就像這次，我自己都保護不了自己，怎麼保護她？想必這些，瑜妹妹早就看得通透吧？」楚王世子有權有勢，他算什麼？想想，就覺得可笑。

「你也不用太悲觀，別說咱們了，就是整個京城的公子哥兒，誰能跟秦王對抗？」柳禹丞知道兒子此時的心情，和顏悅色道：「此事走一步、算一步吧，不管你表妹是去找楚王世子也好，別的人也好，她欠的人情，就是咱們欠的人情，大家一起慢慢還就是。還有，你瑜表妹說，讓你三天內不要出門，也不要見任何人，還說到時候事情就解決了。」

柳元則點頭道是，望著桌上搖擺不定的燭光，腦海裡突然閃過一個念頭，繼而又緩緩地抬頭看著柳禹丞，一字一頓道：「父親，我想讀書，考取功名來保護柳家，保護我想保護的人。」若他位高權重，若他身居要職，秦王就算垂涎他，依然得掂量掂量利弊吧？也不至於被人家三番五次地輕薄侮辱，唯一的出路，便是考取功名。

「你？」柳禹丞吃驚道。柳元則自小雖然聰明，卻是極其不愛讀書的，一直頗有興趣地跟著他走南闖北地做生意，如今卻因為此事突然轉了性子要讀書，想必內心是極其憤怒和失望吧？

「是的，我意已決。」柳元則一字一頓道。

短短數日，他似乎全然脫胎換骨，完全變了一個人。

柳禹丞拍著他的肩膀，只是嘆氣。

第四十七章　大長公主的霸氣

五天後，顧瑾瑜才姍姍去了大長公主府。

清虛子看見她，很不高興，哼了一聲，轉身進了裡屋。

顧瑾瑜會意，上前晃著他的胳膊，嬌嗔道：「師伯，您我都是醫者，自然知道氣大傷身的道理，尤其是一大早就生氣，別氣了，咱們去看看楚老太爺吧？」

清虛子剛想說什麼，卻見守著門口的侍衛匆匆進來稟報。

「神醫，秦王府來人了，說是有急事要求見神醫。」

「不見！」清虛子拂袖進屋，砰地一聲關上門。

「顧三姑娘，您看這……」侍衛為難道。天啊！神醫這個脾氣他是真的琢磨不透也受不了啊！話說秦王是能輕易得罪的嗎？

「恕我愛莫能助。」顧瑾瑜聳聳肩，嫋嫋娉娉地去了正院。

這個時候秦王府來人請清虛子，肯定是秦王不舉了唄。別說他請不動清虛子，就算清虛子去了，也無能為力了。活該！

楚雲霆正在跟楚老太爺下棋，大長公主笑盈盈地陪在一邊觀戰，見顧瑾瑜進來，招呼道：「顧三姑娘來了？來，過來坐。」

「是。」顧瑾瑜微微福身，大大方方地坐過去。

許嬤嬤滿臉笑容地上前奉茶，看了看顧瑾瑜，衝大長公主意味深長地笑笑，而後不動聲色地退了下去。

「聽說秦王爺前幾天去了柳家？」楚雲霆走了一步棋，抬眼看了看她，輕聲問道：「沒事吧？」

「沒事。」顧瑾瑜輕聲答道。

「那就好。」楚雲霆點點頭，繼續下棋。

大長公主看看楚雲霆，又看看顧瑾瑜，沒吱聲，只是抿嘴笑。

「我不走這裡！」楚老太爺孩子般地悔了一步棋，眉眼彎彎道：「我走這裡，走這裡！」

「祖父，您之前不是常說悔棋非君子嗎？」楚雲霆挑眉道：「如今怎麼也悔棋了？」

「我願意！」楚老太爺理直氣壯道：「我原本就不是什麼君子，我是你祖父！」說著，又轉頭看著顧瑾瑜，笑咪咪地問道：「孫媳婦，妳說是不是這個理？」

顧瑾瑜倏地紅了臉。

楚雲霆見小姑娘羞愧難當的樣子，展顏一笑，索性認輸。「祖父贏了。」

「哈哈，我贏了、我贏了！」楚老太爺手舞足蹈。

待施完針，大長公主便留顧瑾瑜去正廳喝茶。「前幾天，聽說姑娘身子不適，如今可是大好了？」

「多謝大長公主關心。」顧瑾瑜如實道：「臣女已經無恙了。」

大長公主點點頭，又上前細細端詳她一番，越看越滿意，眉眼彎彎地問道：「姑娘今年多大了？」

「回稟大長公主，臣女十四了。」

「明年姑娘及笄，很快就成大姑娘了，可喜可賀啊！」大長公主眼帶笑意，目光越發柔和。「可曾訂下親事了？」這姑娘比昭哥兒小六歲，年齡上還算般配，但若是有了親事，就算是堂堂楚王府也不能橫刀奪愛不是？

「沒有。」顧瑾瑜有些難為情。

大長公主點點頭，從手腕上取下一只白玉鐲，塞到顧瑾瑜手裡，笑道：「妳跟神醫盡心盡力替老太爺看病，本宮甚是感激，就用這聊表謝意。」

「多謝大長公主。」顧瑾瑜忙起身道謝。

待顧瑾瑜走後，楚雲霆才從裡屋走出來，若有所思地看著大長公主，問道：「祖母怎麼突然如此關心顧姑娘？」

「你看上的姑娘，我就不能多問幾句了？」大長公主直言道：「這姑娘端莊穩重，又懂醫術，娶回來當個側妃，是最好不過的。祖母的這一關，她是過了的。」

「祖母說笑了。」楚雲霆面上一熱。「孫兒並不想娶她做側妃。」

對她，他自然是要娶回來做他的世子妃；再說他這輩子娶一個就夠了，哪裡需要什麼側妃？他之所以不願意回楚王府，也是因為他母親成天跟父親那些妾室鬥智鬥勇，想想就煩。

「你這孩子……」大長公主笑罵道：「跟祖母還打啞謎！」

「世子，莫風回來了。」楚九上前稟報道：「他現在正在五城兵馬司，說有要事回稟世子。」

楚雲霆乘機起身告辭。

「大長公主，世子這是不好意思了吧？」望著世子挺拔修長的背影，許嬤嬤打趣道：「奴婢還從未見到世子如此忸怩呢！」

「只要他有喜歡的人就好。」大長公主笑笑，欣然道：「雖說昭哥兒的親事還得進宮請旨，等皇上答應了才能成婚，但那是楚王世子妃的禮節；至於側妃，無須講究這麼多，只要合世子眼緣就行。」

「大長公主所言極是。」許嬤嬤笑道：「世子自幼在大長公主和老太爺身邊長大，十五歲才回楚王府，世子的心思，果然還是大長公主最懂。」

待顧瑾瑜回到別院，見秦王府的管家還沒有走，一個勁兒地懇請清虛子去秦王府給秦王看病，就差下跪了。

「要我去，門都沒有！」清虛子倚著門框，冷笑道：「我現在可是大長公主府的大夫，哪裡也不去。」

管家無奈，只好灰頭土臉地走了。

顧瑾瑜有心證實秦王的病情，便沒急著走，索性帶著阿桃、綠蘿把別院裡裡外外地收拾一番，連院子裡的花花草草都細心地修剪了。約莫過了小半個時辰，果然見秦王心急火燎地進了別院。

看見清虛子，秦王長揖一禮，低聲道：「只要神醫能醫好本王的隱疾，本王願意傾所有相贈！」若他從此以後不舉，那此生還有什麼意思？放著滿府的公子們不能寵幸，他死的心都有了！

透過鬱鬱蔥蔥的花木，顧瑾瑜看到秦王那張鐵青的臉，暗暗鬆了口氣。藥效果然起了作用，一切正朝著她計劃的方向發展。秦王這病，就算是清虛子親自上陣，也得費個三年五載的工夫才成；若是別的大夫，則直接是無可救藥了。

「殿下言重了，銀錢在本神醫眼裡，不過是糞土一堆，生不帶來，死不帶去的，沒啥意思。」清虛子也不請他坐下，伸手搭在他的脈上，旁若無人地道：「本神醫出手救人，不過是醫者父母心，慈悲為懷罷了，所以在本神醫眼裡，病者無尊卑，只有能救與不能救。」

秦王微愣，竟一時不知道該怎麼回答，半晌才回過神來，期期艾艾地問道：「神醫，本王這病怎麼才能醫好？」

「只有三成的希望。」清虛子細細端詳他的臉，放下他的手，搖頭道：「四成是我的底線，三成的病症我是不會接的，若是治不好，豈不是砸我的招牌？」

「神醫救命！」秦王聞言，忙作揖行禮道：「神醫要什麼，儘管開口，只要本王能做的，本王一定義不容辭，赴湯蹈火，在所不辭！還請神醫務必高抬貴手，救救本王！」這等隱晦之事，他哪裡敢驚動宮裡的太醫？就連他喜好男風之事，也是瞞著父皇的；要不是他府裡的大夫束手無策，他又怎麼會屈尊來找清虛子？

「你若這樣說，本神醫倒是可以破一次例。」清虛子撫著鬍鬚，沈吟道：「不過呢，殿下得排隊，待我先給楚老太爺瞧好了病再說吧！」

「神醫，這……本王這病怎麼能拖。」秦王愣了一下，忙又作揖道：「煩請神醫先給本王開個方子，先讓本王吃著再說吧！」食色，性也，他覺得他的病是萬萬拖不得的。

「不瞞殿下，之前燕王殿下也上門求過老朽，請老朽給他府裡兩位小殿下瞧病，老朽到現在也沒有答覆他呢！」清虛子雙手一攤，無奈道：「如今殿下又登門相求，豈不是為難老朽嗎？不過看在殿下著急的分上，老朽倒是可以給殿下推薦一個人，那就是我的師弟清谷子；若是殿下能找到他，保准藥到病除。」如果能借秦王的手找到清谷子，倒也不錯，總比讓他手下那幫乞丐四處找尋強。

「神醫的意思，是拒絕本王了？」秦王不由得火冒三丈，猛地揪住清虛子的前襟，厲聲道：「什麼清谷子，本王聽都沒有聽說過！你不要以為你懂點醫術，就能在本王面前托大，信不信本王捏死你，就像捏死一隻螞蟻！」

「你捏捏試試？」清虛子也生氣了，眼疾手快地點了秦王一下。

秦王瞬間定在原地，怒吼道：「你對本王做了什麼？你個庸醫！來人，把他給本王拿下！」還不信了，堂堂王爺，能讓一個小小的大夫給欺辱了！

守在外面的侍衛迅速衝了進來，團團圍住清虛子。

「誰敢在我府裡撒野！」

門口一聲厲喝，許嬤嬤扶著大長公主款款而來。

秦王雖然身子動彈不得，但還是可以說話的，見大長公主一臉不悅，忙解釋道：「大長公主，我一時情急，還望大長公主見諒。」說著，又衝那些侍衛吼道：「都瞎了嗎？還不趕緊撤！」

侍衛們才應聲退下。

「慕容欽，清虛子神醫終究是我請來的貴客。」大長公主走到秦王面前，冷冷道：「如今你興師動眾地帶人前來為難他，可見你翅膀硬了，眼裡並無我這個大長公主，既如此，我也懶得跟你計較這些有的沒的，從今以後，你不准再踏進我府裡半步，否則，休怪我不客氣！」說著，又厲聲道：「來人，把他給我趕出去！」

「大長公主，我知錯了。」秦王見大長公主動怒，忙道：「我並非對大長公主不敬，只是想教訓一下這個庸醫罷了。」

「哼，我家楚王爺費盡心思請來的神醫，怎麼就成了庸醫？」大長公主冷笑道：「既是庸醫，你又何必帶人前來相求？慕容欽，你貴為皇子龍孫，就是這樣說話的嗎？」

「我說錯話了，還請大長公主責罰。」慕容欽陪著笑臉道：「我再也不敢了。」

清虛子索性背過身，不看他。哼，今兒他跟秦王這梁子是結下了。

「你給我滾出去，我再也不想見到你！若再敢動我府裡的人，咱們就進宮面君，到你父皇面前說理去！」大長公主一抬手，立刻有兩個侍衛上前，架著秦王就往外走。

秦王急得大喊。「大長公主，我真的是無心的！」片刻，秦王又在門外大喊。「神醫，本王錯了，您給本王解開穴道啊！」

大長公主冷哼一聲，剛想走，聽到秦王的喊聲，轉身看了看清虛子。

清虛子會意，不卑不亢道：「一盞茶過後，自會解開。」

「那就不用管他！」大長公主信步而去。

大長公主就是大長公主，果然不是一般人能惹的，顧瑾瑜暗忖。

「散了、散了，大家該幹麼、幹麼去吧！」清虛子聳聳肩，衝花木後的顧瑾瑜喊道：「瑜丫頭，妳過來，我有事找妳。」

等顧瑾瑜進屋，清虛子索性把下人連同阿桃和綠蘿都攆了出去。

「跪下！」清虛子翻了個大大的白眼。

顧瑾瑜心裡咯噔一聲，順從地跪在地上。

「說說看，為什麼要加害秦王？」清虛子坐在炕邊，撣著身上的灰塵，不冷不熱道：「就因為妳那小白臉表哥？」

顧瑾瑜見清虛子一語道破，心裡暗暗吃驚，直言道：「我真的沒有別的辦法了，還請師伯原諒。」一直以來，顧瑾瑜都覺得清虛子是個落拓不羈的，成天無所事事，只知道跟一幫乞丐鬼混度日，哪知她看錯了他，他其實什麼都知道，什麼都看得明白。

「妳呀妳，膽子真是大！」清虛子背著手，在屋裡走來走去，一臉嫌棄道：「妳就不怕秦王查到妳，對妳下黑手嗎？丫頭啊，妳記住，幫別人不是不可以，前提是自己一定要全身而退。殺敵一千，自損八百的事情，咱們不能做啊！」適才他一把脈就知道秦王是被人下了黑手，而且能下得如此不留痕跡，放眼這京城，除了他，就只顧瑾瑜有這個本事了。

「我相信，這世上除了師伯，沒有人能察覺是我下的手。」顧瑾瑜忙拍著馬屁。「師伯放心，秦王是離開柳家三日後才發作，他是不會懷疑到我身上的。」

那日在柳府，飯菜經過秦王手下一一查驗，並無不妥。

況且他那日在柳家跟玉公子雲雨的時候，雄風猶在，回府後，又跟別的男寵廝混了兩日，也並無異常，直到第三天，藥效才猛然爆發，讓他一蹶不振。

她覺得秦王怎麼都不會想到，那日香爐裡的藥丸實際是味極其猛烈的春藥，只不過一旦中了這春藥的毒，便會產生依賴性，否則會喪失房事的能力；也就是說，秦王要想雄風再起，必須得依賴她的藥丸，只是這藥丸最多只能用三次，三次過後，便會徹底不舉，神佛難救。當然，顧瑾瑜是不會再給他用這種藥丸的。

「這世上從來都是天外有天，人外有人，妳怎知不會有外人看出？凡事還是小心為好。」清虛子上前扶起她，輕咳道：「我之所以不願意給秦王看病，其實也不是完全因為妳，我只是看不慣秦王這等紈袴，不想跟京城權貴有過多交集罷了。我不信他們敢對我怎麼樣，大不了從此以後我隱居在這大長公主府裡，讓我的那些乞丐好友們幫我做我想做的事情罷了。」

「師伯想做什麼事情？」顧瑾瑜一頭霧水。

清虛子脫鞋上炕，示意顧瑾瑜到他身邊坐下。

顧瑾瑜會意，畢恭畢敬地給他倒茶，跟著坐到了他身邊的籐椅上。

清虛子望著碗裡倒映著的自己，黯然道：「前朝名震江湖的無為神醫，一共收了三個弟子，我排行為長，清谷子為二，妳師父最小，排行三。當年我跟妳二師伯都喜歡妳師父，也都想娶她為妻，讓妳師父很為難。她見我們因為她幾近反目成仇，便賭氣離家出走，我跟妳二師伯後悔不已，先後出來找她，這一找便是好多年，只是我這些年都沒有查到妳師父和妳二師伯一星半點的消息，他們兩人始終是我心裡的兩根刺，刺得我食不香、夜不寐的，我真是好生難過。」

剛剛那個盛氣凌人、不畏權勢的清虛子神醫不見了，取而代之的是個飽經風霜、情場失意的老人。

顧瑾瑜內心掙扎了一番，沈吟道：「師伯，我師父她其實就在京城，只是我……」只是她再也不是程家二小姐，莫婆婆為什麼會成為她師父，一時難以自圓其說。

「我知道她在京城。」清虛子意味深長地看了看她，苦笑道：「如今我在京城聲名大噪，也沒有隱姓埋名，她肯定知道我來了，卻始終沒來跟我相見，看樣子，她還是不願意見我。」說著，長嘆一聲，冷不丁問道：「她已經嫁人了，對不對？」

若不是嫁了人，她何苦要躲他這麼多年？不，是躲了一輩子。

「我師父嫁沒嫁過人，我並不知情，我只知道她如今是一個人過。」顧瑾瑜如實道：「師伯，我只知道她姓莫，我一直都喊她莫婆婆。」莫婆婆雖然時而瘋癲，時而清醒，但無論在哪種狀態，對她都是極好的；甚至偶爾睡著的時候，也會感覺到莫婆婆坐在她床頭靜靜地看著她。

「不錯，她叫莫清影。」清虛子嚴肅道：「她是無為神醫嫡親的女兒，也嗣承了我們北清派所有的絕學和醫術，我和妳二師伯則是各有所學，自然比她遜色得多。」

顧瑾瑜微怔，前世兩人相處的畫面一點一滴地湧上心頭，她從來不知道莫婆婆竟然有如此好聽的名字，更想不到她竟然是大名鼎鼎的無為神醫的女兒。無為神醫是北清派的始祖，傳說能醫白骨，活死人，還能踏陰陽，就算進了鬼門關的人，他也能給救回來，總之，江湖中人把他傳成了神仙。

清虛子見顧瑾瑜不語，眼裡光芒漸盛，突地一字一頓道：「妳果然是程二小姐。」

顧瑾瑜只覺得當頭棒喝，臉色瞬間蒼白起來。

第四十八章 看破

自從她重生以來，儘管也有人質疑她，卻從來沒有人如此直接地挑明她的身分。此事原本就不可思議，如今被人挑明，著實嚇了她一跳。

「瑜丫頭不必驚慌，我知道此事，對妳來說是有百利而無一害。」清虛子此時異常淡定，淡淡道：「早在我給妳看病的時候，我就察覺妳跟尋常人的不同，別人或許不知道，咱們北清派對此卻是深有研究的；不過我這個人，凡事都喜歡刨根問底，所以才讓妳跟我到大長公主府給我打下手，經過這些日子的相處，我猜測妳就是程二小姐。」

顧瑾瑜聞言，眼裡倏地有了淚，咬唇道：「對，我就是程嘉寧，我沒有死，我也不知道為什麼會變成顧瑾瑜，我……」

「唉，怪不得人轉世的時候，要去奈何橋喝孟婆湯呢！」清虛子盯著顧瑾瑜瞧了一會兒，低頭嘆道：「不喝還真是不行啊！活在這輩子，卻還在糾結上一輩子的事情，那妳這輩子怎麼辦？妳放心，世上的事情向來是因果輪迴，惡人自有惡人報，就算妳不出手，他們也會自食其果的。」

顧瑾瑜苦笑，不願再跟他爭辯。難道要她什麼也不做，眼睜睜地看著慕容朔安然善終？

「瑜丫頭，既然妳喚我一聲師伯，那我終究是妳的長輩，聽師伯一句勸，妳既然活過來，就是上天厚待妳，妳要相信，死最容易，活著最難，切不可本末倒置了。」清虛子背著手在屋裡來來回回轉了兩圈，沈默片刻，又道：「這些日子我之所以在府裡宴請乞丐，一是真的同情他們，二是想利用他們，讓他們幫忙我打聽妳二師伯當年在京城做過的事情罷了。」他浪跡天涯，走南闖北這麼多年，為的就是找尋清谷子和清影子。多年前他其實曾經來過京城，那時候聽說清谷子入宮當了太醫，原本想進宮見他一面，卻不想突然接到飛鴿傳書，得知無為神醫病重的消息，才匆匆回去南直隸。直到無為神醫病逝，他守孝三年才又開始出來找尋兩人。

「那您打聽到什麼了嗎？」顧瑾瑜問道。

「我只打聽到他之前在宮裡當太醫，聽說因為誤診了程貴妃的胎象才出了事。」清虛子一反之前的玩世不恭，搖頭嘆氣道：「只不過知道當年這樁往事的人，都說他不在人世了；但我瞭解妳二師伯，他為人慎重，心思縝密，我覺得他在出事前應該已經有所察覺，而且前些日子，我還特地去他當年採藥的山上看過，總覺得他脫身的可能性大些，他肯定還在人世。」

「程貴妃？」顧瑾瑜很吃驚，若說別的妃子，她可能不會在意，可是說起程貴妃，她自然不能無動於衷。

「聽說程貴妃當年的脈象是個公主，臨盆的時候卻產下了皇子。」清虛子捏捏眉頭道：「憑良心說，妳二師伯醫術並不在我之下，又是事關龍胎，我不相信他會診錯，他肯定是遭到別人的暗算。」

「原來如此！」顧瑾瑜恍然大悟。

她雖然沒有見過二師伯，但就憑清虛子跟莫婆婆的醫術來看，二師伯的醫術肯定差不了。只能說，診錯脈的可能性極小，遭人暗算的可能性比較大。

「至於程貴妃的孩子，我相信肯定是被人偷梁換柱給掉包了。」清虛子凝重道：「後宮這些烏七八糟的事情，歷朝歷代都有，跟咱們沒啥關係，妳二師伯不過是被無辜牽連了而已。」

「師伯放心，只要二師伯曾經在京城裡出現過，那一定能找到的。」顧瑾瑜沈吟道：「我私下也派人出去找找，說不定二師伯還在京城。」

「若是容易，我早就找到他了。」清虛子摸著下巴，沈吟道：「罷了、罷了，一切隨緣吧！」

回去的路上，顧瑾瑜心情很沈重，突然好想見到莫婆婆。當初在程家，就數莫婆婆待她最好，如今她雖然再世為人，但對莫婆婆來說，卻是陰陽兩隔，也不知道她在程家過得怎麼樣了？

柳元則早已經在顧府門口等候多時，見到顧瑾瑜的馬車，忙快走幾步，迎上前去。他聽說了秦王的事情，心裡很震驚，特來一探虛實。

顧瑾瑜在阿桃的攙扶下，下了馬車，看見柳元則，勉強笑道：「則表哥，我正好有事告訴你呢，咱們屋裡說吧！」

「不用了，我都知道了。」柳元則極力壓低聲音道：「一切幸虧有妹妹相助，為兄感激不盡；只是我擔心咱們不能全身而退，所以才過來問問，有什麼需要為兄去做的？」

秦王不是別人，而是位高權重的王爺，說不定他很快就查到柳家，甚至查到顧瑾瑜，這讓他很不放心。

「則表哥放心便是。」顧瑾瑜知道柳元則不肯進顧家的原因，沈氏因為顧瑾玥愛慕柳元則，曾明令門房不准放柳元則進顧府，只得放棄請他入府細談的打算，長話短說道：「秦王的藥效是在他回府後三天發作，並不會懷疑到咱們身上。咱們終究是一家人，不必如此見外，則表哥儘管跟以前一樣，安心做生意便是。」如今她不是一個人，她還有師伯清虛子，她相信她肯定能全身而退。

「那就好。」柳元則見她語氣很是篤定，這才放心，如實道：「我以後怕是不會再涉足柳家的生意了，我想靜下心來讀書，考取功名。」

「如此也好。」顧瑾瑜並不感到驚訝，淺笑道：「那我就提前祝則表哥金榜題名，榮登榜首。」

「多謝妹妹吉言。」柳元則勉強笑笑，抱拳道：「妹妹珍重，為兄告辭。」之前父親讓他讀書，他偏偏要做生意，現在柳家的生意蒸蒸日上，正需要人手的時候，他卻要讀書。唉，還真是造化弄人。

「世子，屬下追蹤到春老闆的時候，原本能將他一舉成擒，卻不想還是讓他手下的人給救走了。他家裡空無一人，妻兒也不知去向，而梨園春的其他人，死的死、逃的逃，若是要想再抓住春老闆，怕還得費一些工夫。」莫風一臉愧疚，抱拳道：「屬下失職，還請世子責罰。」自從他跟著世子查案以來，這還是頭一次失手，心裡很是愧疚。

「罷了。」楚雲霆挑挑眉，沈吟道：「若以後再看見他，直接除掉便是，不必再押送回京了。」

「屬下遵命。」莫風神色緩了緩，向前傾了傾身子，壓低聲音道：「世子，屬下得知梨園春一個小生玉公子半年前被秦王爺看中，留在秦王府侍奉左右，這個玉公子是春老闆的內弟，一直幫忙打理梨園春的大小事務，也是梨園春二當家，讓屬下不解的是，他為什麼甘願陪著秦王廝混？梨園春出了這麼大的事情，他竟安然無恙。」

「玉公子？」楚雲霆招手喚來楚九。「這個玉公子在秦王府做過什麼？」

「玉公子是秦王爺身邊的紅人，很是得寵，就連秦王出門的時候也帶在身邊。」楚九稟報道：「玉公子為人八面玲瓏，常常幫秦王物色清雅俊朗的年輕男子供秦王淫樂，深得秦王的喜歡，常常跟秦王爺出入成雙，好不噁心。」

「吩咐下去，盡快除去這個玉公子，順便敲打一下秦王，讓他收斂點。」楚雲霆冷冷道：「梨園春不過是他們那些人拋出來掩人耳目的棋子罷了，咱們要對付的是梨園春背後的幕後主使，切不可讓人家牽著鼻子走。」

莫風和楚九紛紛點頭道是。

「世子，劉八求見，已經在門外等候多時。」門口侍衛稟報道。

「讓他進來吧！」楚雲霆頗感意外，劉八是他派到顧家保護顧瑾瑜的暗衛，他曾經吩咐過，若無緊急的事情，一個月來見他一次便可，這離上次見面剛剛過七、八天。

莫風和楚九知趣退下。

「世子，顧姑娘去柳家那天，秦王剛好也在，秦王和那男寵在柳公子房裡行那巫山之事，而柳公子卻故意灌醉了自己，硬是在書房裡睡了一覺。秦王走的時候很不高興，那個男寵是被抬出柳家的，秦王對外說是喝醉了……」劉八是個年輕人，並無婚娶，說到這裡，耳根泛紅，他看了看楚雲霆，見自家主子依然面不改色，便繼續道：「剛剛秦王去了大長公主府請清虛子替他治病，清虛子不肯，兩人還翻臉，差點動手，幸而大長公主出面，趕走了秦王。於是屬下又去秦王府打聽，得知秦王得了不舉之症，聽說最近秦王派出好幾路人馬大張旗鼓地尋找一位清谷子來醫治他的病，也不知道這清谷子是何等人物。」

「不舉之症？」楚雲霆心裡失笑，一時明白了，肯定是顧瑾瑜為了保護柳元則，才冒著風險對秦王下藥，秦王這才不舉。看來，他是小瞧了她的，她連皇子都敢出手對付，還有什麼是她不敢的？

「是的，秦王府的眼線是這麼說的。」劉八驚訝地見世子竟然眼帶笑意，輕咳道：「近來秦王很是暴躁，動不動就拿府裡的侍妾出氣，半天工夫就發賣了兩個侍妾。」世子，秦王都不舉了，怎麼您還如此高興？你們可是表兄弟啊！

「去查一查那個清谷子的來歷，若是秦王找到了他，務必立刻來跟我稟報。」楚雲霆沈吟道：「還有顧姑娘那邊也不要鬆懈，務必全力保護好她的安全。」

若是秦王查到什麼端倪，肯定不會放過她的。這丫頭，就知道給他惹禍。

「是。」劉八無聲無息地退下。

「楚九。」楚雲霆吩咐道：「你速去大長公主府，把顧三姑娘給我請來，越快越好。」

小姑娘做事太過魯莽，他得好好敲打敲打她，這樣的事情，應該讓他出面才對啊！

「世子，這個時辰，顧三姑娘怕是早就回家了啊！」楚九暗暗叫苦，不是他不想去，而是顧三姑娘不一定願意來啊！

「那你就去顧府請。」楚雲霆淡淡道：「反正我今天一定要見到她。」

莫風握拳偷笑。他最喜歡看楚九吃癟的樣子，真是好過癮啊！嘖嘖，連個姑娘都請不來，還好意思說自己是世子身邊最得力的侍衛？呵呵。

「……是。」楚九訕訕退下。

顧瑾瑜聽說楚雲霆要見她，想也不想地回絕道：「有什麼事情改天再說吧，我剛剛從外面回來，正要去給太夫人請安，不能出府。」奇怪，難道在楚雲霆眼裡，她是召之即來、揮之即去的人？她哪裡有那麼閒？

楚九只好苦著臉回五城兵馬司。

「再去請。」楚雲霆平靜地看了楚九一眼，一字一頓道：「你之前不是說她給我做了藥丸嗎？讓她親自把藥丸給我送過來，就說我腿疼又犯了，用了他們顧記藥鋪的膏藥也不見好。記住，若是請不來，你就不要在我面前出現了。」

楚九心裡哀號一聲。天啊！讓他去南直隸吧！他寧願去跟蹤那些前朝餘孽們，也不願意來回傳話啊！世子也真是的，人家姑娘不想來，非要逼著人家來！

顧瑾瑜換了衣裳，去慈寧堂。

顧景柏也在，正陪著太夫人用午膳，見她進來，爽朗道：「三妹妹，剛剛還跟祖母提起妳，妳就來了，咱們兄妹當真是心有靈犀啊！」

「貧嘴！」太夫人心情大好，笑罵道：「都是要成親的人了，還沒個正經！瑜丫頭，來，陪祖母一起吃飯。」

「說說看，說我什麼了？」顧瑾瑜笑笑，坐在太夫人身邊，池嬤嬤忙上前添了新碗筷，給她倒茶。顧瑾瑜端起茶杯，抿了一口，茶水清冽甘甜，是上好的碧螺春。熱茶入口，她的心情一下子好起來。

「嘿嘿，妳之前帶回來的野煙葉被三叔做成了膏藥，最近賣得可好呢！」顧景柏衝她抱了抱拳道：「這不，之前那些賣完了，三叔又讓我回來把妳屋裡剩下的那些野煙葉全都拿到藥鋪去，就是這樣，還是不夠賣，三叔想再去谷底取些回來呢！」

「難不成最近京城的人受傷的格外多？」顧瑾瑜驚訝道。那些野煙葉只對跌打損傷有奇效，她原本以為她帶回來的煙葉能用個一年半載，怎麼短短幾天，都賣光了呢？

「哈哈，三妹妹真是可愛。」顧景柏差點噴飯，笑著解釋道：「妳以為是被跌打損傷的人買走了嗎？三叔說，都被五城兵馬司的人買走了，五城兵馬司人多啊！」

顧瑾瑜恍然大悟。那天去谷底接他們的，大都是五城兵馬司的人，他們知道這些野煙葉的奇效，怪不得三叔賣得好呢！

「瑜丫頭，再過半個月便是妳大姊姊出嫁的日子了，以後妳們姊妹相聚的時候也越來越少了。」太夫人看了看顧景柏，笑道：「祖母想明天辦個家宴，讓妳們姊妹好好聚聚，妳跟蕭姑娘向來要好，發個帖子給她，讓她也來。」最近烏七八糟的事情太多，且全是些糟心事，她想讓府裡好好熱鬧熱鬧。

「祖母，既然是家宴，為何讓蕭姑娘來？」顧景柏放下筷子，掏出手帕拭著嘴角，當下黑了臉，反正他是不會娶蕭家小姐的，絕對不會。

「正因為是家宴，才要請人家來啊！」太夫人白了顧景柏一眼，嗔怪道：「你也不用多心，不光是她，忠義侯府的姑娘們，也是要請的。」

「祖母，既然如此，那我就厚顏再請一個人來唄。」顧瑾瑜會意，忙道：「除了蕭姊姊，我還跟寧武侯府的五小姐要好，前些日子，還接過寧武侯府的帖子，去她家喝茶，不如明日索性還了這個人情吧？」

「好，那就請寧武侯小姐也來吧！」太夫人替顧瑾瑜挾了個水晶蒸餃，不以為然道：「不過添雙筷子罷了，橫豎妳們高興就好。」

「多謝祖母！」顧瑾瑜欣然道。

顧景柏只是嘆氣，看來，得另想法子回絕這門親事了。

此時青桐掀簾走進來，衝太夫人和顧景柏微微屈膝行禮後，走到顧瑾瑜面前說道：「姑娘，楚侍衛又來了，說是楚王世子腿疼又犯了，用了野煙葉做的膏藥也不見好，煩請姑娘去瞧瞧。」

「楚王世子怎麼了？」太夫人一頭霧水。就算他真的有什麼，還用她家三丫頭幫他看？

「聽說前段時間，他腿受了傷，用了咱家的膏藥。」顧瑾瑜淡淡道：「大概是他傷得比較重，藥效甚微，才讓侍衛過來問的。」她懷疑楚王世子之所以三番兩次地請楚九來找她，是因為他看穿了秦王的事情，雖然她這次下手有些狠，但她覺得她沒錯。

「既然楚王世子有請，那三妹妹妳怎麼也得親自去一趟才是。」顧景柏並不知其中緣由，認真道：「怎麼說也是關係到咱們顧記藥鋪的聲譽啊！」既然楚王世子是因為藥效不好才找上門來，怎麼也得給人家個說法才是吧？

「柏哥兒說得對。」太夫人也覺得顧景柏說得很有道理，叮囑道：「妳去藥鋪叫上妳三叔，跟妳一起去看看是怎麼回事。」

顧瑾瑜放下筷子，起身道：「不用了，我自己去就行。」

第四十九章　相見

或許是楚雲霆在，五城兵馬司的門禁格外森嚴。

焦四剛下馬車便被攔在門外，阿桃和綠蘿則被留在二門處的偏廳裡喝茶。

楚九領著顧瑾瑜穿過迴廊，進了楚雲霆的書房。

楚雲霆正在跟吳伯鶴說話，見顧瑾瑜進來，吳伯鶴知趣地起身告辭，楚九也乘機跟著退了下去。

偌大的書房裡，就剩下楚雲霆和顧瑾瑜，屋裡，落針可聞。

「坐。」楚雲霆率先開口。

顧瑾瑜面無表情地看了他一眼，盈盈落坐。

楚雲霆給她斟了茶，一言不發地推到她面前。

顧瑾瑜望著手裡的碧湯綠芽，垂眸不語。瓷白的茶碗裡，根根綠芽直直地浮在碧湯裡，清香四溢。

這茶是龍井當中的珍品，名喚龍吟香，據說價格不菲，一萬兩銀子一斤。

戴嬤嬤說，此茶是西裕進貢而來，據說西裕國有九棵三百年樹齡的古茶樹，這九棵茶樹每年僅能採四斤茶，西裕國年年進貢兩斤，很是珍貴。有次她去昭陽宮看望程貴妃，剛好皇上特賜了一壺龍吟香，她也跟著品了兩杯，連程貴妃都直誇她有福氣呢！

想不到，她第二次喝這西裕龍吟香，竟然是在楚雲霆的書房裡。

楚雲霆自然不知道她心中所想，慢騰騰地喝著茶，沈默片刻，才不冷不熱地開口道：「看來妳知道我今日為何請妳而來，對吧？」從她一進門，他就注意到她臉上並無任何表情，連最起碼的懷疑和茫然都沒有。

「是因為秦王的事情。」顧瑾瑜坦然承認。該做的、不該做的，她都做了，對也好、錯也罷，一切都無可挽回了；再說，她出手對付秦王，跟楚雲霆沒什麼關係。

楚雲霆見她一副大義凜然的樣子，頓覺好笑。「那妳如實告訴我，秦王現在有幾分康復的可能？」其實他更想知道的，是柳元則在顧瑾瑜心目中的位置，而非秦王的不舉之症，秦王舉不舉，跟他毫無關係。

「就算是我和我師伯，也得耗費三、五年的工夫才能有所起色。」顧瑾瑜直言道：「若是別人給他診治，絕無康復的可能。」其實莫婆婆和清谷子應該也能做到，只不過她覺得沒必要告訴他罷了。

「下手夠狠，不愧是清虛子的門下弟子。」楚雲霆微微頷首，又見小姑娘一副氣定神閒的樣子，忍俊不禁道：「只是，若秦王查到妳，妳打算如何應對？」

原本應該悉心養在深閨，細心呵護的女子，卻不得已出面應對這些魑魅魍魎，讓他很是震驚。只是，要想名正言順地把她納進自己羽翼下保護，還得費一些周折。家世、門楣，都是擋在他跟她之間的鴻溝，雖然他不在乎，但並不代表他爹娘和祖母不在乎；更重要的是，他的親事是要經過皇上恩准的，這一切的一切，他都得一一解決。

「他不會查到我的。」顧瑾瑜篤定道。此事她前前後後想了許久，自認並無破綻，畢竟不是每個人都像楚雲霆一樣敏銳，她早就知道在他面前，她所有的心思和舉動都無所遁形，故而，她也從不隱瞞。

「妳倒是有自信。」楚雲霆失笑，替她再斟一杯茶，輕聲道：「那天秦王帶的男寵玉公子實際上是齊王的人，玉公子那天的任務是促成秦王和柳公子的好事，所以他不但不會喝醉，也不會讓秦王喝醉；可事情到了最後，卻成了他跟秦王雲雨，唯獨柳公子置身事外，妳覺得齊王不會懷疑嗎？」慕容朔可不是那麼好糊弄的。

「就算他懷疑，我覺得他會選擇息事寧人。」對慕容朔，顧瑾瑜還是有些瞭解的，從容道：「若我沒有擊倒秦王，玉公子可能會反咬我一口，以博取秦王的信任，可是如今秦王廢了，再無繼位的可能，也就是說齊王少了一個競爭對手，這恰恰是他願意看到的，所以我斷定齊王是不會把秦王的視線引到我身上，相反地，他還會大張旗鼓地幫忙秦王求醫問藥，恨不得把秦王的病公諸於天下。」

「可是從此妳在齊王那裡，便落下把柄。」楚雲霆暗嘆她的反應靈敏，輕咳道：「妳越是提早暴露在他面前，妳的勝算便越加少了幾分，危險也多了幾分，孰輕孰重，我想妳應該明白。」

顧瑾瑜點點頭，再沒吱聲。事情的確如此，畢竟無論是她，還是顧家，都沒有強大到可以跟齊王叫囂的地步，但並不代表她會妥協，會放棄，大不了，魚死網破。她已經不再是前世那個溫柔沈靜的程嘉寧了，人總是會變的，何況還隔了一世。

「不過妳不用擔心，一切有我。」楚雲霆的聲音越加溫柔低沈，他看著眼前那雙烏黑清澈的眸子，忍不住怦然心動。他再也捨不得她冒險了，為了她，他決定提前動手攪動京城的水，快刀斬亂麻地動手清理三王。秦王、燕王也好，齊王也罷，都抵不上她的一顰一笑來得重要。

看到他炯炯的目光，顧瑾瑜粉臉微紅，垂眸道：「此事不勞世子費心，就算秦王真的查到我，我自有對策。」她是她，楚王世子是楚王世子，沒道理她闖的禍，讓他來收拾殘局。這個人情，她不想欠。

楚雲霆微怔，起身從書架上取下一張紙推到她面前，不著痕跡地轉移話題。「前些日子我去了越烏鎮，谷清說他最近經常作些莫名其妙的夢，甚至還經常夢見皇宮，他說他自己不由自主地配製了一些藥，也不知道能不能吃，想請妳看看這個方子能不能用。」

「谷清自己配的藥？」顧瑾瑜很驚訝，細細端詳一番，心裡越加詫異，這個藥方看上去跟她的行醫手法很相似，藥量溫和又精準，用來醫治失憶是最好不過的方子了。只是，這個谷清不是獵戶嗎，怎麼突然懂醫術了？而且這手法分明跟她師承一脈啊！想到清虛子之前所說的二師伯，顧瑾瑜心頭猛然跳了跳，一抬頭看到楚雲霆探究的目光，又道：「這方子能用，只是若再添上兩味藥材，藥效會更好。回頭我把藥材補齊，放在顧記藥鋪，煩請世子明天過去取便是。」

「也就是說，谷清真的會醫術？」楚雲霆頓覺不可思議。

「是的，從藥方上看，他不但懂醫術，而且還是個杏林高手。」顧瑾瑜點點頭，從容不迫地收好藥方。「若世子沒別的事情，我先回去了。」

「若他跟妳相比，誰更勝一籌？」楚雲霆饒有興趣地問道。

「他自然比不上我。」顧瑾瑜毫不猶豫地答道。

「……」好吧，小姑娘有自信終究是好事。

直到目送她的背影消失在門口，他才重新坐下來，端起她用過的茶杯，細細端詳一番，又輕輕放下。

楚九腳步生風地走了進來。「世子，顧三姑娘已經走了。」

楚雲霆聞言，沒吱聲，反而把一摞卷宗推到楚九面前。「把燕王這些年貪污糧餉的證據給齊王府送去，京城這灘水也該動一動了。」

「世子的意思，是讓燕王跟齊王鬥起來？」楚九大驚。

楚王府不是從來都不參與奪嫡的嗎？怎麼世子要插手此事呢？再說，燕王這兩年貪污西北救災糧餉，壓根兒就不是什麼秘密啊！作為主子身邊最為得力的侍衛，他不能不過問兩句。

楚雲霆目光一沈，再沒出聲。

楚九大氣不敢出地抱著卷宗就跑。他錯了，他不該過問主子的事情。顧姑娘，救命啊，您一走，世子就要殺人了！

昨兒顧瑾瑜從五城兵馬司出來後，分別給寧武侯府和蕭家送了帖子，邀寧玉皎和蕭盈盈來府裡赴宴，兩人紛紛回帖，欣然答應。

宴席設在慈寧堂正廳，分成兩桌，池嬤嬤進進出出地指揮著丫鬟們端茶布菜。因為有太夫人和夫人們在，姑娘們都規規矩矩地吃飯，矜持又端莊，氣氛倒也融洽。

蕭盈盈原本想跟顧瑾瑜和寧玉皎坐一桌的，可是硬被太夫人拉到身邊，跟夫人們坐在了一起。沈氏原本就對蕭盈盈很滿意，席間更是噓寒問暖，關懷備至，羞得蕭盈盈半天抬不起頭來。

好不容易吃完了飯，太夫人帶著夫人們回屋，蕭盈盈這才暗暗鬆了口氣，一溜煙回到顧瑾瑜身邊，撫著胸口道：「瑜妹妹，咱們還是回妳的清風苑，跟她們坐在一起，我是半點沒吃飽啊！」

寧玉皎抿嘴笑。

「好，咱們走吧！」顧瑾瑜笑笑，低聲道：「回去我讓青桐給妳做芙蓉餅吃，包妳吃了還想來。」

「待蕭大小姐以後進門，京城便又有一段佳話，說蕭大小姐是被小姑子的芙蓉餅給引誘來的，哈哈！」寧玉皎打趣道：「這以後啊，芙蓉餅怕是得漲價了哦！」

「哎呀，妳們就知道打趣我！」蕭盈盈又紅了臉。

「好了、好了，咱們這就去清風苑吧！」顧瑾瑜心情愉悅地拉著兩人，出了慈寧堂。

時值十月，涼風習習，枯黃的樹葉紛紛打著旋落了下來，在青石板路上鋪了厚厚的一層，放眼望去，盡是一派深秋的滄桑。

「三妹妹，這麼巧？」顧景柏從樹叢後緩緩走出來，他背著光，爍爍的陽光從身後傾瀉而下，整個人似乎浸潤在一團光暈裡，越加顯得他的身形挺拔修長。

他身後不遠處的空地上支著一個畫板，三人纖細婀娜的身形早已悄悄躍於紙上。

看見他，蕭盈盈和寧玉皎不約而同地悄悄紅了臉。

「大哥哥，你在這裡畫畫啊？」顧瑾瑜眼睛一亮，忙拉過蕭盈盈，介紹道：「大哥哥，這就是蕭大小姐蕭盈盈。」雖然兩人這樣見面有些不妥，但既然遇上了，總不能佯裝不知道吧？

「世子。」蕭盈盈大大方方地上前屈膝施禮。

女子端莊秀麗，身材修長，正是他母親夢想的兒媳婦的樣子；只是他母親喜歡的，未必就是他喜歡的，想到這裡，顧景柏衝蕭盈盈冷淡地點點頭，目光又落在寧玉皎身上。

顧瑾瑜又道：「這是寧武侯府的寧五小姐。」

「世子。」寧玉皎盈盈上前施禮。

顧景柏眼角瞟了瞟蕭盈盈，上前和顏悅色地虛扶了一下寧玉皎，輕聲道：「寧五小姐不必多禮，在下早就聽說過寧五小姐的芳名，今日一見，真乃三生有幸。」

寧玉皎聞言，頓覺尷尬，但又不好說什麼，只是衝他微微屈膝。

蕭盈盈的臉色頓時蒼白起來。她才是他的未婚妻，而他卻對她視若無睹，反而跟別的女子有說有笑，他這樣做，置她於何地……

「那我們就不打擾大哥哥了。」顧瑾瑜皺皺眉，拽著兩人就走，心裡很是懊惱。大哥哥當著未婚妻的面，對別的女子獻殷勤，他到底想幹麼？想到之前他說的話，她頓覺脊背發涼。她明白了，他這是想讓蕭盈盈難堪，他還是忘不了麗娘！

三人各懷心思地回了清風苑。

「蕭姊姊，妳千萬不要誤會。」寧玉皎尷尬得要命，忙解釋道：「我之前並不認識顧世子。」顧世子當著蕭盈盈的面對她如此熱情，嚇得她差點魂飛魄散，她不是那樣的人啊！

「妳放心，我怎麼會誤會妳？」蕭盈盈勉強笑道：「不過多說了句話而已，妳想多了。」看來顧景柏並不想娶她，剛才不過是在向她示威罷了。

顧瑾瑜雖然也覺得尷尬，但一時不知道怎麼安慰蕭盈盈，總覺得她一開口，便坐實了顧景柏是故意跟寧玉皎獻殷勤一樣。

三人略坐了坐，鬱鬱而散。

待蕭盈盈和寧玉皎走後，顧瑾瑜便又返回去找顧景柏，質問道：「大哥哥，你到底是什麼意思？」

「什麼意思？」顧景柏抬頭看了她一眼，淡然道：「我說了，我不會娶蕭盈盈的。」

「就算你不願意娶她，也不至於如此肆無忌憚地羞辱人家吧？」顧瑾瑜不依不饒地質問道：「不管你多麼喜歡麗娘，蕭姊姊總是無辜的，大哥哥你飽讀詩書，難道連對別人最起碼的尊重都沒有嗎？」

「正因為蕭盈盈無辜，所以我才不想毀了她一輩子，難道妳讓我把她娶進門以後再冷落她，讓她守一輩子活寡嗎？三妹妹，我敬妳通情達理、善解人意，才跟妳說這些心裡話的。」顧景柏放下畫筆，低頭在地上轉了兩圈，黯然道：「我知道麗娘的事情跟蕭盈盈沒有半點關係，但她不殺伯仁，伯仁卻因她而死，所以我一看到她，便會情不自禁地想起麗娘。我想我跟她終究是沒有緣分的，若是她知難而退，那是最好不過，要不然，以咱們家的態度，怕是得費我一些工夫。」

「大哥哥既然這樣想，妹妹得多問一句，那寧五小姐呢？」顧瑾瑜冷冷道：「你跟人家當面示好，是打算娶她嗎？」她跟顧景柏雖然相處的時間不長，卻知道他是言出必行之人；只不過這婚姻大事，是容不得顧景柏做主的。

「寧五小姐那邊，我自會親自跟她解釋。」顧景柏沒想到顧瑾瑜會這麼問，訕訕道：「總之，千錯萬錯都是我的錯，還望三妹妹原諒。」他既不想娶蕭盈盈，也不想娶寧玉皎，這樣做，不過是權宜之計罷了。

「大哥哥，你知不知道，你這樣做，等於傷害了兩個無辜的人！」顧瑾瑜越說越生氣，惱火道：「難不成因為你那個麗娘，別的人就活該被你利用和羞辱嗎？」

顧景柏一時語塞。

第五十章　擋箭牌

寧玉皎想到昨日那一幕，越想越羞愧。

想起之前聽顧瑾瑜說了一嘴，說顧景柏和時忠都是蘇崇的門生，兩人每天都會去蘇家族學讀書，心裡便有了主意——她定要問一問他，他這麼做，到底是什麼意思？

今天一大早，寧玉皎便早早出門，去了蘇家族學所在的南巷梧桐胡同等顧景柏。

不一會兒，越來越近的馬蹄聲戛然而止。

顧景柏看見寧玉皎，頗感意外，忙翻身下馬，訕訕問道：「寧姑娘，妳怎麼在這裡？」

「世子之前說，見了本姑娘，三生有幸，本姑娘聽了甚是歡喜。」寧玉皎慢騰騰地走到他面前，不冷不熱地說道：「所以，便想著再讓你見見我，繼續讓你體會到三生有幸的感覺。」

女子披著一件紫色的斗篷，畫著時下最流行的紫色煙熏妝，整個人看上去神采奕奕，頗有些落拓不羈的氣勢。

「寧姑娘，昨日之事，是在下唐突。」顧景柏握拳輕咳，看到眼前這雙烏黑清亮的眸子，頓覺尷尬，忙挽了挽韁繩，上前作揖抱拳道：「還望姑娘見諒。」

「原諒你，也不是不可以。」寧玉皎雙手抱胸打量了他一番，冷冷道：「只是我想知道世子用意何在？我寧武侯府小姐的名聲，可不是你想借用就能借用的！」

「恕我無可奉告。」顧景柏這個人向來吃軟不吃硬，見她越發咄咄逼人，便也黑了臉，理了理馬背上的棗紅色馬鞍，翻身上馬。「在下不過是多跟姑娘說了一句話而已，姑娘何必揪著此事不放？難不成姑娘是想讓我對妳負責？」這姑娘當真大膽，竟然敢在這裡攔著他，想不到京城竟有如此率真的女子，還以為她們遇事只會掉眼淚呢！

「哼，世子真是站著說話不腰疼。」寧玉皎順手摸了摸泛著亮光的棗紅馬馬鬃，不屑道：「眼下你跟蕭家正在議親，敢問你拿什麼對我負責？銀子？還是你這個人？銀子你家沒有我家多，至於你這個人嘛，說實話我也瞧不上。」

「那寧姑娘打算怎麼辦？」顧景柏被她搶白一頓，氣極反笑，索性挽著韁繩，想繼續往前走。「銀子妳看不上，人也看不上，妳要我怎麼樣？」

「我來是想告訴你，蕭盈盈是我的好姊妹，也是個好姑娘。」寧玉皎快走幾步，攔在馬前，鄭重道：「能娶到她，你才是真正的三生有幸。還有就是，不管有什麼事情，還是堂堂正正地說出來好，像世子這樣玩小聰明，的確不是什麼君子所為，枉你讀了這麼多年聖賢書，卻是一個沒有擔當的男人。」

大清早，街上人不多。

偶爾路過幾個早起的路人，見兩人大剌剌地站在胡同口說話，不時指指點點，尤其是女的，連帷帽也不戴，現在京城的風氣都如此開放了嗎？

顧景柏剛要說什麼，卻見一個白衣男人迎面急急而來，把顧景柏從馬背上拽下來。男人搶過他手裡的韁繩，翻身上馬就跑，順手扔下一個錢包，急急道：「拿著，本公子買你的馬！」說著，夾緊馬腹，揚長而去。

顧景柏狼狽地從地上爬起來，立刻吹了聲口哨，那馬立刻調轉馬頭，載著男人奔到兩人面前。

白衣男人很是氣憤，頓時面露凶光，立刻亮出匕首，惡狠狠地朝他揮去。「又不是沒給錢，你這不識好歹的，本公子廢了你！」

顧景柏側身一閃，躲開了他的襲擊，飛起一腳踢飛了他的匕首。

那匕首在半空畫了道弧線，啪地一聲落在寧玉皎腳前，寧玉皎嚇得大喊道：「來人啊，有刺客！快來抓刺客！」

不遠處立刻傳來一陣急促的腳步聲。

「在那邊，快追！」遠遠地，一隊身穿盔甲的侍衛迅速朝胡同口奔來。

白衣男人大怒，顧不得跟顧景柏周旋，轉身抓起身後的寧玉皎，翻身又上了馬背，夾緊馬腹就走，警告道：「若是再敢讓馬回來，我就弄死她！」

「世子救我！」寧玉皎在馬背上掙扎不停，她驚慌失措地望著白衣人，頓覺此人有些眼熟，至於在哪裡見過，她一時也想不起來。當然，就算想起來了，她也不敢明目張膽地說她認識他啊！

顧景柏雖然有些身手，但明顯不是眼前這個白衣男人的對手，剛剛挨了他一掌，嘴角流出了血絲，見寧玉皎被劫掠，掙扎起身，追著他們喊道：「你放開她，我來當人質！」

白衣男子冷笑一聲，揚起鞭子，狠狠在半空甩了一記。

兩人一馬，迅速地消失在他的視線。

片刻，楚九帶人衝到顧景柏面前，急急問道：「剛剛那個白衣人呢？」

「他搶了我的馬，往前去了！」顧景柏忙道：「他還劫走了寧武侯府的姑娘，九爺，您趕緊去追吧！」

「快追！」楚九手一揮，一行人迅速朝前奔去。

顧景柏再顧不上去蘇家，一路小跑著去前面馬行買了匹馬，急急地跟了上去。

白衣男人載著寧玉皎狂奔了一氣，一直到了護城河，見後面無人追來，便隨手把寧玉皎推下馬背，揚長而去。

寧玉皎重重地摔在地上，眼冒金花，想掙扎地站起來，只覺得腳上一陣劇痛，只得齜牙咧嘴地坐下來。路上一個人也沒有，晨風肆無忌憚地灌進她的衣領裡，寧玉皎頓覺沮喪，真是出門不看黃曆，這都什麼跟什麼啊！

不多時，楚九領著人趕了過來。

寧玉皎忙告訴他們，那白衣男人朝護城河那邊去了。

「寧姑娘，妳先在這裡等著，我們一會兒回來接妳。」楚九二話不說，便帶人追過去。

「死楚九，就不能留下一個人把我送回去嗎？」寧玉皎氣得捶地。

須臾，又一陣馬蹄聲傳來。

顧景柏飛奔而來，見寧玉皎一個人坐在路邊，看上去並無異樣，心裡頓時鬆了口氣，翻身下馬，上前問道：「寧姑娘，妳沒事吧？」

寧玉皎看見顧景柏，氣不打一處來，沒好氣道：「腳扭傷了！」

「我看看。」顧景柏忙蹲下看她的腳，他家祖上便是賣狗皮膏藥的，對跌打損傷最是在行，雖然他沒有繼承衣缽，但多少懂一些。

「你幹麼？」寧玉皎一把推開他，杏眼圓睜。「本姑娘的腳，豈是你想看就能看的？」男女授受不親不知道嗎？無恥，卑鄙！要不是因為他，她豈會落得如此境地？

「寧姑娘，都這個時候了，妳還講究這麼多虛禮幹麼？」顧景柏頓感無語。「難道眼下最重要的，不是把妳的腳給治好嗎？」

「那也不用你管！」寧玉皎硬是不讓他看，掙扎道：「扶我起來，送我回家！今天算我倒楣，咱倆之間的帳，以後慢慢算！」

顧景柏哭笑不得，只好扶著她上馬。只是他並沒有送她回家，而是不顧寧玉皎的抗議，一路牽著馬去了顧家藥鋪。怎麼說他也是個男人，總得對此事負責。

寧玉皎氣得連聲抗議，卻無濟於事，對聞訊而來的顧廷南也絲毫不留情面，拍著桌子道：「就算你帶我來你們家藥鋪，我也不會讓你們看腳的！」

「那就先貼一帖膏藥吧！」顧廷南聳聳肩，沒再堅持，瞥了一眼她腫脹的腳踝，提醒道：「姑娘，這是骨頭錯位了，若不及時醫治，會越來越痛的。」

「那就叫你家三姑娘過來幫我。」寧玉皎聽他這樣說，這才感覺到腳上的疼痛，冷汗直流道：「要不然，我索性疼死好了！」

顧景柏二話不說，迅速地跑了出去，翻身上馬，急急回家，直奔清風苑。

顧瑾瑜得知緣由，來不及細問，忙跟著顧景柏趕過來。

寧玉皎看見顧瑾瑜，這才順從地伸出腳讓她診治。

顧景柏知趣地退了出去。

「你跟她到底怎麼回事？」顧廷南見顧景柏灰頭土臉的樣子，不解地問道：「你今兒沒去學堂？」今兒叔姪兩人可是一起出門，怎麼眨眼工夫顧景柏就帶著扭傷腳的寧武侯府小姐來了呢？

「三叔有所不知，我快到蘇府的時候，偶遇寧五姑娘，剛說沒幾句話，便躥出個劫匪，搶了我的馬，還順便劫持了寧五姑娘。」顧景柏一五一十道：「幸而五城兵馬司的人及時趕到，我跟他們一起追到城外的時候，寧五姑娘已經跌坐在路邊，這不，我便把她帶到這裡來了。」

「最近京城裡是非還真是多啊！」顧廷南搖搖頭，走開了。除了他的藥鋪，他對別的事情並不感興趣。

「妳呀，怎麼把腳傷成這樣？」顧瑾瑾眼疾手快地替她正骨，嗔怪道：「瞧瞧，快成豬蹄了！」

寧玉皎只覺一陣鑽心的劇痛，忍不住「啊」了一聲，見顧瑾瑜再無下一步的舉動，忙問道：「好了？」

「好了。」顧瑾瑜好氣又好笑，給她貼了一帖膏藥。「妳以為多難的事情？」

「嘿嘿，我以為我得躺十天半個月，妹妹果然是名不虛傳的神醫！」寧玉皎動了動腳，腳踝處貼了膏藥，涼涼、滑滑的，很快消了腫，她遲疑著站起來，在地上小心翼翼地走動。原先以為顧家只是賣狗皮膏藥的，想不到是有真本事，真是失敬、失敬。

「說說看，到底是怎麼回事？」顧瑾瑜起身到水盆前淨手，這才問道：「看妳傷處，應該是從高處掉下來的，難不成妳爬樹了？」寧家九個女兒，大都溫柔嫻淑，只有這個五姑娘，性子直率，喜動不喜靜，風風火火的，像個男子般。

寧玉皎把事情的來龍去脈原原本本地跟顧瑾瑜說了一遍，心有餘悸地撫著胸口道：「妳不知道，當時我以為我被劫，心想徹底完蛋了，名聲也毀了，途中想要逃脫，卻脫身不得，後來到了護城河邊，才被那白衣男人扔下來。幸好楚九和妳大哥哥及時趕過來，要不然，我只能爬著回來了。哎呀，我真是倒了八輩子楣！」

「竟然發生這樣的事情？讓妳受驚了。」顧瑾瑜致歉道：「此事怎麼說也是因我大哥哥而起，我代我大哥哥跟妳道歉。」

「說起來，也是我衝動了。」寧玉皎嘆了一聲，又道：「我原本可以找妳商量的，只是當時氣不過，才在南巷梧桐胡同攔妳大哥哥。昨晚我想了一夜，覺得被他當猴耍了，妳想啊，咱們跟蕭姊姊那麼好，卻被他擺了這麼一道，我成什麼人了？」

「別說妳了，此事我也生氣呢！」顧瑾瑜直言道：「實不相瞞，我大哥哥之所以這麼做，只是因為不想娶蕭姊姊，但祖母和伯母逼得緊，他不好說什麼，大概是想讓蕭姊姊知難而退罷了；但他連累了妳，就是他不對。」

「他為什麼不想娶蕭姊姊？」寧玉皎一頭霧水。

「此事說來話長，不提也罷。」顧瑾瑜捏捏眉心道：「反正，不是我大哥哥看不上蕭姊姊，而是他在跟祖母她們賭氣呢！祖母她們越是喜歡的，他就越不想娶，大概就是這樣。」

「如此說來，蕭姊姊當真無辜。」寧玉皎恍然大悟，繼而恨恨道：「就算是這樣，那他扯上我算怎麼回事？如今出了這事，還不知道被人怎麼傳呢！」

那白衣男人帶她一路狂奔的時候，雖然遇見的人不多，但終究還是有人看見的。天啊！她一個閨閣女子大白天的被人當眾劫掠，絕非小事，肯定很快就傳遍京城！

「妳放心，清者自清，妳這不是好好地坐在這裡了嗎？」顧瑾瑜安慰道：「再說，我大哥哥一路牽著馬，帶妳來這裡，見到你們的人更多，我想他們不會說什麼的。」

「其實我倒是沒什麼，大不了名聲壞了，一輩子不嫁人便是。」寧玉皎苦笑，繼而又黯淡道：「只是蕭姊姊那邊，我百口莫辯。」尤其，是她主動找顧景柏，加上又出了這事，蕭盈盈肯定會有想法的。

「妳放心，蕭姊姊通情達理，肯定不會怪罪妳的。」顧瑾瑜安慰道：「妳安心養傷，等我得空，我去跟她解釋；至於她跟我大哥哥能不能成，卻不是咱們所能左右的。」

唉，嫁人果然麻煩，她還是不嫁了吧！

「好，那此事就有勞妳了，妳替我跟她道歉，就說我是無心的。」聽顧瑾瑜這麼一說，寧玉皎的心情頓時好起來，點頭道：「若真如妳所說，顧世子是在賭氣，說不定過了這一陣子，他想通了，跟蕭姊姊道歉，也就沒事了。」

顧瑾瑜莞爾。

寧玉皎在屋裡來回走了幾圈，想起那白衣男人，有些後怕。「那個劫掠我的白衣男人身手不凡，是個窮凶極惡之徒，不知道五城兵馬司那些人是不是他的對手？」

「楚九是四品護衛，有他在，肯定能抓到的。」顧瑾瑜篤定道：「既然是五城兵馬司要抓的人，此人肯定是個十惡不赦的，要不然他們也不會如此大張旗鼓地在大街上抓人。」

「瑜妹妹，當時我總覺得那個白衣男人眼熟，剛剛我想起來了！」寧玉皎悄悄地環視四下，壓低聲音道：「那白衣男人是秦王府的人，好像是叫什麼玉公子的。」

「玉公子？」顧瑾瑜吃了一驚。之前楚雲霆告訴過她，說秦王身邊的那個男寵玉公子，實際上是齊王的人，如今楚九帶人緝拿玉公子，怕是連齊王也要驚動了吧？

「對，就是他！」寧玉皎信誓旦旦道。

顧瑾瑜心裡暗忖道，楚雲霆果然是個狠角色，難不成他是故意要激怒秦王？

外面傳來一聲馬的嘶鳴聲，寧武侯風風火火地掀簾走進來，看見寧玉皎，急切道：「皎皎，妳怎麼樣？到底是誰傷了妳？妳告訴爹，爹替妳討公道！」

「爹，我沒事了。」寧玉皎見到自家老爹，眼睛一亮，忙把顧瑾瑜推到他面前。「是顧三姑娘救了我呢！」

「侯爺。」顧瑾瑜微微福身施禮。

「多謝顧三姑娘。」寧武侯見是顧瑾瑜救了自家愛女，忙作揖道：「顧三姑娘真是我寧家的大恩人，三番五次搭救我們家的人，本侯甚是感激。日後顧三姑娘若是有用得到寧某的地方，寧某定當赴湯蹈火，在所不辭！」

「侯爺言重，不過是舉手之勞罷了。」顧瑾瑜淺笑，問道：「侯爺怎麼知道皎姊姊在這裡的？」

「剛剛我恰好路過護城河，見楚九帶人在護城河打撈什麼人，上前一問才得知，有人落水了。」寧武侯並不知道其中詳情，毫不避諱道：「還是楚九告訴我，說那人剛剛劫掠了皎皎，我便過來了。」

「爹，您說他們抓到那人了？」寧玉皎忙問道。

「聽說那人中了一箭，掉落護城河裡，我看十有八九是不行了。」見女兒安然無恙，寧武侯這才徹底放心，牽著她的手，和顏悅色道：「妳受了驚嚇，跟爹回家吧，回去好好歇歇。」說著，又對顧瑾瑜道：「顧三姑娘，有空去家裡坐，我們就先走了。」

父女倆牽手走出去。

「侯爺。」顧景柏看見寧武侯，忙上前施禮作揖。「貴府小姐受了驚嚇，晚輩也有責任，還望侯爺見諒。」

顧廷南遠遠地看著，並不上前。

寧武侯哼了一聲，拽著寧玉皎出門上了馬車，揚長而去。

他雖然不知道這小子跟他家姑娘之間的恩恩怨怨，但他一看這小子就不順眼，他欣賞的是高大的男子，並不是這種白淨文弱的書生，故而他的女婿們個個都是威猛高大的武將，像顧景柏這樣的，他根本不屑。

顧景柏頓覺尷尬，搖搖頭，掀簾進了裡屋，問道：「三妹妹，寧五姑娘的傷無礙了吧？」

「你說呢？」顧瑾瑜不看他，冷冷道：「此事追根究柢是大哥哥引起的，不知道大哥哥打算怎麼了結此事？」

「既然寧五小姐已經無礙，那我就放心了。」顧景柏見顧瑾瑜對他很冷淡，並不生氣，討好道：「至於蕭小姐那邊，我親自去跟祖母說。」

「說什麼？」顧瑾瑜明知故問道：「難道你還嫌最近府裡的事情不夠煩祖母的心？」

「三妹妹，我是真的不想娶蕭小姐。」顧景柏認真道：「趁眼下我跟她只有口頭上的婚約，並未行三聘六禮，還是提早說明瞭的好。」說著，又對顧瑾瑜長揖一禮。「我知道蕭小姐跟三妹妹要好，還望三妹妹代我跟蕭小姐陪個不是。」

「大哥哥的事情自有祖母做主，我並不想出面。」顧瑾瑜抬腿就往外走，面無表情道：「大哥哥好自為之。」

「三妹妹，妳等等我，我跟妳一起回去。」顧景柏亦步亦趨地跟了出去。

兄妹倆先後上了馬車。

見顧瑾瑜冷著臉，顧景柏知趣地坐在馬車外面，吩咐焦四。「先送三姑娘回府，然後再送我去泰山書院。」

「不用了，先去泰山書院吧！」泰山書院拐個彎就到了，回家還得一盞茶的工夫，何必來回折騰。

「好，那就聽三妹妹的。」顧景柏笑咪咪道：「還是三妹妹關心我。」

顧瑾瑜瞋怪地瞪了他一眼，迅速放下車簾。

顧景柏抱胸倚在車廂外，瞇著眼，懶洋洋地曬著太陽。還是外面好啊，沒有這麼多亂七八糟的事情，他又想走了，怎麼辦？

到了胡同口，馬車緩緩地停了下來。

顧景柏剛跳下馬車，便聽見一個熟悉的聲音傳來。

「世子。」

循聲望去，只見麗娘正站在一輛馬車前，含羞帶怯地朝他走來。

第五十一章 苦衷

顧景柏一見到麗娘，只覺得腦袋嗡地一聲響，冷冷看了她一眼後，大步地往前走。她還好意思來找他啊？

「世子，並非奴婢背信棄義，而是奴婢不願意看到世子為難。」麗娘羞愧難當地望著他的背影，咬牙道：「因為奴婢知道顧家是不會接納奴婢的，所以奴婢就……」

「所以妳就攀了高枝，跟了燕王，對吧？」顧景柏停下腳步，也不回頭，冷笑道：「可笑我跟妳從南直隸一路回到京城，朝夕相伴數月，視妳為知己，卻沒有看穿妳其實是瞧不上我建平伯府世子這個身分的，而我竟以為我們心意相通，以為妳是被燕王所劫掠。可笑，真是可笑！」可笑他為了跟她在一起，不惜一切代價跟父母抗爭，卻不想他為之抗爭的人，卻悶不吭聲地投靠他人，敢問這世上，還有比他更可笑的人嗎？

「難道在世子眼裡，奴婢就是如此愛慕虛榮的人嗎？」麗娘聞言，眼裡頓時有了淚，苦笑道：「世子口口聲聲視奴婢為知己，卻並不知奴婢活著，並不是只為了自己……」她之所以處心積慮地接近燕王，的確是為了借燕王的勢力，但更重要的是，她覺得她不能連累了顧景柏，所以她寧願被顧景柏恨著，也不願意耽誤他大好的前程，她覺得她沒有錯。

「就算妳有一千個藉口，對我而言，終究是妳背叛了我。之前我為了妳，曾去燕王府大鬧一場，險些丟了性命，也算對得起妳了，從今往後，妳我再無瓜葛。」顧景柏語氣很是決絕，頭也不回地大步離去。

透過車簾一角，顧瑾瑜望著麗娘那張哭得梨花帶雨的臉，心情複雜道：「去崇明坊蕭家。」

顧景柏跟麗娘之間的恩恩怨怨，她並不想過問，如此散了也好。

蕭盈盈並不在府裡。

門房說，剛剛看見她帶著一個小丫鬟出了門，說是要去北巷。

顧瑾瑜當下便猜到她的去處，讓焦四趕車去了北巷杏子胡同那邊，果然在西北飯館裡找到她。

蕭盈盈在二樓，臨窗而坐，早就看到顧瑾瑜在門前下了馬車，見她推門進來，並不驚訝，勉強笑道：「瑜妹妹是來安慰我的吧？」

「我就知道，什麼事情都瞞不過蕭姊姊。」顧瑾瑜拉椅子坐在她對面，把適才寧玉皎去找顧景柏解釋，卻被人劫持的事情，原原本本地告訴蕭盈盈。「寧姊姊也是一片好心，她希望妳能原諒她。」

「此事原本就不是她的錯，我哪會怪她？」蕭盈盈靜靜地聽著，沈默半晌，緩緩道：「瑜妹妹，我要回銅州了，正好今日跟妳道別。」

「是回家過年嗎？」顧瑾瑜問道：「什麼時候回來？」

「是的，只不過不是回家，而是去我姨母家。」蕭盈盈望了望窗外熙熙攘攘的人群，神色懨懨道：「我姨母其實並不同意我來京城，而是希望我能留在銅州，只不過當初拗不過我祖母，才不再過問我的事情。如今去了她家，我想我不會再來京城了。」

「蕭姊姊，那老夫人的意思？」顧瑾瑜皺眉問道。

「我祖母雖然生氣，但還是說等妳大姊姊嫁了，再跟妳家太夫人說破此事。」蕭盈盈說著，嘴角揚起一個淺淺的微笑。「而我跟妳大哥哥不過見了一面，談不上傾心，既然他不願意，我們自然不會強求，於我倒也是一樁好事，要不然，等我嫁過去，他再百般冷淡待我，那才是我的不幸。」說著，又拍拍顧瑾瑜的手。「妳放心，我們西北女子沒那麼脆弱，想開了，也就沒事了。」

「蕭姊姊，以後就算妳不嫁給我大哥哥，有機會，妳也一定要來京城看我。」顧瑾瑜見她神色從容，知道此事已成定局，惋惜道：「終究是我們顧家沒有福氣，娶不到蕭姊姊。」

「汝之蜜糖，彼之砒霜，不過是緣分使然罷了。」蕭盈盈勉強笑道：「我回銅州後，會經常寫信給妳，妳一定要給我回信啊！」

「會的！」顧瑾瑜點點頭，心裡很不是滋味。

轉眼間，便到了顧瑾華出嫁的日子。

親戚們接到帖子後，如約在前一天趕到建平伯府，住進早就為他們準備好的院子。

京城這邊民間的婚俗是發嫁越早越好，有著急的人家甚至半夜就把花轎抬到了新娘家門口。新郎得過五關、斬六將才能娶走新娘子，若再碰到有意刁難的新娘家兄弟，答不上題目，或者是比試不過舅兄，那就丟人丟大了。

四更天的時候，孟家的花轎便吹吹打打地到了建平伯府門口。

顧景柏作為內弟，自然早有準備，特意喊了時忠過來，兩人站在大門口，像模像樣地擺棋盤，拿對聯，有板有眼地跟新郎官較量。

沈氏是嫡母，兒女雙全，又是出身名門，太夫人為了圖個喜慶，便讓沈氏給顧瑾華梳頭打點。

喬氏則跟謝姨娘一起裡裡外外地張羅著裝箱疊被，因為之前的一些事情，兩人有了些來往，配合得很融洽。

待梳完頭，顧瑾華便蒙上蓋頭，送到床上坐著，等著新郎來接。

顧瑾珝和顧瑾瑜則陪著她坐在屋裡等著，或許是兩人積怨太深，即使坐在一起，彼此也不說話，只是悶頭喝茶、吃點心，顧瑾華是新嫁娘，更羞於開口，一時間屋裡竟然靜悄悄的，落針可聞。

這時，門簾動了動，綠蘿笑容滿面地走進來，捂嘴笑道：「姑娘，花轎來了，大姑爺正在大門口跟世子下棋呢！聽說下完棋，便是對對子，對完對子才能進內院。」

顧瑾華聞言，越加害羞。

「大姊夫進了內院，還要闖關嗎？」顧瑾珝好奇地問道。

「要的，聽說還要作詩呢！」綠蘿收起笑容，不冷不熱道。她知道二姑娘跟她家三姑娘不睦，打心眼裡不喜歡二姑娘。

「我出去看看。」顧瑾珝坐在屋裡實在無趣。

待顧瑾珝走後，顧瑾瑜慢騰騰地喝了口茶，壓低聲音對綠蘿道：「妳出去看著點，大冷天的，稍微鬧鬧就行了，切不可過了頭。」

「是。」綠蘿會意，又一陣風般地溜出去。

前世程嘉儀出嫁的時候，也是在冬天，她母親蘇氏心疼女婿，便一個勁兒地叮囑程禹，切不可太過為難新姑爺，即便是這樣，當初孟文全還是撒了大把銀子買關，才順利娶走了程嘉儀。為此，蘇氏私下訓斥過程禹，說他鬧得太過，讓孟文全沒了面子，失了禮數。其實真正的大戶人家通常是點到為止，做做樣子，不會真的去為難新郎官。

但程禹怎麼說也是京城四大才俊之一，尋常人哪贏得了他？故而娶親那點事情，顧瑾瑜還是懂的。

蓋頭下，顧瑾華聽了，不禁心生感激，三妹妹是真心待她好。

或許是因為顧瑾瑜的暗中相助，孟文謙闖關很是順利，不一會兒，便見到了早就等在正堂的太夫人和顧廷東兄弟三人。顧廷東擺足了老丈人的架子，有板有眼地說教了一番，才徹底放行。

天不亮，孟文謙便如願娶得美人歸。

望著遠去的花轎，太夫人和沈氏都忍不住紅了眼圈，謝姨娘則是直接哭出聲。雖然顧瑾華嫁在京城，但畢竟成了人家的媳婦，日後再想見面，卻是難了。

「大喜的日子，哭什麼哭？」沈氏低聲訓斥道：「也不怕被人笑話！」

謝姨娘這才硬生生地止住了哭聲。

顧廷東皺皺眉，沒吱聲，卻是悄悄牽了一下謝姨娘的手，以示安慰。顧瑾華是他的第一個孩子，女兒出嫁，當父親的心裡自然也不好受，他理解謝姨娘。

直到看不見花轎，眾人這才回府。

天亮以後，喜宴才算剛剛開始。

京城講究的是流水席，就是從早上一直吃到晚上，才算結束。

流水席需要大量的人手端茶倒水，青桐、綠蘿都被調去大廚房那邊幫忙，剩下阿桃一個人陪著顧瑾瑜。或許是因為早上起得太早，顧瑾瑜頗感疲憊，便扯過被子上床小憩。

閒來無事，阿桃便去小廚房燒水，她知道姑娘醒來，定會口渴想喝茶的。

顧瑾瑜躺在床上，瞇了小半個時辰，再睜開眼睛的時候，驚覺床帳外站著一個挺拔修長的男人影子，忙擁著被子坐起來，捏著袖口的銀針問道：「誰？」

「是我。」

楚雲霆的聲音清冷地傳來。

「你是怎麼進來的？」顧瑾瑜頓覺尷尬，忙起身下床穿鞋。這人怎麼這樣啊！敢情她這閨房是他想來就來的？

「我被沈世子拉著過來吃席，順便過來看看妳。」楚雲霆細細打量著她的閨房，牆上幾幅字畫，窗下幾盆綠植，再無他物，收拾得很是雅致。上次來是晚上，他沒怎麼看清。

顧瑾瑜迅速地挽起床帳，理了理鬢間掉下來的一縷碎髮。「世子就這樣闖進我的清風苑，不怕別人說閒話嗎？」

「沒人看到的。」楚雲霆站在窗前，負手而立，目光在她身上看了看，隨意問道：「之前聽楚九說妳給我做了些藥丸，怎麼不見妳給我呢？」

「什麼藥丸？」顧瑾瑜不解，她什麼時候給他做藥丸了？

「妳最近做過幾次藥丸？」楚雲霆反問道。

顧瑾瑜恍然大悟，繼而好笑道：「那不是為你做的。」

楚雲霆會意，不禁耳根微熱。想起來了，她那個時候應該是在給秦王爺配製不舉的藥丸……咳，那的確不是給他的，看來，是楚九謊報軍情了，回頭得好好修理修理他！

「上次我給谷清配的藥，世子送去烏鎮了嗎？」顧瑾瑜手忙腳亂地摺著被子。

「送過去了。」楚雲霆大大方方地坐下來，饒有興趣地看她摺被子。她彎著腰，側顏沈靜柔美，動作從容嫻熟，宛如一個居家小娘子。

「姑娘，喝茶。」阿桃突然掀簾走進來，看見楚雲霆，猛然嚇了一跳，結結巴巴道：「楚、楚王世子，您、您怎麼會在這裡？」天啊！這到底怎麼回事？怎麼楚王世子動不動就出現在姑娘的臥房裡呢？

「我先回去了，妳早點休息。」楚雲霆不看阿桃，神色自若地走了出去。

顧瑾瑜鄭重地點頭道是。

阿桃大驚，他們在私會？

元嬤嬤掀簾進了屋子，對沈氏咬耳朵，嘀嘀咕咕地說了一陣。

沈氏冷笑。「我說喬氏怎麼跟銅州那些親戚走得如此近，原來想讓四姑娘嫁到時家去，想得真是美！」最近時忠經常過來找顧景柏討論學問，這一來二去的，她便瞧上了時忠，卻不想喬氏竟然也有這個打算。哼，上次喬氏算計得他們夫妻反目，如今又要跟她搶女婿嗎？

「夫人，不是奴婢多嘴，而是二夫人太自不量力了。」元嬤嬤知道沈氏的心思，撇嘴道：「除了咱們二姑娘，這府裡還有誰配得上時公子？夫人，這次絕對不能讓二房再把姑爺搶去了。」

「妳放心，時家在銅州可是有頭有臉的大戶人家，就憑他們二房那個六品芝麻官是搶不走的，咱們就等著看熱鬧好了。」提起喬氏，沈氏心裡就堵得慌，半晌才順氣，吩咐道：「上次我去老宅那邊，瞧著黃管事那個二丫頭是個聰明伶俐的，妳明天就去把她要過來，就說府裡缺人，想找個家生子進府當差，先讓她在謝姨娘那裡歷練著吧！」

「夫人的意思是？」元嬤嬤一頭霧水，府裡不缺丫鬟啊！

「要不是喬氏，我跟老爺怎麼會到了這等地步？」沈氏恨恨道：「我若是不給她點顏色瞧瞧，她還以為我好欺負呢！」

「奴婢明白了。」元嬤嬤會意，這就叫以其人之道，還治其人之身吧！

又過了兩日，蕭老夫人如約而至，乾脆索利地推了顧景柏和蕭盈盈的親事，說蕭盈盈的姨母催得緊，她們祖孫倆下個月就要回銅州去了。

態度很是堅決，不容置疑。

太夫人好話說了一籮筐才問出緣由，得知顧景柏的所作所為，老臉通紅，裡子、面子全都丟了個精光，待蕭老夫人走後，太夫人氣得摔了茶碗，衝顧廷東和沈氏發了一通火，好在顧瑾瑜及時趕到，好言安慰，太夫人才長嘆一聲，算是接受了這個事實。

說來說去，還是因為那個麗娘。唉，早知今日，何必當初？

顧廷東一聽，二話不說，拿著棍子去了蒼山院，要打死那個不爭氣的孽障。

幸好顧景柏事先得知消息跑得快，才躲過一劫。

沈氏則直接暈了過去，千算萬算的親事泡湯，她死的心都有了。

除了顧廷東和沈氏兩口子如遭重擊，其他人大都沒當回事。

因跟沈氏嘔氣，顧廷東這幾天一直歇在落櫻院，而且還讓人把書房裡的書搬了許多過去，大有在那裡長住的架勢。

元嬤嬤勸沈氏。「夫人，夫妻向來是床頭吵架、床尾和，您稍稍跟伯爺低低頭，事情也就過去了，否則，豈不是便宜了那個狐媚子？」

聽說夜裡落櫻院動不動就要兩次水，再這樣下去，說不定謝姨娘很快就會再有身子，到時候，那可真是得不償失啊！

「妳放心，此事我自有章程。」沈氏雖然憔悴，眉眼間卻異常堅定冷靜。落櫻院那個賤人，以為老爺住在她那裡，就是喜歡她嗎？不過是男人消遣的玩物罷了，她一個正室夫人犯不著跟一個姨娘吃醋，等收拾了喬氏，再跟她算帳！

「夫人，咱們該怎麼做？」元嬤嬤陪伴沈氏久了，對她每一個動作都瞭若指掌，如今見她冷靜異常，就知道夫人對要做的事情肯定是胸有成竹。

第五十二章　算計

黃鸝上前奉茶，纖纖弱質，搖曳生姿。

「伯爺生性寡淡，也不是個好色的。」沈氏斜睨了黃鸝一眼，才說出心中的章程。「但二老爺卻是個憐香惜玉的，只要投所其好，就沒有辦不成的事情。」

只要黃鸝入了二老爺的眼，那此事就算是大功告成了，剩下的事情，不用她安排，二老爺比她在行。

「奴婢明白。」元嬤嬤眼珠轉了轉，悄聲道：「夫人放心，奴婢這就帶黃鸝去落櫻院走一趟，一旦發現二老爺來了，就讓黃鸝過去伺候。」

說來也巧，元嬤嬤剛帶著黃鸝進落櫻院，就見顧廷東跟顧廷西並肩進了落櫻院臨時收拾出來的書房。

不一會兒，謝姨娘嫋嫋娉娉地出來奉茶。

元嬤嬤上前接過茶盤道：「姨娘，夫人找妳說話，特意讓我來請姨娘，這茶還是奴婢送進去吧！」

「不知夫人找奴家何事？」謝姨娘警戒地問道。

這些日子，顧廷東夜夜宿在這裡，對她也著實生出了幾分情意，每每床事時也會說幾句動情的話，讓她頗有些新婚燕爾的感覺；儘管她知道老爺、夫人遲早會和好，但她還是希望老爺能多留在落櫻院陪她幾天，這個時候沈氏找她，她不能不防。

「姨娘自己去問問不就知道了？」元嬤嬤面無表情道：「快去吧，別讓夫人等急了。」

謝姨娘雖然有些猶豫，但還是把茶盤交給了元嬤嬤。

謝姨娘前腳剛走，元嬤嬤便喚過黃鸝。「妳給老爺們送壺茶進去。」

黃鸝有些受寵若驚，忙洗了洗手，使勁在衣裳上擦了擦，端著茶盤走進去。她剛剛來，通常是輪不到她近身伺候主子的，如今天賜良機，小丫鬟很是興奮，似乎看到了繼續留在顧家的曙光。

來的時候元嬤嬤說是臨時借調，待府裡忙完了這陣子，她還是要回去的。

時值後晌，書房裡有些昏暗。

橙色的日光影影綽綽地從白麻紙糊著的窗櫺透進來，灑在臨窗大炕上，兩個丰神俊美的男子正津津有味地下棋，你來我往，舉手投足間，端得是風流俊逸，大家風範。

黃鸝抬眸看了一眼，粉臉微紅，小心翼翼地上前奉茶。或許是太緊張，手一哆嗦，竟失手打翻了茶碗，茶水順著桌面濺濕了顧廷西的衣袖！黃鸝大驚失色，忙掏出手帕幫他擦拭。

「奴婢該死，還望二老爺見諒！」

「毛手毛腳的，成何體統！」顧廷東臉色一沈。

「奴婢該死！」黃鸝一個勁兒地給顧廷西擦拭著衣袖。

顧廷西盯著近在眼前的女子，早就看呆了，這小丫鬟也太水靈了，特別是眉間那顆美人痣，幾乎把他的魂都給勾走了……不，已經勾走了。這女子手指也是白嫩纖細，比桃紅還要好看，只是不知道握在手裡會是什麼滋味……

「姑娘不要害怕，無妨的。」顧廷西和顏悅色地看著她，乘機捏住她的手和手帕子，輕聲道：「我自己來吧！」

黃鸝慌忙抽回手，滿臉通紅。

顧廷西笑咪咪地捏著她的手帕子，慢騰騰地擦著袖口，好脾氣道：「無妨、無妨，從來佳茗似佳人，沾點茗香也是不錯的。」

「算了，下去再沏壺茶來！」顧廷東不耐煩地擺擺手。

黃鸝盈盈退下。

顧廷西一直目送著她的背影消失在門簾後，才戀戀不捨地收回目光。模樣不錯，身材也好，的確是個美人，一時間讓他口乾舌燥起來。

「咳，二弟，她是黃有福的女兒。」顧廷東見顧廷西像失了魂一樣，提醒道：「是咱們顧家的家生子，你切不可打她的主意。」

顧廷西嘿嘿笑，他從來都不介意女人的出身，只要他喜歡就好。

見黃鸝慌裡慌張地從屋裡跑出來，元嬤嬤心裡竊喜，卻裝模作樣地板著臉問道：「妳跑什麼跑，出什麼事了？」

「奴婢愚笨，不小心灑了茶，濺濕了二老爺的衣袖。」黃鸝臉色蒼白道。

「還不趕緊再去沏一壺茶來。」元嬤嬤語氣和緩許多，安慰道：「不怕、不怕，凡事都有第一次，二老爺性子向來溫和，不會怪罪妳的，快去吧！」

「多謝嬤嬤！」黃鸝暗暗鬆了口氣。

等謝姨娘從春暉院回來的時候，顧廷西已經走了。

顧廷東畢竟是男人，這等小事自然沒放在心上，當然也不會向謝姨娘提起。

又過了五、六天，顧廷西發現那個眉目含春的黃鸝不見了，下棋的時候，便裝作漫不經心地問道：「大哥，怎麼不見那個小丫鬟？」這些日子，兩人眉來眼去的，他心裡也有譜了，完全有信心拿下她。

「你說黃鸝啊？」顧廷東不動聲色道：「前些日子府裡忙，她是臨時抽調過來幫忙的，現在已經回莊子了。」

「原來如此。」顧廷西頓感失望。

看來以後得到莊子上去看她了……不，正好把她接出來，金屋藏嬌，豈不是更好？

顧廷西是急性子，說做就做，當下在南大街買下一處小院子，連夜把黃鸝接了進去，迫不及待地成了好事。

沈氏得知，正中下懷，幸災樂禍道：「把風聲傳給喬氏，這回該咱們看熱鬧了。」

「是！」元嬤嬤冷笑道：「這下，看二夫人怎麼收拾這個局面，這就叫報應！」

第二天，喬氏果然聽到了風聲，只是她有些不相信，這些日子，自家夫君一直規規矩矩、本本分分地待在家裡，怎麼突然養了外室？

「蘇嬤嬤，妳去把大姨娘給我叫過來！」喬氏沒好氣道，這五天是大姨娘的日子，她是死人嗎？

大姨娘不明就裡，低眉屈膝地進了屋子。

喬氏見她一臉無辜就來氣，恨恨道：「昨晚老爺可是在妳屋裡安歇的？」

「回夫人，昨夜老爺他並未去奴家那裡。」大姨娘輕聲答道。她知道老爺不喜歡她，故而即便是輪到她屋裡，老爺也常常宿在書房，她都習慣了。

「那妳為什麼不向我稟報？」喬氏氣得甩手給她一個耳光，咬牙道：「伺候老爺幾天，覺得長臉了，就不把我放在眼裡了，對不對？」

「夫人息怒！」大姨娘慌忙跪下，摸著紅腫的臉，淚光閃閃道：「雖然夫人安排了日子，但老爺到底留宿在誰屋裡，卻不是奴家能過問的，還望夫人見諒。」上個月老爺在她屋裡歇了一天，其他四天全都在喬氏這裡，她哪敢說半個不字？昨晚老爺不在，她並未覺得有什麼不妥的。

「夫人息怒，眼下咱們還是得想想辦法才是。」蘇嬤嬤上前扶起大姨娘，好言勸道：「不如跟太夫人說一聲，讓太夫人出面處理此事。」

「哼，太夫人只會息事寧人，難不成妳還指望她替我出氣嗎？」喬氏越說越氣，倏地起身往外走。顧廷西，你個沒良心的，一妻三妾還伺候不了你嗎？竟然還敢跑到外面去偷吃，真是豈有此理！

蘇嬤嬤攔不住喬氏，便快步去找顧瑾萱。「四姑娘，夫人正在氣頭上，您幫忙去勸勸，切不可讓夫人跟老爺鬧起來。」

「蘇嬤嬤，難道父親在外面包養外室，妳讓母親佯裝不知道嗎？」顧瑾萱一聽，也很惱火。她雖然未出閣，但自小耳濡目染她母親跟姨娘們的鬥爭，深知母親的不易，姨娘們的可恨，眼下她並不覺得母親這麼做有什麼錯，相反地，她覺得對外室，就是不能手軟！

「紫檀，妳帶兩個人去南大街跟著，切不可讓我母親落了下風！」顧瑾萱自以為很有主見，有板有眼地吩咐道：「之前在莊子的時候，那個黃鸝曾經伺候過我三姊姊，說不定此事跟我三姊姊有關，待會兒看見那個小賤人，先給她點顏色瞧瞧！」

「姑娘放心，奴婢這就去收拾那個小賤人！」紫檀風風火火地帶人走了出去。

蘇嬤嬤欲哭無淚，早知道她就不來告訴四姑娘了，這叫什麼事啊！

巫山雲雨過後，顧廷西瞧著身邊的美人，只是傻笑。他雖然妻妾成群，偶爾也會去迎春院消遣，卻沒有一個人像黃鸝這般讓他銷魂。

想起過往，顧廷西覺得他都白活了，這纖細的腰身，白皙的肌膚，緊致的所在，簡直讓他欲罷不能。

黃鸝被男人看得面紅耳赤，索性背過身去，掩面而泣。

「鸝娘，妳怎麼了？」顧廷西吃了一驚，忙伸手把她攬進懷裡，替她拭淚，輕聲安慰道：「現在妳已經是我的人了，妳放心，我絕對不會負了妳。」

「老爺雖然這麼說，還不是把我安置在這見不得人的院子裡當外室養著嗎？」黃鸝繼續垂淚，吐氣如蘭。「奴婢愛慕老爺才華風姿，不顧一切委身給老爺，卻不知老爺對奴婢能稀罕多久，還不如回莊子配了小廝得好……」說著，又掩面低泣。

美人哭得梨花帶雨，顧廷西很心疼，忙擁住她，信誓旦旦道：「妳我兩情相悅，我怎麼會棄妳於不顧？安置妳在此，只是權宜之計罷了，妳且放心住在這裡，待時機成熟，我自會接妳回府。」

「不知老爺說的時機是指什麼？」黃鸝楚楚可憐道。

「時機就是妳給我生個兒子。」顧廷西乘機把手放在她平坦緊致的小腹上，一觸碰到她光滑如玉的肌膚，他的慾火再一次被撩撥起來，索性翻身把她壓在身下，氣喘吁吁道：「只要妳給我生了兒子，我就接妳進府……」

「若是奴婢生不出呢？」黃鸝抬頭望著身上的男人，嬌羞道：「老爺就把我一輩子扔在這裡嗎？」

「所以我們要多做幾次……」顧廷西迫不及待地吻住她，氣勢洶洶地攻城掠地，恨不得死在她身上。

黃鸝初經人事，哪裡是這個風月老手的對手？很快就癱軟在他身下，任他為所欲為。

守在門口的小廝聽見屋裡激烈的戰況，禁不住紅了臉。不行了，回頭得趕緊去迎春院找個姑娘洩洩火，主子在裡面吃肉，當下人的只能看著……不，連看都不能看，只能聽著……

突然，門被猛地踹開！

等他耳紅面赤地反應過來，喬氏已經領著一幫人闖了進來，看見他，厲聲問道：「觀言，二老爺呢？」

「回稟夫人，二老爺，他、他……」觀言冷不丁看見喬氏，嚇得差點暈過去，語無倫次道：「老爺公事繁忙，到、到現在還沒有回來……不不，小人、小人不知道……」

「廢物！」喬氏狠狠踢了他一腳，怒氣沖沖地推門進屋，一眼瞧見正在床上翻雲覆雨的兩個人，氣得她想也不想地上前撓顧廷西。「你個沒良心的，竟敢背著我出來偷吃！我當初瞎了眼才嫁給你！」

顧廷西正到了緊要關頭，卻被這個瘋婆娘硬生生地嚇軟了，氣得他狼狽地從黃鸝的身子裡退出來，抬手給了喬氏一個耳光。

「妳個瘋子，這裡是妳能來的地方嗎？還不快滾！」

黃鸝嚇得躲在被子裡，嚶嚶地哭。

「顧廷西，你打我？你敢打我？」喬氏惱羞成怒，抱起枕頭就打顧廷西。

顧廷西連連躲閃，無奈他光著身子，實在不願意下床，只是連聲罵道：「妳個潑婦，看我不休了妳！還不趕緊給我退下！」

喬氏見顧廷西說要休了自己，怒火中燒，一把掀開被子，扯過黃鸝的頭髮就撓她。「你休了我，就是要娶這個賤人對吧？我讓你娶！讓你娶！」

「老爺救我！」黃鸝本能地抬手護住頭，白皙的胳膊上立刻有了血印。

紫檀領著眾人在門口探頭探腦地不敢進，那個……二老爺光著身子呢，她們進去豈不是找死？是進呢？還是不進？哎呀，好為難啊！

顧廷西見心上人被打，徹底火了，一步跨下床，對著喬氏心口就是一腳。

男人本來力氣就大，又是在氣頭上，喬氏只覺得胸口一陣劇痛，接著眼前一黑，撲通一聲倒在地上，不省人事。

紫檀見喬氏躺在地上一動也不動，再也顧不上那麼多，飛快地衝了進去，帶著哭腔晃著喬氏。「夫人，您醒醒啊！」

兩個粗使婆子也慌忙跑進去，大聲喊著喬氏，嚇得大哭起來。壞了、壞了，二夫人死了，她們也活不成了！嚶嚶，她們還有一大家子要養啊！

或許是她們的哭聲太大，小院門口很快圍了一群人。嘖嘖，這家是出人命了吧？

其中有人毫無聲息地退出人群，一溜煙去了五城兵馬司。得趕緊跟九爺說一聲，說不定還能跟九爺混個臉熟呢！

顧廷西手忙腳亂地穿好衣裳，見三人還在哭喪，氣急敗壞道：「嚎什麼嚎？還不快去請大夫！妳們都是死人嗎？」

兩個粗使婆子這才醒悟過來，提著裙襬就往外跑，出了門，又跑回來，拽著嚇傻了的觀言道：「快，這裡離三老爺的醫館只隔兩條街，咱們坐馬車去叫三老爺！」

「不用了，我自己去行！」觀言撒腿就往外跑。

黃鸝嚇傻了，哆哆嗦嗦地穿好衣裳，快步往外走，卻被紫檀一把抓住胳膊。

「闖了這麼大的禍，還想走？門都沒有！」

「老爺……」黃鸝淚光閃閃地看著顧廷西，她再待下去，說不定會沒命的！

「妳放開她！」顧廷西一把推開紫檀，罵罵咧咧道：「妳算什麼東西，也敢插手爺的事！不想活了嗎？」

「老爺您好偏心！」紫檀跺腳道：「您就不怕別人說您寵妾滅妻嗎？」

「放肆！再敢胡說八道，小心妳的腦袋！」顧廷西惡狠狠地把她踹翻在地，拉過黃鸝的手就往外走。喬氏是死是活跟他有什麼關係？他只想找個地方繼續他沒做完的事情！

兩人牽著手，剛到了院子，門外便衝進來數十個侍衛，圍住了兩人。

為首那人一揮手。「把這兩個人給我拿下！」

「下官犯了什麼錯？」

「回衙門再說！」

喬氏是被抬著回府的，氣息奄奄。

「母親！您睜開眼睛看看我呀，我是萱兒！您不能扔下我啊！」顧瑾萱嚇得大哭，若是喬氏死了，她就是沒娘的孩子了。

「姑娘，三老爺說二夫人暫無大礙，只是得好好臥床休息，您不要害怕。」紫檀沮喪道：「二老爺出手太狠了，竟然把夫人踢成這樣……」

顧廷南匆匆忙忙地去慈寧堂，把事情原原本本地告訴太夫人，擔憂道：「母親，好在二哥這一腳並未踢中要害，二嫂臥床休息些日子，也就無礙了。只是此事鬧得大了些，驚動了五城兵馬司，把二哥和那個黃鸝帶走了，而且大家都議論紛紛，說我二哥是寵妾滅妻，若是罪名落實，那……」寵妾滅妻在大梁是大罪，僅次於謀反叛逆。

太夫人聞言，一時急火攻心，竟當場暈了過去。

「池嬤嬤，快！去清風苑找三丫頭過來！」顧廷南急急道。

池嬤嬤撒腿就跑。

顧瑾瑜匆匆趕過來，凝神把了把脈，嘆道：「祖母終究上了年紀，身子原本就不比往日，加上府裡近來這麼多事，她實在是太累了。此症來得凶猛，就連我也不敢保證祖母能不能撐過這次。」

聞訊趕來的沈氏和何氏也嚇得臉色蒼白。

尤其是沈氏，因為心虛，幾乎不敢抬頭看顧廷東，顫顫地走到太夫人床頭，泣道：「母親，您可得快點好起來啊！兒媳沒有照顧好您，都是兒媳的錯！」若太夫人沒了，顧廷東得辭官丁憂，顧景柏也不能參加科舉考試，更不能娶親，這個時候，太夫人是萬萬不能有事的！

何氏更是孩子般扯著顧瑾瑜的袖口，顫聲問道：「三丫頭，妳快說太夫人沒事，她很快就能好起來！」

「若是家宅平順，依祖母的身體完全可以頤養天年。」顧瑾瑜看了看沈氏，意味深長道：「否則，就算是這次僥倖逃脫，下次、下下次，誰敢保證次次無恙？」

沈氏聽在心裡，頓覺刺耳。憑良心說，她只不過是跟喬氏過不去，想反擊報復喬氏罷了，從來沒想傷害太夫人，如今事情鬧到這個地步，她心裡早已經懊悔不已。此事終究是她思慮不周，下手太猛；若是太夫人去了，那她真是殺敵一千，自損八百。越想越羞愧，她忍不住掩面痛哭起來。這些日子，顧廷東都不進她的屋，她心裡煎熬得跟什麼似的，要不是恨透了喬氏，她也不會出此下策地算計顧廷西，如今，真是搬石頭砸自己的腳！

「夠了，妳不要在這裡裝模作樣了！」顧廷東見沈氏哭哭啼啼的樣子，心裡越發氣憤，惱火道：「母親還沒怎麼著呢，妳哭什麼？趕緊給我滾回去，省得在這裡丟人現眼！」

沈氏咬咬牙，掩面退下。

顧廷南緊緊握住太夫人的手，只是嘆氣。

「老三，你跟三丫頭在這裡守著母親，我這就去一趟五城兵馬司，把你二哥領回來。」顧廷東匆匆忙忙出門，他得趕緊把此事給了結了，否則夜長夢多，誰知道還會鬧出什麼事情來。

半個時辰後，顧廷西跌跌撞撞地進屋，跪倒在太夫人床邊，一把鼻涕、一把淚地泣道：「母親，您醒醒啊！是兒子錯了，兒子再也不敢了！」

顧廷東隨後走進來，悶不吭聲地坐在太夫人床邊，神色很是疲憊。

「大哥、二哥，你們先回去休息吧！」顧廷南皺眉道：「我和三丫頭守在這裡就行，有什麼事情我就派人去喊你們。」

「母親這樣，我們怎麼睡得著……」顧廷東一臉憔悴。

「大伯、父親，祖母需要安靜。」顧瑾瑜平靜道：「眼下她至少得睡五、六個時辰才能醒來，你們就是在這裡，也幫不上忙。」

兄弟倆聞言，這才垂頭喪氣地離開慈寧堂。

第五十三章 冰凌草

「二弟，且不說你是不是真的寵妾滅妻，咱們建平伯府在世人眼裡，一直就是齊王的人。」顧廷東背著手，仰頭望了望天，嘆道：「你知道，今日在朝堂上上書彈劾你的人，都是燕王手下的言官，此事一旦牽扯到奪嫡之爭，就不是你我所能決定的了。」

「大哥，不如你去求求齊王吧？」顧廷西哭喪著臉道：「我這次若真的被奪了官位，日後想再出仕就難了！」

「二弟，眼下最重要的是把母親的病醫好，你的事情我自會放在心上。」顧廷東原本就心情不佳，也無力跟顧廷西生氣了，只嘆道：「府裡的禍事，都是因為家宅不寧所致，我已經派人把黃鸝送回了莊子，橫豎是咱們自家的下人，多給些銀子就算了，黃有福答應會盡快把黃鸝嫁出去，你以後切不可再去尋她了，否則，若因此事再惹禍上身，我也愛莫能助。」

「大哥放心，我不會再去尋她了。」顧廷西連連點頭。他連官位都要保不住了，哪裡還顧得上什麼女人？早知道會被人彈劾，就是天仙他也不敢碰啊！

第二天一大早，太夫人突然發起了高熱，夢囈不斷。

顧瑾瑜很是憂心，暈厥最忌高熱，尤其是上了年紀的人。

「三丫頭，這、這怎麼辦啊？」顧廷南腿都軟了，他雖然醫術不高，卻也知道此症最忌發燒，忙道：「妳趕緊去大長公主府把清虛子神醫請過來看看吧！」

「三叔，我師伯他現在不在京城。」顧瑾瑜搖頭道：「而且便是他來了，祖母的病症也不會好太多。」雖然她喚清虛子一聲師伯，但她的醫術其實跟清虛子不相上下，對這樣的疑難雜症，清虛子反而不如她。

「三丫頭，難不成妳祖母她真的沒救了？」顧廷南擦著眼淚道：「都是三叔混蛋，一門心思忙著藥鋪，平日沒有好好照顧妳祖母，我真是該死！」

「三叔不必自責，眼下祖母的情況也不是糟到無藥可救。」顧瑾瑜思量片刻後，沈靜道：「剛剛我想到一個方子能救祖母，只是需要一味冰凌草做藥引。」

「三丫頭，妳好生在家伺候妳祖母，此事就交給我吧！」顧廷南信誓旦旦道：「我這就去跟妳大伯和妳父親商量，親自去西裕買冰凌草。」他知道冰凌草是西裕雪山上特有的一味草藥，京城這邊並沒有，就算這樣，他也願意傾盡所有，買回冰凌草救母親的命。

「來不及了三叔。」顧瑾瑜迅速起身道：「據我所知，皇宮裡就有冰凌草，我這就去求大長公主，看她能不能幫上這個忙。」

西裕國每年都會從雪山頂把最先開花的冰凌草當作貢品送給太醫院，而太醫院則會把大梁特有的血燕窩作為回贈送給西裕。

冰凌草除了能救命之外，還有一個特殊的功效，那就是能養顏美容。據她所知，西裕進貢而來的冰凌草，多半被太醫院製成了養容丸，被孝慶帝賞賜給後宮的娘娘們。顧瑾瑜覺得，太醫院是在暴殄天物。

「那妳早去早回。」顧廷南囑咐道：「三丫頭，不管多少銀子，只要他們開了價，咱們就是砸鍋賣鐵也要買下！」

「三叔放心，我知道了。」顧瑾瑜匆匆回屋換了衣裳，帶著阿桃，直奔大長公主府。

不巧的是，大長公主不在。

「顧姑娘，真是不巧，太后昨天就派人來，說是想念大長公主，要大長公主務必進宮一敘。」管家認識顧瑾瑜，畢恭畢敬道：「要不，您先進屋等著？估計大長公主後晌就回來了。」

「不了，我還是去宮門外等著吧！」顧瑾瑜又匆忙去了皇宮。她知道宮門外有條柳茶巷，是達官貴人們進宮必走之地，通常接送貴人們的馬車都停在那裡。

只是讓顧瑾瑜感到意外的是，柳茶巷停著一輛馬車不假，但那是程家的馬車，並非大長公主府的。她心裡不禁一陣沮喪，難不成大長公主並沒有進宮？

不一會兒，程庭和孟文全邊聊天邊從宮裡走出來，兩人臉上都帶著笑，像是在說什麼開心的事情。

看到兩人臉上的笑容，顧瑾瑜心裡頓覺五味雜陳，忙掀簾下了馬車，上前福身施禮。「見過程大人、孟將軍。」

前世程庭對她還算不錯，全然一副慈父的形象，只是她不知道，在她死的這件事情上，程庭扮演了什麼角色？不過有一點她是肯定的，那就是，程庭對她的死是默許的。

程庭和孟文全停下腳步，狐疑地看著這個陌生的小姑娘。

程庭呵著白氣問道：「妳是誰？怎麼在這裡？」

「小女是建平伯府顧家二房的三姑娘，有急事求見程貴妃。」顧瑾瑜目光在兩人身上看了看，不卑不亢道：「煩請程大人行個方便，幫忙通報一聲，小女感激不盡。」

她雖然是來找大長公主的，但是如果能見到程貴妃，說不定也能拿到冰凌草。

「原來妳就是顧家三姑娘！」孟文全恍然大悟，轉身對程庭道：「岳父，之前我聽嘉儀說起過這個顧三姑娘，說她跟嘉寧是手帕交，兩人私下私交頗深呢！」

程庭聞言，臉色一沈，嚴肅道：「貴妃終日不得閒，哪有空見妳？此處乃宮闈重地，姑娘還是回去吧！」哼，仗著她跟嘉寧有幾分交情，就想來攀附貴妃？難不成現在的小姑娘都這般趨炎附勢？說著，大步上了前面的馬車。

「顧三姑娘，不是我們不幫妳通傳，而是貴妃娘娘身子不適，正在昭陽宮養病。」孟文全上上下下打量顧瑾瑜，輕聲道：「我岳父今日進宮就是為娘娘來的。」

「多謝將軍實言相告。娘娘的病無礙吧？」顧瑾瑜忙問道。

「宜泉，你在那裡磨蹭什麼？」程庭掀簾，遠遠喊道。

「聽說是染上風寒，岳父說並無大礙。」孟文全抬頭應了一聲後，迅速跟了上去。

馬車遠去，留下兩道長長的車轍痕跡，天空洋洋灑灑地飄起了雪花，落在地上，跟積雪融為一體。

「姑娘，咱們還是回去吧？」阿桃打著寒顫勸道：「您看，都下雪了呢！」

焦四也跳下馬車，抄手道：「姑娘，咱們還在這裡等嗎？」

「焦四，你先回大長公主府探探大長公主回來沒有？」顧瑾瑜並不在意程庭的態度，漠然地望著漸漸被雪覆蓋住的車轍痕跡，平靜道：「我跟阿桃在這裡等等。」

太夫人的病拖不得，拖的時間越久，她就越沒有把握。太夫人此症來勢洶洶，若沒有冰凌草，就算她拚盡全力也只能勉強支撐十天半個月，而這樣的結果，是她不能接受的。

「好。」焦四匆匆調頭。

萬一他們在這裡傻等，大長公主卻回了府，那豈不是誤事？

一時間，柳茶巷空盪盪的，只剩下主僕兩人靜靜地站在雪地裡。

「姑娘，前面那扇側門開著，咱們自己進去不行嗎？」阿桃跺著腳道：「在這裡乾等，凍死了！」

「傻丫頭，皇宮豈是妳能闖的？」顧瑾瑜凍得鼻尖泛紅，勉強笑道：「妳知道嗎？就算妳從柳茶巷進去，也進不了宮，至少還得過九道宮門才能進咱們上次停車的門房，虧妳還來過一次呢！」

前世她雖是程貴妃的外甥女，若是無召，也是不能進宮的，何況她現在只是個小小六品主事的女兒……不，她現在連六品主事的女兒也不是了，聽說顧廷西已經被革職，什麼都不是了。

「上次奴婢坐在馬車上，沒人攔著，暢通無阻，哪裡知道這麼多規矩。」阿桃吐吐舌頭，一抬頭，驚覺兩輛馬車遠遠朝這邊奔來，待看清馬車上的徽記，驚喜道：「姑娘、姑娘，您看，是楚王府的馬車！」說話間，馬車已經到了跟前。

楚雲霆掀簾跳下馬車，大步走到顧瑾瑜面前，冷冷道：「這麼冷的天，妳站在這裡幹麼？快上車！」幸好有暗衛及時告訴他，下這麼大的雪，她就這樣站在宮門外，是成心要生病嗎？

顧瑾瑜看見楚雲霆，忙道：「世子，你來得正好，我有急事要見大長公主或者程貴妃。」

「先上車再說！」楚雲霆不由分說地拽著她上了馬車。

馬車裡暖烘烘的，火爐裡的銀炭燃得正旺，顧瑾瑜親眼看著阿桃上了另一輛馬車，才放下心，伸手放在爐邊烤了烤冰涼的手指。「我想過來跟太醫院討一株冰凌草救我祖母，只是我不能進宮，原本想請大長公主幫忙通融引薦，卻不想一直沒見到大長公主，所以剛剛才求程庭幫我通報程貴妃，然而他卻不肯。」

「我祖母陪太后去城郊的溫泉山莊，妳就是在這裡等上一天一夜，也是見不到她的。」楚雲霆望著她凍紅的臉，越發心疼，黑著臉道：「為什麼不去找我？」難道遇到這樣的事情，她想到的，不應該是他嗎？還是在她心目中，他依然是一點分量都沒有？

「世子日理萬機，公務繁忙，我哪能麻煩世子。」顧瑾瑜勉強笑道：「再說，我以為此事我自己能做成。」

「去醉風樓。」楚雲霆掀簾吩咐道。

「是。」車伕應了一聲，徐徐調轉馬頭。

「世子，現在我不能回去！」顧瑾瑜忙道：「我祖母的病拖不得，煩請世子帶我進宮去見一見貴妃娘娘。」

「冰凌草的事情，我來解決。」楚雲霆淡淡道。

顧瑾瑜微怔，繼而又道：「多謝世子願意出手相助，只是西裕國山高路遠，來回最快也得半個多月，我擔心祖母的病等不得。」若是太夫人能等半個月，那顧廷南也能去西裕跑一趟。

「最晚幾天？」楚雲霆往青銅纏枝暗紋火爐裡添了兩塊銀炭。

外面風聲呼呼，銀炭無聲無息地燃燒著，映得車廂裡紅通通的一片，暖意融融。

「當然是越快越好。」顧瑾瑜一聽有戲，忙道：「兩日內效果最佳。」

楚雲霆點點頭，掀簾道：「左右護衛聽令，你們去找楚九，告訴他天黑之前務必把冰凌草給我送到醉風樓。」

「是！」外面立刻有侍衛應道。

顧瑾瑜沒想到楚雲霆行事如此乾淨索利，感激道：「冰凌草稀有昂貴，極其難得，讓世子費心了。」

「妳替我祖父醫病療傷，也是辛苦。」楚雲霆意味深長地看著她精緻如畫的眉眼，輕聲道：「而我不過是替妳買株冰凌草，舉手之勞，咱們也算兩兩相抵，妳並不欠我什麼；若非要說有什麼要求，那就煩勞姑娘替我看看腿傷吧？」

「好。」顧瑾瑜欣然應道。

待到了醉風樓，兩人一前一後地上了三樓。

把脈後，顧瑾瑜頓感無語，他的腿傷早已經康復，也沒其他毛病。

「世子的傷已經痊癒，無礙了。」顧瑾瑜如實道：「我再給世子開個活血化瘀的方子，再吃上三天，以後便不會落下任何病根。」

楚雲霆微微頷首，目光在少女微微鼓起的胸口上看了看，不由得耳根泛紅，忙移開目光看往別處。明年等她及笄就能迎娶了，他得有這個耐心等她長大。

顧瑾瑜全然不知某人的心思，腳步輕鬆地走到他寬大的几案前，取過一張白紙，沈思片刻後，開始揮毫。

窗外下著雪，微白的天光透過窗櫺照在她的臉上，恬靜清麗，看得他心頭微動，情不自禁地走過去看。娟秀清雅的小楷躍然紙上，很是賞心悅目。

顧瑾瑜寫好藥方，放下筆，一轉身剛好撞進楚雲霆的懷裡，看到男人含笑的眉眼，她倏地紅了臉，忙後退幾步，想從几案後轉出去。或許是心裡太過尷尬，她冷不丁被桌角撞了一下，身子一個趔趄，差點摔倒。

楚雲霆一個箭步跨過去，扶住她，輕聲道：「沒事吧？」

「沒事。」顧瑾瑜搖搖頭，想掙脫開他的手，卻被他的大手握得更緊。

「我扶妳。」

男人的聲音很低、很柔，癢癢的、麻麻的，就像一張看不見的網將她層層包裹起來，顧瑾瑜頓覺呼吸不暢，特別是兩人離得很近，她甚至能感受到他溫熱的氣息，一時方寸大亂，竟不敢再抬頭看他，心如小鹿亂撞。「多謝世子，我無礙的。」

「世子，有消息了！今年……」楚九匆匆走進來，見屋裡的兩個人正相擁在一起，嚇得差點魂飛魄散，心裡忍不住哀號。完了，他撞破了世子的好事，世子說不定會把他滅口，他冤枉啊！剛想退出去，無奈楚雲霆已經看到他，他只得生生打破屋裡的旖旎，硬著頭皮繼續說道：「今年的冰凌草還未送到皇宮，太醫院也不知道什麼時候能送來，眼下宮裡並無冰凌草。屬下已經派人在黑市上查找，只是不知道能不能找到。」

楚雲霆這才不著痕跡地鬆開懷裡的女子，心情愉悅地走到几案前，攤開紙筆，寫下一行字，隨手拿起信封裝進去，用火漆封口，遞給楚九。「西裕送往京城的冰凌草已經在半路上，你拿著我這封信交給司徒魁，他自會把冰凌草給你。」這樣，就算黑市上尋不到，也耽誤不了顧家老太太的病。

「世子，您是說今年西裕大皇子會親自來送冰凌草？」楚九眼角瞥了瞥顧瑾瑜……咳，不，是未來的楚王世子妃，心裡這才回過神來。他就說世子怎麼會對顧家的事情如此上心，原來是真的瞧上了人家姑娘啊！

看到楚九瞧過來的目光，顧瑾瑜低頭喝茶，剛才不過是意外罷了，她跟楚雲霆又沒什麼。

「對，前幾天我剛剛收到他的飛鴿傳書，說他已經從西域動身，我估算他現在已經快到錦州了。」楚雲霆篤定道：「你現在就動身去錦州，明日天黑之前務必趕回來。」

「是！」楚九知趣地退了下去。臨出門的時候，他還特意吩咐守在門口的侍衛，切不可讓任何人進去打擾。嘿嘿，想不到世子下手還挺快的，剛才他都看見了，世子可是把顧姑娘抱在懷裡的，嘖嘖，連肌膚之親都有了啊！他就說，趙晉那廝是搶不過他家世子的，哈哈！

「那此事就有勞世子了。」顧瑾瑜放下茶杯，起身道：「我回去等消息。」出來這麼久了，她很擔心祖母，雖然有顧廷南在家守著，但她還是有些不放心。

楚雲霆也跟著起身。「我剛好要去一趟滄瀾坊，正好順路送妳回去。妳放心，等冰凌草一到，我就立刻讓楚九給妳送去。」

「多謝世子。」顧瑾瑜心頭微暖。

兩人一前一後地上了馬車。

第五十四章　我聽妳的

青銅火爐裡的銀炭依然燃得很旺，車廂裡暖意融融。

「妳父親的事情，妳不用煩惱。」見她不語，楚雲霆只當她是在為了顧家的事情憂心，便開口道：「等過了這個風頭，我會想辦法幫他官復原職的。」

「不用。」顧瑾瑜猛然抬頭看著他，嚴肅道：「寵妾滅妻是大罪，他應該得到應有的懲罰，世子若是出手相助，豈不是助紂為虐？」

她之所以大張旗鼓地讓楚雲霆幫忙找冰凌草，不僅僅因為她是大夫，有救死扶傷的責任，更因為她想救太夫人；至於顧廷西，他因為女人丟了官位，是他自作自受。

「可是他畢竟是妳的父親。」楚雲霆知道顧瑾瑜並不喜歡她，卻沒想到她對顧廷西也是如此地漠不關心。

「那世子為什麼要出手相助？」顧瑾瑜隨口問道。

楚雲霆笑笑，反問道：「妳說呢？」

「我哪裡知道……」顧瑾瑜粉臉微紅。

「回去慢慢想，我想妳會明白的。」楚雲霆輕咳道：「妳想到什麼，便是什麼。」

「世子，你若真的想幫我，就不要插手我父親的事情。」顧瑾瑜意識到不能讓他牽著鼻子走，遂扯回話題，鄭重道：「他必須要為自己所做的一切付出代價。」雖然跟顧廷西相處的時間不長，但她太瞭解他這個人了，自私刻薄、好色寡情，除了有副好皮相，渾身上下再找不出一點可取之處，這樣的人，若是不摔個跟頭，那簡直是沒有天理。

楚雲霆笑笑，再沒吱聲。小姑娘雖然剛正，但還是天真了些，殊不知，若顧廷西沒有官位，皇上怎麼會同意他跟她的親事？顧廷西再不堪，也是他未來的岳父，他怎麼著也得替岳父謀個一官半職，來撐撐顧家的門楣才行。

顧瑾瑜自然不知道楚王世子心中所想，只當他是熱心，臨下車的時候，一再囑咐道：「切不可理會我父親的事情，讓他好好在家反省反省。」

「好，我記住了。」楚雲霆被她的叮囑逗樂了，神色愉悅地點點頭。「我聽妳的。」

顧瑾瑜笑笑，這才掀簾踩著矮凳，盈盈下了馬車。

之前一直覺得楚王世子是個沈默寡言、冷情高傲的性子，卻不想，真正相處起來，他竟如此地隨和，甚至還很熱心。

阿桃早已經被送回清風苑，只是她擔心顧瑾瑜，因此在屋子裡來來回回地走著，這讓綠蘿和青桐很不耐煩。

綠蘿忍不住開口道：「阿桃，妳不要晃來晃去的，我頭都晃暈了！」

「阿桃都回來好一會兒了，怎麼還不見姑娘回來？」青桐也有些擔心，忍不住埋怨阿桃。「不是我說妳，妳當時就應該跟著姑娘的馬車，貼身伺候姑娘才是，這倒好，妳回來了，姑娘卻不見人影。」

「對啊，現在知道著急了？」綠蘿也翻著白眼問道。

「我原本是想跟著姑娘的，可是楚王世子不讓我上他的馬車啊！」阿桃被兩人一數落，臉脹得通紅，解釋道：「然後，姑娘跟世子走了，趕車的那人就把我送回來了。」

「妳說楚王世子跟姑娘坐一輛馬車？而且還不讓妳跟著？」綠蘿頓時來了精神，其實有楚王世子在，她是一點也不擔心自家姑娘的。她早就看出來了，楚王世子對姑娘不一樣。

「是！」阿桃使勁點點頭。

「那不怪妳，妳的確不應該跟著。」綠蘿同情地拍拍阿桃的肩頭。

「為啥？」阿桃一頭霧水，她是姑娘的貼身丫鬟啊，為什麼她不能跟著？

「以後妳就明白了。」綠蘿鄭重道。

「……」阿桃不懂，為什麼別人現在就明白的事情，到她這裡非得以後才能明白？她很傻嗎？

第二天晌午，楚九便風塵僕僕地送來三株冰凌草，讓顧瑾瑜很是驚喜，她沒想到此事竟然如此順利。

「顧三姑娘，若是有人問起，您就說是去西裕買的，切不可說是楚王世子攔截了貢品。」楚九悄聲囑咐道：「因為這事，西裕大皇子已經在半路住下，派快馬回西裕重新取冰凌草，對外宣稱偶感風寒，延遲了進京的日程呢！」要不是他家世子跟司徒魁是莫逆之交，這冰凌草是無論如何也拿不到手的。嘖嘖，世子對顧姑娘還真是用心！

「好，我知道，替我謝謝世子。」顧瑾瑜接過來細細端詳著這三株冰凌草，取出其中一株，把剩下的還給楚九，道：「冰凌草價格昂貴，而且極其難得，不是用銀子能衡量的，還讓西裕大皇子耽誤了行程，我實在難以心安。」又把一摞銀票硬是塞給楚九。「這是十萬兩銀票，你先拿著交給世子，若是不夠，以後我再補。」

「顧三姑娘，屬下可不敢拿這銀票，您要是想給，就給世子吧！還有這冰凌草，我們就是拿了也不知道怎麼保管，還是放在您這裡吧！」楚九嚇了一跳，忙把銀票連同剩下的那兩株冰凌草，一同還給顧瑾瑜，接著落荒而逃。天啊！他要是拿了顧姑娘的這十萬兩，世子還不殺了他！

顧瑾瑜哭笑不得，只得收起銀票和冰凌草，匆匆去了慈寧堂。

新鮮的冰凌草藥效好，入藥也很容易，跟枸杞、天山雪蓮一起熬製服下便可，並不麻煩。

剩下的兩株要想保存好，也得趁新鮮製成藥丸。

顧廷南守了太夫人一天一夜，眼裡布滿了血絲，見顧瑾瑜把熬好的藥一勺一勺餵給太夫人喝，欣慰道：「三丫頭，這冰凌草市價十萬兩一株，回頭我就把銀票拿給妳，妳趕緊把這人情還了。」他並不知這冰凌草來歷曲折，以為是顧瑾瑜去皇宮裡討的。

雖然顧瑾瑜手裡有銀子，但也不能讓她一個人出，這銀子得從公中湊。

「銀子的事情，以後再說吧！」顧瑾瑜壓根兒沒把這點銀子放在眼裡，心裡只盼著太夫人的病快點好起來。「今晚我留下陪著祖母，您快回去休息吧！」

「這事我先找妳大伯和妳父親說一聲，先把銀子湊齊準備著。」顧廷南知曉顧瑾瑜的醫術，見她胸有成竹，這才放心。

「好。」顧瑾瑜欣然應道：「等需要銀子的時候，我就找三叔要。」

池嬤嬤也跟著鬆了口氣。

夜裡，北風呼呼。

顧瑾瑜睡在慈寧堂的暖閣裡，卻毫無睡意，腦海裡不斷地浮現這些日子發生的事情。其實顧廷西的事情她並不想插手，像他那樣的人，受點教訓也是好的，要不然，他永遠不知道自己在做什麼；反正她又不想嫁人，無須用他的名聲和官位。

兜兜轉轉想了一番，才沈沈睡去。

夢裡，楚雲霆拉著她一直走、一直走，至於要去哪裡，她也不知道，反正就是走啊走，一刻也不曾停下，走得累了，他便揹著她，她順從地伏在他背上，並不覺得尷尬，反而覺得很安心。跟他在一起，她感到一種從未有過的踏實，就想跟他一直走下去。

醒來後，顧瑾瑜失笑，大概最近跟楚雲霆交往過甚，才會作這樣的夢吧？

直到晌午時，太夫人才悠悠醒來，睜開眼睛，看到顧瑾瑜正握著她的手守在身邊，心裡一陣感動，勉強笑道：「瑜丫頭，妳祖母我在鬼門關前轉了一圈，總算回來了。」

「祖母，您這次闖了鬼門關，任誰都不敢收您了，您就放心地活到一百歲吧！」顧瑾瑜立刻給她把脈，淺笑道：「再吃三天藥，包您的身子比以前更好、更壯實。」

「母親，您總算是醒了！」顧廷東和顧廷南立刻圍過來，神色異常激動。

顧廷西訕訕地站在後面，不敢靠前，他擔心再氣暈了太夫人。

「這幾天，你們都跟著受累了，回去休息吧！」太夫人的目光在兄弟倆臉上看了看，皺眉道：「讓瑜丫頭在這裡陪著我便好。」

兄弟倆點頭道是，先後退了下去。

顧廷西這才上前，期期艾艾道：「母親，我……」

太夫人轉頭不看他。

「二老爺，太夫人剛剛醒來，您還是讓她多休息吧！」池嬤嬤忙上前打著圓場。「有三姑娘在，您就放心吧！」

「咳，瑜丫頭，好好照顧妳祖母。」顧廷西囑咐了一句，見顧瑾瑜不搭理他，只好悻悻地退下。

「瑜丫頭，這幾天辛苦妳了。」太夫人雖然時醒時睡，還一度昏迷，但發生了什麼事情，她還是知道的，遂伸手握住顧瑾瑜的手，欣慰道：「顧家幸好有妳。」

「祖母言重了，孫女不過是做了應該做的事情而已。」顧瑾瑜淺笑。「只要您的身子無礙就好，日後記住，切不可再生氣了，孫女醫術不精，也沒什麼見識，您可不要再嚇唬我了。」

「瑜丫頭，這兩日我雖然昏迷，卻也知道最受累的人就是妳了。妳說說看，那冰凌草到底是怎麼回事？」太夫人把顧瑾瑜的手放在手心握了握，嚴肅道：「如此貴重的藥材，妳怎能輕易從皇宮裡取來？」天上沒有白掉的餡餅，這個道理她比誰都懂。

「不敢瞞祖母，這冰凌草實際上是楚王世子尋到送來的。」顧瑾瑜便把她去皇宮求取冰凌草的事情，原原本本跟太夫人說了一遍。「然而楚王世子並沒有收銀子，我只能在楚老太爺身上多下工夫，讓他早日康復，也算還了這個人情。」

「瑜丫頭，楚王世子對妳如此熱心，莫不是對妳有什麼心思吧？」太夫人越聽越覺得此事不簡單。楚王府這些年一直高高在上，不參與奪嫡，也不理會京城世事，怎麼會如此熱心地幫忙找冰凌草？若說是為了楚老太爺，她是不信的，楚老太爺明面上是請了清虛子，而不是她的三姑娘。

「祖母，看您想哪裡去了？」顧瑾瑜粉臉泛紅，嬌嗔道：「四公主才是他的未婚妻，他怎麼會對我有什麼心思？您想多了，您以為您的孫女傾國傾城啊？」眼前不由得浮現楚雲霆含笑的目光，臉更紅了，索性捂臉道：「哎呀祖母，您一醒來就知道打趣我！」

「不是就好，那妳可得好好謝謝人家。」太夫人見小孫女害羞了，沒再繼續說，心裡卻打了一個大大的問號。她是過來人，自然知道一個男人若是對女人的事情如此熱心，肯定是動了心思。想著想著，又暗暗替顧瑾瑜捏一把汗，若真如此，那以後三丫頭在四公主眼皮底下當側妃，肯定要受委屈的。

「祖母放心，我知道該怎麼做。」顧瑾瑜身子一歪，依在太夫人的肩頭。「明天要去楚王府給楚老太爺施針，到時候我定會親自跟世子道謝。」

第五十五章　誰也別搶他的小姑娘

楚雲霆的心情很是愉悅。

派出去的暗衛早就來稟報過了，說顧瑾瑜的馬車已經在路上，很快就到了。

不一會兒，楚九便大步走進來，眉眼彎彎道：「世子，顧三姑娘來了，正在前廳跟神醫討論老太爺的病情。」

楚雲霆極力掩住內心的開懷，淡淡道：「好，我知道了。」

楚九興沖沖地退了下去，剛出書房，便見趙晉握著馬鞭，風塵僕僕地迎面走來。

「楚九，你家主子在嗎？」

「在。」楚九指指書房。

趙晉大步地走了進去，嚷嚷道：「我說元昭，五城兵馬司放不下你啊？你跑到這裡來辦公，害我白跑一趟！」或許是他走得急，額頭出了一層密密的汗，一身靛藍色直裰襯托得他越加偉岸沈穩，風度翩翩。

楚雲霆想到之前趙晉說過喜歡顧瑾瑜，頓覺他異常不順眼，不冷不熱地問道：「什麼事？」

「修宜回來了。」趙晉自然不知道好友的心思，大剌剌地坐在几案上面，把馬鞭收起來，往懷裡一塞，又從袖子裡掏出一張羊皮地圖遞給楚雲霆。「這是他要我給你的邊塞地圖，他說了，若是你有什麼看不懂的地方，就去溫泉莊子找他，最近天冷，莊子那邊忙不過來，他不常回府。」

「我看得懂，不用找他。」楚雲霆細細端詳著地圖，見趙晉依然自顧自地坐在几案上，不可思議地問：「還有事？」

「哎呀，我的楚大世子，難不成在你眼裡，我堂堂天子衛指揮使就是個跑堂送信的？」趙晉跳下几案，自顧自地倒茶，一屁股坐在籐椅上，探究般看著他。「最近齊王跟燕王因為西北銅州往年賑災糧食的事情鬧到了御前，鬥得跟烏雞眼似的，若說跟你沒關係，我是不信的。說說看，你到底想幹麼？別忘了，咱們天子衛和五城兵馬司是從來不參與奪嫡之爭的。」趙晉雖然出身不高，但能做到如今的位置，自然不是等閒之輩。

他娘謝氏曾經做過容皇后的貼身丫鬟，容皇后在進宮前將謝氏許配給其青梅竹馬的心上人，成就了一段姻緣，後來主僕兩人又先後生子，謝氏便帶著剛出生不久的趙晉進宮做了太子的奶娘，趙晉跟太子是實打實的奶兄弟。

有皇后和太子的照拂，他便順理成章地坐上了天子衛指揮使的位置。如今太子雖然故去，但他仍有皇后照拂，恩寵猶在，倒也沒人敢輕易惹他，加上他本人身手不凡，又被京城公子哥兒奉為才子，放眼京城，除了楚雲霆，能讓他真正放在眼裡的，還真沒第二個。恰恰楚雲霆也有高處不勝寒的感覺，兩人惺惺相惜，很快便無話不談，甚至彼此間也沒什麼秘密。

「眼下已經入冬，西北一帶的局勢刻不容緩，這次我舉薦你前往西北賑災，以確保西北九州百姓安然過冬。」楚雲霆指了指眼前堆放如山的卷宗，神色凝重道：「這兩年邊境雖然安穩，但西北九州的難民、暴民已成氾濫之勢，這也是燕王屢屢上奏要求招兵買馬的原因。我楚王府雖然不參與奪嫡之爭，但此事事關京城安危，我不能對此事視而不見。」京城不安穩，誰也沒有好日子過。

「什麼？你讓我去賑災？」趙晉狠狠吃了一驚，不可思議地指著楚雲霆道：「你、你跟我有仇啊？冰天雪地地讓我去，你要害死我啊？我不去！」很快就過年了，除夕那天也是京城的花市，他還想約顧三姑娘一起去看花呢！若是他這一去，怎麼也得過完年才能回來，說不定連元宵節也錯過了！

「皇上已經答應了，明、後兩天你就該動身了。」楚雲霆無視他的抗議，捏捏眉頭道：「除了你，其他人我還真是放心不下。」

「哼，甭給我戴高帽，你怎麼自己不去？」趙晉冷哼道：「楚王世子親自去西北賑災，豈不是更振奮人心？」

「半年內我不能離開京城。」楚雲霆一本正經道：「皇上龍體欠安，燕王、齊王最近鬥得厲害，若是出了亂子，我還能護住京城安寧。」

「燕王在西北的勢力根深蒂固，你不怕我剛入西北就被他廢了？」趙晉蹺著二郎腿，白了楚雲霆一眼。「不要以為就你能洞察局勢，我知道三王當中燕王最有野心，你這次讓我去，其實是想讓我趁此機會摸摸燕王的老底吧？」哼，就知道他沒安好心！楚王世子看上去溫潤如玉，是個翩翩公子，其實啊，呵呵，陰險得很啊！

「你知道就好。」楚雲霆微微頷首，坦然道：「聽說燕王在銅州以耕種荒地為由，私養了數萬大軍，只不過我暫時沒有確切的證據，你此行務必要徹查清楚，咱們裡應外合，一舉除掉燕王。眼下秦王正在四處求醫問藥，自然無暇這些事情，而齊王跟燕王積怨已深，他不落井下石就不錯了，斷然不會出手相助，所以這場仗，咱們是穩操勝算。」

「聽起來的確很有道理，好吧，那就這麼著吧！」趙晉點點頭。楚雲霆所言不虛，若是要除掉燕王，就得這麼安排。他起身走到楚雲霆身邊，雙手抱胸，瞇眼道：「秦王最近瘋了一樣地四處求醫問藥，還鬧到了大長公主府，你說這好端端的，他怎就不舉了呢？不會也是你動的手腳吧？」

「我可沒那麼神通廣大。」楚雲霆笑笑，腦海裡瞬間閃過她的影子，索性隨手整理好卷宗。「你先回去準備準備吧，我要去正廳看我祖父了。」他不想讓趙晉看到顧瑾瑜，倒不是擔心趙晉搶走他的小姑娘，而是趙晉看她的目光讓他心生不悅。

「正好我有些日子沒見老太爺了，跟你過去瞅瞅！」趙晉知道顧瑾瑜也在，便想著吃完飯再走也不遲，這樣，還能跟顧姑娘說上幾句話，不算白來一趟。想到要跟他的心上人分別這麼長時間，他的心都快碎了。在心裡默默地算了算歸期，等他回來，她就及笄了，正好上門提親。嗯，他先準備著，盡快娶她進門，這樣，無論他去哪裡，家裡都有人在等著他，哎呀，想想就激動！

兩人各懷心思地出了書房。

岑嬤嬤迎面走來，看見兩人，上前屈膝行禮。「奴婢見過楚王世子、趙將軍。」

「妳來幹什麼？」趙晉頗感驚訝，難不成四公主也在府裡？

「回稟趙將軍，奴婢是過來請顧三姑娘的。」岑嬤嬤畢恭畢敬道：「今兒是姑娘們的詩畫社在南宮府結社的日子，四公主很是好奇，也去了南宮府湊熱鬧，聽說顧三姑娘上次奪了魁甲，特來請她過去相見。」

「哈哈，對，顧三姑娘上次的確是奪了魁甲。」趙晉聞言，心裡異常舒暢，笑道：「只是她現在正在幫老太爺施針，要去也得等醫治結束了再去；要不，妳先回去，待會兒我送她過去就行。」小姑娘們的聚會還是滿有意思的，想必她是願意去的。

「多謝趙將軍，只是奴婢既然來了，總得去給大長公主問個安才是。」岑嬤嬤笑笑，抬腿往裡走。

楚雲霆卻冷冷道：「不用了，妳現在就回去告訴四公主，顧三姑娘今兒沒時間去南宮府，不用等她了。」

「世子，這、這是四公主的旨意，奴婢……」岑嬤嬤很是為難，四公主的性子她最是瞭解，若是今日請不動顧姑娘，只怕是會不高興，她一不高興，她們這些當下人的，日子自然不好過。

趙晉狐疑地看著楚雲霆，堂堂楚王世子還管這等小事？

楚雲霆再沒吱聲，轉頭就走。

「世子！」岑嬤嬤快走幾步，追上前。

一旁的侍衛一個箭步上前阻攔道：「嬤嬤請留步，您還是回吧！」

岑嬤嬤討了個沒趣，只得悻悻地退下。

回府後，岑嬤嬤添油加醋地把事情的經過跟慕容婉說了一遍。「奴婢連顧三姑娘的人都沒見到，便被楚王世子擋了回來，奴婢沒用，還望公主責罰。」

慕容婉氣得滿臉通紅，跺腳道：「本公主這就去大長公主府！還不信了，本公主連一個六品主事的女兒都不能召見！」

「公主息怒。」南宮素素很是識大體地勸道：「眼下那個顧瑾瑜是真的在大長公主府替老太爺瞧病，您這會兒過去，她有大長公主和老太爺護著，肯定是討不到半點便宜。」

慕容婉一想也是，便咬牙切齒道：「哼，這筆帳以後我再跟她好好算！」

顧瑾瑜並不知道慕容婉派人來找過她，給楚老太爺把完脈後，又被大長公主請去花廳喝茶，時值數九隆冬，花廳裡燒了火龍，暖意融融，百花怒放，芳香撲鼻。

尤其是靠牆的那幾株山茶，開得如火如荼，宛如一片燃燒的晚霞。

顧瑾瑜忍不住多看一眼，讚嘆道：「大長公主果然是行家，連這樣的霞影山茶都能在京城開花，著實讓臣女驚訝。」霞影山茶是南直隸那邊的觀景茶樹，可食用，也可藥用，只是對土壤、氣候極其挑剔，就連在南直隸也不輕易開花的，更別說在冰天雪地的京城了，故而冷不丁在大長公主府見到開花的霞影山茶，的確很驚豔。

「妳知道霞影山茶？」大長公主頗感驚訝，笑道：「本宮癡長妳許多年，也是去年才知道這種山茶，還是齊王知道本宮喜歡花，從南直隸帶回來的。說說看，妳是怎麼知道的？」

「臣女是從書上看到的。」顧瑾瑜淺笑道：「書上說霞影山茶全株可入藥，只是因為花蕊的氣味有些淡淡的苦澀，故而極其珍貴的山茶蜜都帶著些許的苦味。」

大長公主恍然大悟，一時興起便隨手採了一朵含苞待放的山茶，替她別在鬢間。嗯，果然是花美，人更美，怪不得世子喜歡，她瞧著也喜歡啊！

顧瑾瑜忙屈膝謝恩。

許嬤嬤剛剛上茶，就見楚雲霆和趙晉信步進了花廳。

兩人看見顧瑾瑜，俱是眼睛一亮，小姑娘依然是一身清麗淡雅粉白裝扮，鬢間別著的那朵嬌豔欲滴的山茶花更為搶眼，給原本淡然的俏臉上平添了幾分嫵媚的韻味。

兩人見禮後，大長公主不動聲色地問道：「你們怎麼來了？今天的公事都忙完了？」

「忙完了，過來看看大長公主。」趙晉嘴上這樣說，眼睛卻一個勁兒地盯著顧瑾瑜看。幾天不見，這姑娘是越發嫵媚可人了，他喜歡，哈哈！

「顧三姑娘，我祖父的病情如何了？」楚雲霆上前不著痕跡地擋住趙晉的目光，低頭看著她，目光在她鬢間的山茶花上看了看，輕聲道：「若是需要什麼，就儘管跟我說。」

「世子放心，半年內定能痊癒。」顧瑾瑜上前屈膝答道。

「那就好。」楚雲霆微微頷首，含笑道：「顧三姑娘，我的腿剛剛又隱隱作痛了，不知道姑娘方不方便給我把把脈，瞧瞧是怎麼回事？」

「好。」顧瑾瑜欣然應道，心裡卻暗忖，他的傷明明無礙了，怎麼還是三番五次地說腿疼？

大長公主會意，唇邊漾起一絲微笑。「既然如此，那就讓顧姑娘給你好好瞧瞧便是。」

「世子、顧姑娘，這邊請。」許嬤嬤忍著笑，帶兩人去了花廳隔壁的暖閣。

趙晉一頭霧水，他剛剛還生龍活虎的，怎麼轉眼就腿疼了？還有，這個楚雲霆也太不仗義了，明明知道他就要離京辦差去了，好不容易過來見顧三姑娘一面，他卻當面把人叫走，扔下他一個人在這裡乾坐？難不成他也看上了顧三姑娘？不對啊，京城早就傳開了，皇上有意把四公主嫁給他，他哪裡敢招惹別的姑娘？大概……也許他是真的腿疼吧？

「趙將軍，請喝茶。」大長公主笑盈盈地招呼道。她看出趙晉也喜歡顧姑娘，只是這個顧姑娘是她打算給她的寶貝孫子當側妃的，只能委屈趙將軍了。嗯，看樣子，該給趙將軍物色門親事了！

「世子的傷無礙，應該不會感到疼痛。」顧瑾瑜很哭笑不得，當時暗器上沒有毒，故而也不存在體內有殘毒的可能。

「是傷口處痛。」楚雲霆面不改色道：「不如姑娘幫我看看，是不是傷口沒有癒合好？」說著，他便走到窗下的床榻邊，脫掉鞋子躺了下來。

顧瑾瑜亦步亦趨地跟了過去，上前挽起他的褲腳，察看他小腿上的傷。傷口癒合得很好，不仔細看，一點也看不出那道淺淺的痕跡。

她的手微涼纖細，拂過他溫熱的肌膚，楚雲霆只覺得口乾舌燥，全身的血液迅速朝下身某個部位湧去，他忙尷尬地側了側身。她是醫者，他身體的變化自然逃不過她的眼睛，若是讓她誤會，那他豈不是很冤？

「傷口癒合得很好，無礙的。」顧瑾瑜一臉無辜地看著他。這個人今天怎麼怪怪的，明明傷口無礙，卻非要纏著她替他診脈。

「那就好。」楚雲霆極力掩飾內心翻騰的情緒，起身穿鞋。

「世子，謝謝你替我尋到了冰凌草，才讓我祖母轉危為安，只是冰凌草太過珍貴，我受之有愧。」顧瑾瑜把事先準備好的銀票和兩顆冰凌草藥丸掏出來遞給他。「還請世子務必收下，否則我無法心安。」

「顧三姑娘，大皇子並沒有收我的銀子，我跟他的交情從來都不是用銀子來衡量的。」楚雲霆看了看她手裡的銀票和藥丸，皺眉道：「不瞞顧三姑娘，大皇子帶來的使團，半路因為水土不適，臉上都起了紅斑，聽說太醫院也束手無策，他們進京以後，怕是還得煩勞妳跟神醫多多費心，幫他們好好看看，如此一來，也算是還了這冰凌草的人情了。」

「那他們什麼時候來？」見楚雲霆這麼說，顧瑾瑜只好把銀票和藥丸收起來。

「估計怎麼也得半個月才能進京吧！」楚雲霆意味深長地看著她。「等他們來了，妳又得跟著忙些日子，到時候別嫌累就行。」

女子明眸皓齒，淡定沈靜，令人越發心動。他轉身走到窗前，輕輕推開窗子一角，任冷風吹進來，吹在他溫熱的臉上，他擔心再看她一眼，會控制不住自己，上前一親芳澤。

「世子放心，我不會嫌累的。」顧瑾瑜自然不知道男人心頭湧起的波瀾，有板有眼道：

「大皇子幫了我這麼大的忙，我給他們瞧病也是應該的。」

「好，那就這麼說定了。」楚雲霆站在窗前，負手而立，繼續說道：「谷清說上次的藥已經吃完了，但最近卻時不時覺得頭痛，想讓妳幫他把把脈，等過些日子，我打算再去一趟烏鎮，妳要不要一起去？」

「好，我去。」顧瑾瑜欣然答應。谷清，清谷子，且不說名字早就讓她心生疑惑，就憑他開方子的手法，她也想見他一面。

「那到時候，我過去接妳。」楚雲霆意味深長地看著她。「正好也讓妳看看烏鎮冬天的景色，保准妳喜歡。」

顧瑾瑜點頭道是。她見楚雲霆語氣很是冷淡，又站在窗前往外看，只當他在想別的事情，便知趣地告辭，退了出來。

「自從太夫人上次大病一場後，老爺像變了一個人似的，他如今日日宿在二夫人那裡，連奴家都成了昨日黃花了！」三姨娘坐在顧瑾瑜面前，長吁短嘆道：「奴家沾不得男人的身，怎麼可能有孩子？與其這樣一天一天地熬著日子，奴家還不如回鄉下來得自在呢！」現在想想，守著幾畝地過日子，也比成天待在屋裡顧影自憐得好。

顧廷西雖說是個京官，但平日裡大手大腳慣了，自顧不暇，哪裡會有餘錢養家？故而二房的花銷多半是從公中領的，多占一文都不行；她這個姨娘又無私房錢傍身，日子過得甚是清貧。除了能填飽肚子，她連買絲線的錢都沒有。

顧瑾瑜正在繡花，聽她這樣說，便抬頭問道：「姨娘想走了？」其實她也覺得做顧廷西的小妾是最愚蠢的選擇，主要是顧廷西不但窮，而且還很薄情。

「難道姑娘有更好的辦法？」三姨娘知道父女倆相處得並不好，也知道顧瑾瑜不是個多嘴的，索性敞開心扉道：「不瞞三姑娘，奴家每每看到大姨娘，心裡就泛酸，若是以後奴家像她那樣，在府裡渾渾噩噩地度日，奴家真是害怕。」若是顧廷西待她好點，她有個孩子傍身，日子也能過下去，可是這個男人讓她太失望了，她不得不替自己想後路。

之前她還覺得麗娘是個忘恩負義的，現在想想，她必定是對顧景柏絕望了，才跟了燕王。聽說燕王對麗娘很是看重，不但幫她尋到了失散已久的幼弟，而且還把她流放在西北的父兄減了罪，給他們置辦房產安頓下來，從這點來看，麗娘的確是個聰明人。若是麗娘跟了顧景柏，顧景柏是絕對無法為她做到這些的。

「我的確沒有更好的辦法。」顧瑾瑜繼續穿針走線，不以為然道：「我跟姨娘相識一場，也算是緣分，若是姨娘有什麼地方需要我幫忙的，儘管開口便是。」

「後天府裡要辦遊園會，聽說老爺還給齊王殿下下了帖子呢！」三姨娘眼珠轉了轉，壓低聲音道：「那天人多，奴家想，應該不會有人注意到奴家，奴家打算遊園會那天動身離府。」

顧廷西是個喜新厭舊的人，府裡丟了個姨娘，怕是不會在意。

「遊園會？」顧瑾瑜頓感意外。「我怎麼不知道？」還給齊王下了帖子？顧廷西到底在搞什麼鬼？

「三姑娘不常去盛桐院走動，當然不知道了。」三姨娘環顧左右，壓低聲音道：「聽說老爺從莊子裡拉了許多紅梅過來裝飾園子，下人們都說，老爺這麼做是為了盡快官復原職，現在園子裡早就忙起來，連奴家屋裡的兩個丫鬟，都被蘇嬤嬤喊到園子裡幹活去了呢！」

「原來如此。」顧瑾瑜心情複雜地看了看窗外，起身走到梳妝檯前，取出一個小巧的紅木匣子推到她面前。「這裡有些碎銀和首飾，姨娘拿著路上用吧！」

三姨娘千恩萬謝地走了。

第五十六章　美人初妝

遊園會這天，慕容朔果然如期而至，只不過，跟他一同前來的還有沈家姊妹。

顧瑾瑚熱情地拉著沈家姊妹去園子裡賞梅，顧瑾華已經出嫁，大房那邊就她自己，她就是吵架也找不到人吵，總覺孤單，看見沈家姊妹，顯得格外親切。更重要的是，她們在一起還能互相詆毀顧瑾瑜。

沈亦晴的心思並不在賞花上，眼角瞥見慕容朔只帶了一個隨從站在一株紅梅下若有所思的樣子，便提起裙襬，盈盈走過去，嬌聲道：「齊王表哥，在看什麼呢？」

男子一身錦衣直裰，挺拔修長，天生自帶上位者的威嚴，卻偏偏待人溫和儒雅，讓少女心動不已。

「沒什麼，本王只是覺得這株紅梅生得很是別致。」慕容朔上前親手折下一枝紅梅，拿在手裡端詳了一番，眉眼含笑道：「聽聞顧三姑娘畫功了得，還在詩畫社得了魁甲，如此才名，不拜訪一下，豈不是可惜？本王這就去跟她討一幅紅梅圖。」

沈亦晴極力掩飾住心裡的不快，笑道：「對的，三表妹的畫功的確了得，也不知道為何遲遲不出來相見，不如我陪齊王表哥去找她吧？」

「好，那就一起去。」慕容朔一反常態，很爽快地應道。

沈亦晴眼睛一亮，亦步亦趨地跟了過去。

花木疏影間，一個小丫鬟見兩人朝清風苑走去，一溜煙跑到盛桐院去報信。

喬氏聞言，意味深長道：「務必照顧好三姑娘，若是出了什麼差錯，我拿妳是問。」

「是。」小丫鬟盈盈退下。

「夫人，奴婢聽說齊王並非好色之人，萬一他瞧不上三姑娘……」蘇嬤嬤覺得這事不好說。

「放心，我和老爺都打聽清楚了。」喬氏胸有成竹道：「齊王雖然不好色，但他對三丫頭卻很欣賞，只要今天的事情成了，老爺官復原職就有希望了！」

蘇嬤嬤恍然大悟。

顧瑾瑜對慕容朔和沈亦晴的到來並不感到意外，彼此見禮後，便客套地請他們去正廳喝茶。

「府裡梅花猶如美人初妝，讓本王一見傾心。」慕容朔半認真、半開玩笑地看了看顧瑾瑜，順手把手裡的紅梅插在白底青釉藍花花瓶裡，笑道：「聽聞顧三姑娘是丹青妙手，還是程大才子拍案定奪的魁甲，本王想厚顏求一幅紅梅圖，還望姑娘不吝賜教。」

「三表妹，那我就跟著沾齊王表哥的光，順便也求一幅，妳不會不答應吧？」沈亦晴笑得如沐春風，她心裡雖然不痛快，卻沒有傻到在這個時候跟顧瑾瑜過不去。

「好，那咱們去外面花園裡畫。」顧瑾瑜欣然應允。

日頭早已攀上樹梢，影影綽綽地傾瀉下來，花瓣上的露珠映著橙色的天光，閃著幽幽的光芒。沒有風，是個難得的好天氣。花園裡的紅梅錯落有致，開得如火如荼，別有一番風情。

慕容朔跟沈亦晴站在顧瑾瑜身邊，各懷心思地看她作畫。

顧瑾瑜畫得很認真，一枝一葉很快躍然於紙上，栩栩如生，墨香、花香隱隱而發，自成風流。

看著看著，慕容朔的目光便移到了顧瑾瑜身上。她披著一件粉白色金線暗紋斗篷，鬢間並無華麗珠翠，只是斜斜地別著一支白玉髮簪，一動，髮簪末端的流蘇便輕輕地顫，他的心也跟著顫起來，呼吸瞬間有些不暢。他母妃對她讚賞有加，還賜了鐲子給她，想必對她也是喜歡的，只是礙於太子孝期尚未滿一年，不便大張旗鼓地替他張羅罷了。不過規矩是死的，人是活的，憑他眼下的恩寵，若是進宮請旨賜婚，父皇不會不答應。

沈亦晴見慕容朔目光灼灼地看著顧瑾瑜，只覺得心口越發堵得慌。她跟他自小一起長大，是名副其實的青梅竹馬，先前他喜歡程嘉寧也就罷了，如今怎麼能對一個僅有數面之緣的六品主事的女兒如此動心？這個顧瑾瑜勾引男人的手段還真是了得，她恨不得上前狠狠抽她幾個耳光，以洩心頭之恨！

顧廷西遠遠走來。

慕容朔深深地看了一眼正專注作畫的女子，和顏悅色地迎了上去。「令千金丹青妙手，果然是名副其實的才女，本王心生敬佩。」

「齊王殿下謬讚！」顧廷西笑得一臉奴相，抱拳作揖道：「園子裡涼，下官已經在花房備好了熱茶，齊王殿下還是進去暖和暖和吧？待小女做完了畫，給殿下送過去便是。」待在這園子裡怎麼能生米煮成熟飯？這事他有經驗。

「如此也好。」慕容朔笑笑，轉身對顧瑾瑜道：「顧三姑娘，妳慢慢畫，本王去花房等妳。」

顧瑾瑜停筆，微微屈膝。

待慕容朔遠去，沈亦晴才冷冷開口道：「差不多得了，小心聰明反被聰明誤！別以為我不知道你們這個所謂的遊園會，是為了求我齊王表哥幫妳父親官復原職！」

「既然沈大小姐都能看出此計，那只能說明齊王殿下是心甘情願的。」顧瑾瑜不看她，繼續畫畫，淡淡道：「沈大小姐適才為何不直接跟齊王殿下挑明這一切？如此一來，顯得沈大小姐聰慧無雙，日後也能順利嫁入齊王府。」

「妳諷刺我？」沈亦晴上前一步，猛地抓起她的手腕，恨恨道：「顧瑾瑜，我真不明白，世上怎麼會有妳這樣卑鄙無恥之人？為了上位，竟然不擇手段地勾引男人，我真是替妳害臊，妳怎麼不去死？」

「我諷刺妳不假，但該死的從來都不是我。」顧瑾瑜神色一冷，伸出另一隻手輕輕拍了一下沈亦晴的肩膀。

沈亦晴只覺得肩膀處一陣發麻，忙鬆開她的手，驚悚地後退幾步。「妳、妳對我做了什麼？」

「沒做什麼。」顧瑾瑜嫌棄地掏出手帕擦了擦手，面無表情道：「我只是警告妳，任何時候都不要對我出言不遜，我不欠沈大小姐的金，也不欠沈大小姐的銀，妳沒有資格對我指手畫腳。」

「可是妳勾引我齊王表哥，妳就是個賤人！」沈亦晴氣急敗壞道：「妳以為妳懂點醫術就了不起嗎？信不信我動動手指就能讓妳死無葬身之地！」

啪！話音未落，沈亦晴臉上便結結實實地挨了一巴掌，火辣辣地痛。

她捂著臉，瘋了一樣地朝顧瑾瑜撲過去。「妳敢打我？我跟妳拚了！」

阿桃一個箭步衝上前抓住沈亦晴，猛地一推。

沈亦晴一個踉蹌沒有站穩，差點摔倒，氣得跺腳道：「妳們！妳們欺人太甚！」

「是妳先動手的！」阿桃惱火道。怎麼堂堂侯府大小姐還動手打人啊？

「看來沈大小姐的記性當真是差，我剛剛說的話，眨眼就忘記了嗎？」顧瑾瑜輕輕抬手拍了她一下。

沈亦晴瞬間一動也不能動，臉脹得通紅，怒吼道：「顧瑾瑜！妳到底想怎麼樣？」

「先動手的是沈大小姐妳，眼下卻來問我想怎麼樣？」顧瑾瑜拍拍手，雲淡風輕地繼續作畫。「沈大小姐這反咬一口的性子，還真是讓我刮目相看啊！」

「妳、妳放開我！」沈亦晴動也動不了，只得服軟。「我錯了，我跟妳道歉。」好漢不吃眼前虧，這筆帳她定會加倍向顧瑾瑜討回來的！她忘了顧瑾瑜是懂醫術的，若是再乘機給她下點藥，那她豈不是虧大了？

「道歉就不必了，因為我不接受。」顧瑾瑜慢條斯理地畫完最後一筆，命阿桃收起畫，拿回清風苑裱起來。

阿桃看了看沈亦晴，有些遲疑，若是她走了，沒人保護主子怎麼辦？

「放心，我不會有事的。」顧瑾瑜裹緊身上的斗篷，淡淡道：「沈大小姐終究是名門淑女，她知道自己應該怎麼做。」

阿桃這才拿著畫，放心地退下。

「顧瑾瑜，妳到底想怎樣？」沈亦晴心裡很膽顫，嘴上卻威脅道：「我若是在妳府裡有個三長兩短，忠義侯府是不會放過妳的！」

「沈大小姐放心，我不會對妳怎麼樣，因為我並不喜歡妳的齊王表哥，所以妳根本不值得我動什麼心思。」顧瑾瑜盈盈走到她面前，抬手解了她的穴道，望著她熟悉而又陌生的臉，往事一幕幕湧上心頭。

前世沈亦晴到程家作客，明明是沈亦晴失手打碎了祖母裴氏的白玉花瓶，卻硬是推到她身上，害得她被蘇氏罰跪在祠堂一個時辰；還有一次長姊程嘉儀得了一匹棗紅小馬，沈亦晴討要不成，便悄悄下手餵了那馬毒藥後，又異常熱情地拉她一起去餵馬，結果那馬當天毒性發作死了，讓她百口莫辯。儘管後來此事不了了之，但程家人卻心照不宣地認為是她害死了長姊的小馬。

總之這樣的事情層出不窮，每次都會推到她身上，讓她每每看見沈亦晴，都會異常警覺。那時她身子孱弱，自顧不暇，也沒有多少精力對付這個惡毒的表姊，但是如今不一樣了，她絕對不會再受沈亦晴的欺凌。

沈亦晴被顧瑾瑜瞧得心驚膽戰，卻再也不敢碰她，氣呼呼地轉身就走。齊王表哥風度翩翩，溫潤如玉，她竟然說她不喜歡？騙誰呢？

「我知道沈大小姐愛慕齊王殿下已久，卻始終得不到齊王殿下的回應。」顧瑾瑜望著她的背影，直言道：「當然，這是你們之間的事情，跟我是沒有半點關係的，只不過為了證實我的清白，我倒是可以幫妳一把，讓妳順利嫁入齊王府。」從得知慕容朔也來參加遊園會的那一刻，她就猜到是怎麼回事，如此蹩腳的計謀，還想逼她就範？呵呵，顧二爺和喬氏，一個色狼，一個蠢婦，果然不太聰明！

「妳會那麼好心？」沈亦晴停下腳步，滿臉警戒地看著她。上次自己慫恿沈亦瀾把她推到楚王世子馬下，害她差點喪命不說，還敗壞了她的名聲，難道她就一點都不計較？

「汝之蜜糖，吾之砒霜，眼下我急於擺脫他，而妳卻想嫁給他，我這樣做，也是為了我自己。」顧瑾瑜扯過一枝紅梅，放在眼前細細端詳道：「如此一來，妳得到妳想要的，我也保全了我自己，一舉兩得，何樂而不為？退一步說，便是妳不答應，我也有辦法脫身，只不過沈大小姐能不能達成心願，還得看以後的運氣了。」

慕容朔是個什麼人，她比誰都清楚，不過是頭披著羊皮的狼罷了；而沈亦晴也不是什麼良善之輩，兩人豺狼配虎豹，倒也般配。

沈亦晴心裡猛地一動，轉身走到她面前問道：「妳什麼意思？」

「妳雖然是忠義侯嫡女，但跟齊王殿下相比，妳終究是高攀了他，所以這件事情，妳得主動點。」顧瑾瑜坦然道：「若妳信我，就聽從我的安排，讓妳跟齊王殿下生米煮成熟飯，因為只有這麼做，妳才有嫁入齊王府的可能。」

「我、我堂堂忠義侯嫡女，怎麼會做出無媒苟合的事情！妳、妳……」沈亦晴簡直不敢相信自己的耳朵，憤然道：「妳也是閨閣女子，竟好意思說出口？」

「好吧，就當我沒說過。」顧瑾瑜冷笑，轉身就走。

「妳、妳等等……」沈亦晴忙喊住她，咬牙道：「若是齊王表哥依然不肯娶我，那我豈不是得不償失……」除此之外，她也沒有更好的辦法能順利嫁入齊王府。

「若是沈大小姐對自己如此沒有信心，那就算了。」顧瑾瑜停下腳步，冷冷道：「聽說西裕大皇子不日進京，到時候若是皇上動了跟西裕聯姻的念頭，說不定妳的齊王表哥就成了西裕的駙馬，到時候妳就真的沒有希望了。」

「……好，我聽妳的！」沈亦晴索性心一橫，應了下來；若她真的委身於他，貴妃娘娘絕對不會委屈了她，定會請旨給他們賜婚的。

用過午膳，喬氏便領著眾人去慈寧堂。

太夫人對二房操辦遊園會，只當是顧廷西為了官復原職才大張旗鼓地邀請齊王殿下，心裡雖然覺得這樣做實在是太明顯，但既然齊王殿下賞臉，沈家姊妹也來了，她便不好再說什麼。閒聊了一番，太夫人有些疲憊，便吩咐池嬤嬤留下陪著眾人說話，自己則進了裡屋歇息。

太夫人一走，喬氏便提議去慈寧堂的花廳作畫吟詩，還自擬了題目《雪中探梅》。

花廳裡也有兩株紅梅開得如火如荼，映紅了姑娘們的俏臉。

「母親說笑了，外面陽光甚好，根本沒有下雪嘛！」顧瑾萱捂嘴笑道：「依我看，應該是《園中探梅》才是！」

姑娘們又是一陣鬨堂大笑。

「反正是畫梅花便是。」顧瑾玥取了畫板，命人磨墨，精神抖擻地開始作畫，她的畫功雖然比不上顧瑾瑜，但自認比在座的其他人要強多了。

顧瑾萱也不甘示弱，挽挽袖子靠前。

沈亦晴有心事，沒有心思作畫，推說身子不適，自顧自地坐在那裡喝茶。

沈亦瀾並不知道嫡姊的心事，只當她是真的不舒服，頓覺自己責任重大，不能讓顧家的姑娘們小瞧了她們姊妹。左挑右選找了個好位置後，沈亦瀾異常專注地打開畫板，開始揮毫。

顧瑾瑜也像模像樣地親自磨墨，心裡默數著「一、二」，果然剛剛數到「三」的時候，喬氏異常溫柔的聲音便傳了過來。

「對了三丫頭，妳前晌不是給齊王殿下畫了一幅畫嗎？趕緊給齊王殿下送過去吧，都這個時辰了，齊王殿下也該回去了。」

慕容朔被顧廷西留在盛桐院正廳喝酒，按照兩人事先的約定，這個時候，慕容朔已經微醺，正在客房小憩，顧瑾瑜過去送畫，孤男寡女的，若是不發生點什麼，顧廷西不相信。

如此一來，一切便都順理成章了。

顧廷西官復原職，或者連升三級。

四姑娘的身價也跟著水漲船高。

從此顧家也算攀上了齊王府。

一舉三得，他們二房未來簡直是一片光明！

「幸虧夫人提醒，我差點忘了。」顧瑾瑜笑笑，盈盈出了花廳。

阿桃也亦步亦趨地跟了出去，剛出門口，就被喬氏及時喊住。

「阿桃，妳去盛桐院跑個腿，跟蘇嬤嬤說，讓她把茶莊剛送來的明前龍井送過來，給姑娘們嚐嚐。」

阿桃有些遲疑。

顧瑾瑜淡淡道：「去吧，別耽誤了姑娘們喝茶。」

阿桃點點頭，大步走出慈寧堂，去了盛桐院。

顧瑾瑜慢騰騰地走在路上，果然，沈亦晴很快追了上來。

沈亦晴不放心地看著顧瑾瑜。「咱們該怎麼辦？」她還是不放心顧瑾瑜，總覺得她是在敷衍自己。

顧瑾瑜不說話，自顧自地往前走。

沈亦晴雖然惱火，卻也不敢對她怎麼樣，只得緊緊跟在她後面。

兩人一前一後回了清風苑。

顧瑾瑜把裝裱好的畫和她身上披的斗篷遞給她，不動聲色道：「去吧！」像顧廷西這樣齷齪的人，只能想出如此齷齪的計策來，為了保住自己的官位，賣女求榮的事情都做得出來，也不怕天打雷劈。

沈亦晴會意，粉臉通紅，猶豫道：「除此之外，沒有別的辦法了嗎？若是我齊王表哥遷怒於我，該如何是好？」

就算她穿了顧瑾瑜的衣裳，齊王表哥也沒瞎，還是能認出來的啊！那她豈不是自取其辱？

顧瑾瑜想到之前種種，眸光漸冷。「那只能說明妳跟妳的齊王表哥是真的半點緣分也沒有，從此以後就只能認命。」她當然不會告訴沈亦晴，她的這件斗篷剛剛熏了藥，她不信慕容朔能抵抗得了。

沈亦晴咬咬牙，披上斗篷，抱著畫就去了盛桐院。

第五十七章　生米煮成熟飯

門是虛掩著的，外面也無人把守。

屋子裡熏著香，很是幽暗，慕容朔正躺在床上歇息，聽到腳步聲，便翻過身，佯裝睡去。他知道她有醫術在身，擔心自己遭了她的暗算，便在香裡動了些手腳，放了些媚藥，省得她一反抗，敗壞了他的興致。

沈亦晴低著頭，走了進去，見慕容朔正和衣躺在床上，不禁心如小鹿亂撞，把手裡的畫放在几案上，紅著臉走過去，輕聲喚道：「齊王表哥。」

她的聲音有些低，落在慕容朔耳朵裡，便成了「齊王殿下」。看到那抹粉白色的影子，他起身一把將她拉進懷裡，一個翻身把人壓在身下，喘著粗氣道：「顧三姑娘，本王早就對妳一見傾心，今日在此相見，妳我果然有緣。」說著，他長臂一伸，一把扯開她的斗篷，不由分說地吻了下去，大手探進她的衣裳裡，幾近瘋狂地揉搓著她胸前的柔軟，亢奮得有些暈眩。他有妾室、有通房丫鬟，卻從來沒像此刻這樣渴望女人，渴望那種難言的銷魂。

「唔……」沈亦晴被吻得七葷八素的，心裡既興奮又糾結，興奮的是她作夢也想不到跟自己心儀已久的男人親熱的感覺是如此美妙；糾結的是她初經人事，他又如此粗魯，她擔心他傷了她，又想著本來應該在洞房花燭夜做的事情，就這樣草草做了，他以後會不會輕視她？不容她多想，她只覺得胸口一涼，身上的衣衫便全都被他扔到了地上，接著身上的男人喘息著，急急地脫著身上的衣裳，在她上方露出赤裸的胸肌。男人濃烈的氣息層層疊疊地包裹著她，她心裡一陣蕩漾，嬌滴滴地環住他的腰身，面紅耳赤道：「齊王表哥，我們終於在一起了……」

「妳、妳……怎麼是妳？」慾火中燒的慕容朔突然有種見鬼的感覺，躺在他身下的，不應該是顧家三姑娘嗎？怎麼突然變成了沈亦晴？他強忍著身下叫囂的慾望，從她身上翻下來，低吼道：「穿上衣裳，快走！」他不喜歡這個女人，一點也不喜歡，就算脫光了衣裳，他也不想碰她！

沈亦晴身上早已未著寸縷，從未被男人碰過的身子突然變得躁熱無比，之前所有的糾結和不安也隨之消失，這一刻，她只想跟他在一起，索性緊緊地抱住了他，主動攀上了他的腰身，喃喃道：「齊王表哥，你、你要了我吧……」

「妳、妳放開本王……妳會後悔的……」慕容朔心裡雖然排斥她，但終究還是抗拒不了身體的躁熱，低吼一聲，再次把人壓在身下……

慈寧堂那邊。

顧瑾瑜前腳剛走，喬氏後腳便悄悄出了慈寧堂，約了沈氏和何氏出來透透氣，難得親熱地讓兩人挑幾棵紅梅抬回自己院子，笑著解釋道：「這些梅花終究還是要送回莊子上，妳們挑幾棵放在院子裡喜慶喜慶吧！」

「好不容易抬過來了，怎麼還要送回去呢？」何氏不解地問道。

「弟妹有所不知，越到過年，這些紅梅就賣得越好，府裡哪能留這麼多紅梅？」顧廷東近來回心轉意，沈氏也跟著容光煥發，遂好脾氣地解釋道：「妳是不當家不知柴米貴，到了冬天，莊子上就指著賣些花木得些進項呢！」

「原來如此！」何氏恍然大悟，笑道：「那我可得好好挑兩棵！」

喬氏耐心地陪著兩人挑選。

三人選好了梅樹，吩咐下人抬回去，喬氏便熱心地邀請兩人去盛桐院歇腳。

院子裡空無一人，連顧廷西也不知去向，喬氏會意，繼續領著兩人往裡走，突然正廳旁邊的書房裡若有若無地傳出異樣的聲音，有男子粗重的喘息，還有女子低低的呻吟……

她們都是過來人，一聽這聲音，紛紛老臉通紅。

喬氏忙拽著兩人閃身進了正廳，裝模作樣地撫著胸口，假意慌亂道：「我剛剛想起來了，齊王殿下在書房歇息，三姑娘來送畫，莫非是他們……」

「不會吧？」何氏大驚，急急道：「三姑娘不是那樣的人！」

「若不是三姑娘，還能有誰？」沈氏臉一沈，迅速道：「除了三姑娘，其他人都在慈寧堂作畫呢！」要她說，三姑娘攀上了齊王殿下也不錯，最起碼，顧廷西官復原職有希望了，也就不用她跟伯爺絞盡腦汁地幫他謀算。想到這些，她心裡才猛然醒悟，原來二房如此大張旗鼓地舉辦遊園會，就是為了這一齣！怪不得喬氏今日如此熱情，又是邀她們散步，又是選花的，哼，果然是沒安什麼好心！

「唉，三姑娘尚在閨中，出了這樣的事情，該如何是好？」喬氏掏出手帕子，拭了拭眼角，低泣道：「若是別的男人，我這個當母親的早就進去拚一拚了，可偏偏是齊王殿下，打不得、罵不得，若是他來個事後不認帳，可如何是好？後娘難做，如今我做什麼都是錯的。」

「此事由不得他不認。」沈氏也有心促成此事，遂吩咐元嬤嬤。「侯爺今日休沐，這個時候肯定在聚福園茶樓喝茶，妳過去把他叫來，就說讓他過來挑幾株梅花帶回府裡。」她兄沈乾最喜歡梅花，年年都要去莊子親自挑選幾株梅樹帶回去，她篤定他會來。

元嬤嬤應聲退下。

或許是藥效太烈，兩人纏綿了許久才偃旗息鼓地停下來。

沈亦晴雖說心裡願意，但終究是未出閣的姑娘，歡愛過後，便是無盡的羞愧和難堪，忍不住擁著被子低泣，腦子裡也是一片空白。她不知道該怎麼做、該說什麼，只是不停掉眼淚。

慕容朔也很快冷靜下來，他無比懊惱地看了沈亦晴一眼，沒好氣地問道：「誰讓妳來的？」不是應該顧三姑娘過來送畫嗎？她來幹什麼？

沈亦晴眼淚汪汪地抬頭看著他，抽噎道：「是、是我自己要來給表哥送畫的。」她又不傻，自然不會說是顧瑾瑜的主意，否則，齊王表哥會更討厭她的。

慕容朔鐵青著臉，一言不發地起身穿衣。「起來吧，本王會進宮請旨，擇日娶妳過門的。」權宜之計，也只能這樣了，要不然，忠義侯府是不會善罷甘休的。

沈亦晴忙擦了擦眼淚，用力地點著頭，心花怒放。想到適才兩人的恩愛纏綿，她又倏地紅了臉，她就這樣、就這樣成了他的女人……

慕容朔穿好衣裳，表情陰沈地出門。一抬頭，愣住了，院子裡竟然站了一群人；更讓他尷尬的是，除了顧家三位夫人，忠義侯爺沈乾也在。誰能告訴他，這到底是怎麼回事？難道沈乾這麼快就知道消息，來找他算帳？不對啊，那這群女人是怎麼回事？

「齊王殿下，這麼巧？」縱然是面對自己的外甥，沈乾也覺得尷尬。他來得晚，但也聽到了一、兩聲異樣的聲音，尤其這是在顧家，就這樣大剌剌地跟人家的女兒無媒苟合，也太不應該了。

慕容朔握拳輕咳。「姨父怎麼到這裡來了？」心裡頓覺懊惱無比，這樣私密的事情，難道顧廷西不應該替他把風，好好看著人嗎？不對，那廝應該早就走了，否則，怎麼會進錯了人也不知道？看來，他也只能是個六品主事……不，他連六品主事也不配做！

「我、我路過。」沈乾不動聲色地瞧了瞧沈氏，轉身往外走。「我去外面等你。」

堂堂皇子酒後寵幸了人家府裡的女兒，雖然不妥，倒也不是什麼大事。

待兩人出了門，慕容朔才站住，劍眉微挑，抱拳作揖道：「此事終究是本王的錯，是本王對不住姨父，還望姨父見諒，本王會負責，也會擇日迎娶表妹。」不管怎麼說，終究是他無媒無聘地睡了人家女兒，總得跟人家說一聲才是。

沈乾一頭霧水，屋裡的人不是顧家的姑娘嗎？又不是他的女兒，跟他道什麼歉？難不成齊王擔心被顧家訛上，想讓他出面幫忙擺平此事？他剛想說什麼，卻突然聽到身後傳來沈氏一聲驚呼——

「晴、晴丫頭?!怎麼會是妳?」

「啊!沈大小姐?」喬氏和何氏也驚訝出聲。

沈乾難以置信地看了慕容朔一眼,腦袋嗡地一聲響,轉身往回走,大步進了書房,見沈亦晴衣衫不整地坐在床上掉眼淚,不由得火冒三丈,上去就是一個耳光。「妳個不知廉恥的東西!妳怎麼有臉活著?」

「大哥,別打了!」沈氏忙上前拽著沈乾,帶著哭腔道:「晴丫頭肯定是被人陷害的啊!」

喬氏和何氏則直接愣住了。天啊!這、這到底是怎麼回事啊?

「妳給我滾!」沈乾甩手給了沈氏一個耳光,怒道:「晴丫頭明明是來你們府裡作客,卻出了這等丟人現眼的事情,妳第一個就逃脫不了干係!我說妳怎麼突然熱心地喊我過來,敢情是設下這個圈套來羞辱我?這些年,我到底哪點對不起妳,妳竟然如此待我?」

「大哥,我是真的不知道啊!」沈氏捂著通紅的臉,羞憤道:「晴丫頭怎麼說也是我的親姪女,我待她猶如親生女兒一樣,怎麼會加害於她?若說我有這個心思,就讓我天打五雷轟,不得好死!」說著,上前一把抱住沈亦晴,泣道:「晴丫頭,妳跟妳爹說,到底是怎麼回事?是誰暗算了妳?妳怎麼會出現在這裡啊?」

「我、我是來給齊王表哥送畫的。」沈亦晴捂著臉,低泣道:「我一進來,齊王表哥就抱住了我,我、我也不知道怎麼回事,嚶嚶嚶……」

「送什麼畫？妳給我好好說清楚！」沈乾猛地轉頭瞪著喬氏。此事他定要查個水落石出，事情既然發生在盛桐院，那肯定跟二房有關係，若是被他查到了，他是不會善罷甘休的！

看到沈乾幾近噴火的目光，喬氏心裡咯噔一聲，嚇得兩腿打顫。

沈乾是武將，性情向來暴躁，若是也給她一個巴掌，那她豈不是要吃虧？想到這裡，她訕訕地笑笑，趁沈乾不注意，撒腿就跑了出去，哪知，她剛跑到門口，便跟顧廷西撲了個滿懷。

顧廷西一把扶住她，眼帶喜色道：「成了？」適才他喝多了些，去隔壁睡了一覺。如今見院子裡有了動靜，便立刻過來看看。

「老爺，咱們怕是攤上事了，屋裡的不是三丫頭，而是沈大小姐！」喬氏忙拽著他，苦著臉道：「侯爺正在屋裡發火，咱們趕緊想想辦法吧！」

「什麼？是沈大小姐？」顧廷西一聽，差點暈倒。這到底怎麼回事啊？他明明看見三丫頭進去的啊！

「今日遊園會，齊王表哥聽說顧三姑娘畫畫得好，便跟她討要了一幅，我也跟著要了一幅。」沈亦晴低低泣道：「顧三姑娘裱好了畫，我瞧著兩幅都好看，便想著拿來讓齊王表哥挑選一幅，哪知，我一進門，齊王表哥他、他就……」當著父親和姑母的面，她自然不好意思再說下去，索性掩面大哭。她之所以不敢把顧瑾瑜扯進來，是擔心顧瑾瑜翻臉把她賣了，若慕容朔知道她有備而來，說不定會惱她一輩子。

沈乾越聽越惱火，一轉頭見顧廷西走了進來，一個箭步衝上去，揪住他的衣襟，對著他的臉就是一拳，怒吼道：「你們都是死人嗎？眼看著我女兒吃虧，卻大氣不敢出，分明是故意的！」想到他們二房的人，幸災樂禍地圍在書房外面聽他女兒的房，他殺人的心都有了！

顧廷西被揍得直叫。

「別打了、別打了！」喬氏嚇得直哭。

屋裡頓時亂成一團。

何氏臉色蒼白地跑了出去，跌跌撞撞地跑去慈寧堂報信。

太夫人得知事情的來龍去脈，早已無力生氣，扶額道：「若是不嫌丟人，就由他們鬧去，此事就是鬧上天，也跟我顧家沒有半點關係。」反正又不是顧家的姑娘，她懶得管。

至於二房那兩口子……算了，沈乾已經揍了顧廷西，她不想再過問了，索性裝糊塗了事；反正三丫頭今非昔比，不會讓他們算計了去。

顧瑾瑜正偎依在太夫人身邊，一臉無辜地吃柑橘，聽何氏說了半天，嘴角揚了揚，一句話也沒說。沈亦晴總算如願，真是可喜可賀啊！

沈乾暴揍了顧廷西一頓，稍稍解了氣，從建平伯府出去後，便找到慕容朔，直接進宮找程貴妃商議此事。程貴妃見生米已成熟飯，也不好再說什麼，只得點頭應允，領著兩人去見孝慶帝。

孝慶帝早就有意跟沈家聯姻，當下便同意了兩人的婚事。

第二天，便下了旨意，定下了慕容朔跟沈亦晴的親事，婚期定在來年四月，太子除服的第二天，以正妃之禮迎娶。

顧瑾瑜站在窗前望著院子裡依然開得如火如荼的紅梅，心裡很是快意。沈亦晴不知道的是，慕容朔之所以厭惡她，是因為她當初陷害程嘉寧的那些下作手段，全都被慕容朔看破，故而在慕容朔心目中，沈亦晴一直都不是什麼好東西。

如今，他最討厭的人卻成了他的枕邊人，沈亦晴有多歡喜，慕容朔就有多噁心。

記得之前慕容朔說過，對付最恨的人，並不是一棒子把他打死，而是先讓他感到生不如死，再慢慢弄死他。這輩子就讓慕容朔嚐嚐，什麼是生不如死。

顧廷西被揍得不輕，鼻青臉腫地躺在床上哼哼。

喬氏和大姨娘、二姨娘紛紛坐在他床邊掉眼淚，一屋子鶯鶯燕燕圍著他，這讓顧廷西很是受用。

眾人這才驚奇地發現，三姨娘一直沒露面。

喬氏忙吩咐蘇嬤嬤去蓮香院傳三姨娘過來伺候。

蘇嬤嬤去而復返，臉色蒼白地進來稟報道：「蓮香院的丫鬟、婆子們說，三姨娘昨晚根本沒回來過！」

「什麼，竟有這等事？」喬氏吃驚道：「她晚上沒回屋，怎麼沒人過來稟報？」這個賤人，竟然敢一晚上不回來，不想活了嗎？

「昨天那麼亂，哪裡顧得上蓮香院那邊。」蘇嬤嬤這才想起，是有個蓮香院的小丫鬟慌裡慌張地問她看沒看到三姨娘，說三姨娘不見了，當時顧廷西被揍，場面異常混亂，她的確沒放在心上，反而訓斥了那個小丫鬟幾句，之後便再也沒人敢過來說三姨娘的事了。

「若是她敢回來，就亂棍打死！」顧廷西第一個反應是他被戴了綠帽子，氣得渾身直哆嗦。那個賤人，肯定是跑了，要不然怎麼會不過來照顧他？真是個薄情寡義的賤人！

「老爺，我看咱們還是報官吧？」二姨娘提議道：「就說府裡姨娘趁亂偷了銀子跑了。」她恨透了三姨娘，不介意再踩上一腳。

「閉嘴！報什麼官？妳以為這是好事啊？」喬氏瞪了二姨娘一眼，訓斥道：「都給我把嘴巴閉緊了，若是有人問起，就說她家裡出了事，回家了！」那個賤人最好永遠都不要回來。

「派人去找，務必把她給我找回來，打死！」顧廷西恨得牙癢癢的，他一動怒，臉上便火辣辣地疼，齜牙咧嘴地顫聲道：「快去把三丫頭給我叫過來，讓她好好給我瞧瞧！」

觀言道是，一溜煙去了清風苑。

顧瑾瑜正在看書，看都沒看他，直截了當地說道：「不去。」

顧廷西挨揍是活該，還妄想讓她去給他看傷？作夢啊！

「三姑娘，二老爺總是您的父親啊！」觀言眨眨眼睛，上前陪著笑臉。他一定是聽錯了，自家女兒就是大夫，難道當父親的還請不動？

「阿桃，送他出去。」顧瑾瑜依然沒有抬頭。

「你，出去。」阿桃指著門外。

「三姑娘，小人也是奉命行事，您看……」觀言愣住了，真不去啊？

阿桃臉一黑，上前扛起他，大步出了門，往外一扔。「說了不去就不去，你真囉嗦。」

觀言被摔得眼冒金星，不敢再說什麼，抱頭鼠竄。

「孽障！孽障！」顧廷西得知顧瑾瑜拒絕給他看傷，差點氣暈，咬牙切齒道：「等我好了，我非打死那個丫頭！就當我沒生過這個女兒好了！」

喬氏嘴角扯了扯，沒有吱聲。如今三姑娘翅膀硬了，誰打死誰還說不定呢！

三姨娘失蹤的消息，很快傳到了慈寧堂。

太夫人淡淡道：「這樣的事情不能大張旗鼓地報官，自家悄悄找找就是，若實在找不到，也就算了，反正她沒留下子嗣，回不回來，也沒什麼關係。」

池嬤嬤道是。

徐扶領著府裡的家丁，興師動眾地尋了五日，也沒找到三姨娘的人影，反而鬧得全城皆知。顧家丟了姨娘的事情，很快傳得沸沸揚揚，大家紛紛笑話顧廷西戴了綠帽子。

顧廷西氣得直捶地，怒吼道：「別找了，都別找了！就當她死了吧！」

「姑娘，您說三姨娘跑到哪裡去了？」綠蘿神秘兮兮道：「該不會也跑到燕王那裡去了吧？」燕王雖然好色多情，但聽說他對身邊的女人都不錯，據說那個麗娘在燕王府很是得寵呢！

「瞎說什麼呢！」顧瑾瑜正在看書，推敲著給谷清的方子，聽綠蘿這樣說，白了她一眼。「妳以為燕王府是誰都能進的？沈家那邊怎麼樣了？」

「聽說沈大小姐病倒了，還驚動了程院使去給她看病呢！」綠蘿有板有眼道：「沈大小姐跟齊王殿下的事情，雖然沒有傳揚開來，但大家也都猜得八九不離十，只不過礙於皇威，不敢說什麼罷了。」

顧瑾瑜微微一笑，再沒吱聲。這下沈亦晴算是徹底老實了，想必在出嫁前，再也不會露面了。

「姑娘，楚侍衛又來了，說是世子邀您去烏鎮見一個人。」阿桃大步走進來道：「您去還是不去？」

顧瑾瑜這才想起，之前楚雲霆曾約她去烏鎮看望谷清。她去慈寧堂跟太夫人說了一聲，便帶著阿桃出門。

第五十八章 烏鎮

楚雲霆正倚在車廂看書，見她進來，往裡挪了挪地方，不想阿桃卻一屁股坐了下來。

阿桃拍拍身邊的軟榻，招呼道：「姑娘，快過來坐！」

「……」楚雲霆無言，這丫鬟還真是沒有眼力啊！

顧瑾瑜並沒覺得有什麼不妥，心安理得地挨著阿桃坐下。

楚雲霆收起書，轉頭看了看她，問道：「最近沒發生什麼事情吧？」

其實他也聽說了齊王跟沈家大小姐的事情，第一反應就是她有沒有牽扯其中？好在暗衛稟報說，她除了跟沈大小姐有過口角之爭，齊王的事情多少參與了些，但最終還是全身而退。

他想聽聽她是怎麼說的。

「京城若是有什麼事情，哪裡能逃過五城兵馬司的耳目？」顧瑾瑜淺笑道：「所以在楚王世子面前，我就不班門弄斧了，世子一定知道得比我多。」慕容朔跟沈亦晴之間的隱情，她自然不能跟他細說，不管怎麼說，她也是推波助瀾的那個，出了餿主意，如此不光彩的角色，她還是閉嘴得好。

「這倒也是。」楚雲霆點點頭，表示贊同。小姑娘今天看上去心情不錯，唇邊還噙著笑意，嬌豔欲滴的唇瓣異常水嫩，看得他怦然心動，只不過他和她中間隔著一個胖胖的阿桃，讓他頗有些山高路遠的感覺。

兩人各懷心思，一路無言。

一個時辰後，馬車便到了烏鎮。

烏鎮四面環山，說是鄉鎮，其實就是一道狹長而又平坦的山谷，遠遠看去，鎮子上方籠罩著一層薄薄的霧氣，宛若仙境。

山上、路旁，全都栽滿了果樹。

時值隆冬，枝頭依然長著數不清的果子，紅的、綠的、黃的，掩映在微微發黃的葉子裡，顫顫巍巍地壓彎了枝頭，果香四溢，絲絲淡淡的甘甜芬芳在半空緩緩瀰漫。

「姑娘，快看，果子！」阿桃大驚小怪地晃著顧瑾瑜，驚喜道：「那是黃金梨！那是大紅棗！姑娘，奴婢從來沒見過冬天還結果子的，這都是仙果吧？」

顧瑾瑜淺笑道：「烏鎮是溫泉鎮，這裡四季如春，沒有冬天，所以時時都會有果子吃。」

只不過，烏鎮大部分被圈成了皇莊，剩下的一些地御賜給了京城有名望的世家勛貴們，果子太多吃不完，大家便拿出來賣，故而京城大戶人家也常常派人到這裡來買果子，大家對烏鎮並不陌生。

阿桃恍然大悟。

楚雲霆靜靜地聽著主僕兩人說話，嘴角微翹。待會兒他就帶她去摘果子、看溫泉，只要她高興就好。

馬車沿著彎彎曲曲的山路，慢慢地駛進一個莊子。

有孩童蹦跳著過來追著馬車跑，不時發出陣陣爽朗的笑聲。

一群人站在村口翹首引領，看見馬車，紛紛抱拳作揖行禮，其中一個身穿黑衣的中年漢子，上前一步走到馬車面前，嚴肅道：「屬下恭迎世子，世子的宅院早就準備妥當，還請世子移駕前往。」

楚雲霆微微頷首，不動聲色道：「你們先退下，我後晌再找你們說話。」

「是。」中年漢子畢恭畢敬地領著眾人退下。

馬車繞過眾人，又走了一段路，才在莊子中間一處紅瓦宅子前面緩緩停了下來。

谷清早就等在那裡，看見兩人，神色異常激動地迎上來，長揖一禮。「世子、顧三姑娘，總算把你們給等來了！」

「谷大叔，您好些了嗎？」顧瑾瑜關切地問道。兩個月不見，谷清臉色紅潤，精神抖擻，跟之前那個黑瘦的獵戶全然不同，看樣子，他在這裡過得很是逍遙自在。

之前她聽楚九說過，谷清在烏鎮給楚王府看家護院，日子很是清閒。

「有勞姑娘掛念，一切安好。」谷清畢恭畢敬地走在前面，領著他們繞過影壁，穿過偌大的荷花池，約莫走了一盞茶的工夫，才進了正廳。池邊也栽滿了果樹，紅紅黃黃地掛滿了枝頭，很是養眼悅目。

院子打理得井井有條，很是乾淨。

正廳門前有兩棵棗樹，上面掛滿了瑪瑙般的果子，阿桃狠狠地嚥了口口水。

谷清會意，笑道：「阿桃姑娘來得正好，這樹上的棗子這幾天剛好熟了，不如幫我個忙，把這兩棵樹上的棗子都摘下來吧？」

阿桃看了看顧瑾瑜。

顧瑾瑜點頭應允。「去吧，小心點。」

阿桃歡快地應了一聲，自顧自地拿著麻袋，俐落地爬上樹。

楚九嚇了一跳，娘呀，這還是女人嗎？怎麼爬樹跟玩似地？正想著，耳邊嗖地一聲飛過一個暗器，他眼疾手快地伸手抓住，頭頂傳來阿桃格格的笑聲。

「快上來一起摘啊，有好多棗子！」

楚九看著手裡被他捏碎的棗子，頓感無語。他是個正經的侍衛好嗎？哪能跟一個女的在一棵樹上摘棗子？正想著，阿桃冷不丁又扔過來一把棗子。

「快接著啊，要不然都摔壞了！」

楚九無奈，只得去雜物房拿竹簍過來裝棗。

茶過三巡。

三人閒聊了幾句後，顧瑾瑜言歸正傳。「谷大叔，您最近是想起什麼了嗎？」

「我有時候會夢見皇宮，夢見給一個盛裝女子把脈，有時候則夢見被人追殺，一逃就是一個晚上。」谷清搖頭苦笑，鄭重道：「反反覆覆的，像是真的一樣。」

顧瑾瑜點點頭，凝神給他把脈，問道：「谷大叔您好好想想，您以前誤食過的毒草是不是毒菱草？」

「這個我倒是不記得了。」谷清搖搖頭，又道：「但說起毒菱草，我卻是知道的，若不慎服用，的確會讓人喪失記憶。」

顧瑾瑜微微頷首，這就對了。

坐在一邊的楚雲霆輕聲問道：「需要我做什麼嗎？」

顧瑾瑜還真的需要他幫忙，況且，這些對他來說，應該是小事一樁吧？「世子，我想要一隻癩蝦蟆和烏雞蛋，然後把烏雞蛋塞進癩蝦蟆嘴裡，用黃酒浸泡半個時辰，取出放鍋裡烘焙乾即可。」

「好，你們聊，我下去吩咐。」楚雲霆起身走了出去。

「顧姑娘，怎麼會有如此奇怪的藥方？」谷清微愣，想到癩蝦蟆，他渾身起了一層雞皮疙瘩。

「癩蝦蟆跟毒菱草相生相剋，通常有毒菱草的地方往往也會有癩蝦蟆出沒。」顧瑾瑜解釋道：「故而毒菱草的毒，也只能用癩蝦蟆來解，只不過藥效比較慢罷了，得等三、五個月才能有效果。」當然，她不會等那麼久，她今天也有辦法讓他開口。

「我二十年都等了，也不差這三、五個月，我能等的。」谷清一聽只要三、五個月便笑了。不過幾個月的工夫，他能等的，想到這裡，他又隨口道：「這個蝦蟆方的藥效比較大，必須在午時中服下，然後便會沈睡兩、三個時辰，如此一來，我倒是不能陪世子和姑娘說話了。」

顧瑾瑜聞言，暗暗驚訝，卻也沒點破，笑道：「來日方長，咱們以後再聊。」想不到谷清竟然知道蝦蟆方的藥效，看來他極有可能是清谷子。

谷清剛想說什麼，楚九大步走了進來。「顧姑娘，世子請妳去花廳用膳。」

飯菜異常豐盛，滿滿當當地擺了一桌子。

楚雲霆站在飯桌前招呼道：「餓了吧？快過來吃飯。妳剛剛說的那些藥材我已經安排妥當，妳不必擔心。」

「多謝世子。」顧瑾瑜很是感激，坐下來吃飯。

「等吃完飯，我帶妳去泡溫泉。」楚雲霆動手給她布菜，見她愣神，又解釋道：「是兩個溫泉池。」

顧瑾瑜不禁粉臉微紅，當然是兩個了，難不成他跟她還能共用一個池子？再低頭，碗裡的菜已經堆得老高，全是挑過刺的魚肉，她忙道：「不用了，我自己來就好。」

「這種溫泉魚味道很鮮美，就是魚刺很不好挑，妳嚐嚐。」楚雲霆耐心地挑著魚刺，第一次給別人挑魚刺，雖然不熟練，但很快就上手，一招一式、有板有眼。

「我自己挑就好。」世子這麼熱情，顧瑾瑜都不知道該說什麼了。她其實不怎麼愛吃魚，反而極其喜歡吃山裡的這些素菜，眼前這些素菜紅紅綠綠的，煮得很養眼。

楚雲霆立刻捕捉到她的目光，忙把魚肉拿開，把素菜推到她面前，問道：「喜歡吃這些？」

顧瑾瑜點點頭，見他又要給她挾菜，忙道：「世子，我自己來。」說著，迅速地挾起盤子裡的菜放進碗裡。

楚雲霆笑笑，只好由她。

門口的侍衛差點驚掉了下巴。從來世子吃魚，都是別人給挑出魚刺再送到碗裡的，如今，他卻替顧姑娘挑魚刺？天啊！太陽真的從西邊出來了啊！

吃完飯，兩人去清泉殿泡溫泉。

花瓣狀的湯池裡，流著潺潺的活水，緩緩淌過肌膚，全身由裡到外說不出的舒服，顧瑾瑜一進去就不想出來了。溫熱的泉水，縈繞的霧氣，足以讓人忘記世間所有的煩惱和憂傷。

想到一會兒還要去看谷清，她便沒有多泡，小半個時辰，便讓阿桃進來幫她梳頭、換衣裳。

待收拾完畢，一出門，就見楚雲霆已經在外面廳裡等著了，顧瑾瑜笑笑道：「世子竟然比我還快。」

「我也是剛出來。」楚雲霆微微一笑，其實他一直坐在這裡等她，壓根兒就沒去泡。

谷清的藥也熬好了，黑糊糊的，散著燒焦的味道，他吃完後，很快沈沈睡去。

顧瑾瑜這才走進來，在他身邊坐下，取出銀針，抓起他右手中指刺破，立刻有黑豆大小的血冒出來，她立刻拿手帕子接住，眼疾手快地沾在谷清太陽穴上，一連串的動作猶如行雲流水，而後她輕輕推了推谷清，喚道：「清谷子，你可認識我？」

谷清緩緩睜開眼睛，雙目無神地看著她。「認識，妳是顧三姑娘，我是在哪裡？」

「清谷子，你現在安全了，不要怕。」顧瑾瑜提醒道：「你記起你是誰了嗎？」這種催眠術是北清派的獨門絕技，她還是第一次用。

「記得，我是前朝無為神醫的二弟子清谷子，我還有個師兄清虛子，師妹清影子。」清谷子極力回憶道：「四十多年前，我師父無為神醫常常帶我和小師妹去皇宮御醫房送草藥，故而認得宇文衍，宇文衍很喜歡我小師妹，常常溜出宮找她，可是好景不長，宇文天下走到了盡頭。先帝破宮那日，宇文衍恰好又去看我小師妹，並不在宮中，才躲過一劫，後來他四處逃亡，我小師妹也跟著失蹤了，我是為了找我小師妹，才不遠千里地從南直隸來到京城，陰錯陽差地進了皇宮。」

「你當年在皇宮曾經做了什麼，那些人為什麼追殺你？」顧瑾瑜點點頭，繼續問道：「難道就因為你診錯了脈？」

「不，我沒有把錯脈，我沒有！」谷清有些激動，兩手在半空亂劃著。「貴妃的脈象的確是個公主，根本就不是什麼皇子。貴妃不到日子便提前發作，程院使卻故意把我支開，但我擔心貴妃安危，時刻留意著昭陽宮的動靜。那晚昭陽宮的丫鬟們進進出出，似乎格外忙碌，我便躲在暗處，親眼看見程庭抱了一個孩子進去，片刻，又抱了一個孩子出來，匆忙離了宮，第二天，昭陽宮便傳出貴妃娘娘生了皇子的消息，那時，我便知道孩子是被人調包了。」

「那你知道抱出來的孩子被送往了哪裡嗎？」顧瑾瑜咬緊牙關，顫聲問道：「是不是抱到了程家？」

楚雲霆聞言，猛地抬頭望著顧瑾瑜，神色異常震驚。這麼說，慕容朔並非皇家後裔，而是程家人？

「是的，程家二小姐就是當年那個早產的小公主。」谷清篤定道：「就是因為如此，我才被程院使忌憚，他才一不做、二不休地想除掉我。幸好我當時早就有所察覺，才僥倖躲過一劫，卻不料因為誤食了毒菱草，失憶了這麼多年。」

顧瑾瑜聞言，只覺得手腳冰涼，渾身冷汗涔涔。明白了，全都明白了，原來她就是當年那個被清谷子診出的小公主，她的死，果然是個陰謀。

她活著，對程家、對慕容朔都是個威脅，而慕容朔肯定是提前知道了自己的身分，才不擇手段地害死了她。

明白了，她全明白了。

當年程貴妃跟程庭的夫人蘇氏先後有孕，蘇氏率先發作，產下一子，而程貴妃卻遲遲沒有動靜，程庭擔心被人看出破綻，便用了催產藥，讓程貴妃提前生產。程嘉寧之所以身子孱弱，其實是胎裡不足，早產所致。

「就因為你知道了這些，所以程庭才下決心把你滅口。」顧瑾瑜顫聲道：「而你事先察覺到他的用意，才僥倖逃脫……」

「是的……」谷清越說越激動，突然頭一仰，猛地吐出一口黑血，隨即身子一僵，不省人事。

「世子！」楚九立刻帶著兩個侍衛跑了進來。

「替他收拾一下，留兩個人好生照顧他。」楚雲霆嚴肅道：「記住，不要讓任何人接近他。」

「是。」楚九神色一凜，又道：「世子，剛剛吳伯鶴派人送信來，說西裕大皇子的車駕再過三、五天就到京城了，只是那些隨從的病尚未痊癒，怕是得安排太醫院的人前去迎接，確認一下他們能不能進京。」

西裕使團是要進宮面聖的，皇上本來就龍體欠安，若是過了病氣到宮裡，那就罪過了。

「送信的人在哪裡？」楚雲霆問道。

「現在就在城外驛站，等候世子命令。」楚九道。

「我先走一步，讓楚九送妳回去。」楚雲霆轉頭對顧瑾瑜說道：「清谷子的事情，妳不要擔心，我會妥善安排，此事暫且保密，儘量先瞞著清虛子神醫，切不可走漏風聲。」

顧瑾瑜神色懨懨地點點頭。「我知道了。」

阿桃摘了一大筐棗子、水果，興高采烈地搬上馬車。烏鎮真是好啊！天氣好，水好，果子也好！

第五十九章　真相

直到回到家，顧瑾瑜還有些恍惚。

儘管她之前也曾經懷疑過，但始終不敢相信這是真的，如今聽清谷子親口證實了此事，只覺得渾身汗涔涔的，後背發冷。原來從她出生的那一刻，她就注定了不得善終。

青桐素來細心，見主子從烏鎮回來後，精神很是不濟，便拽著阿桃問：「姑娘在烏鎮是遇到什麼事情了嗎？」

「沒有呢，一直好好的，吃了飯，還跟世子一起泡了溫泉。」阿桃正忙著把帶回來的瓜果分盤，姑娘在路上的時候就說了，把這些瓜果挑選好的送到慈寧堂給太夫人嚐鮮。

「什麼？妳說跟世子一起泡了溫泉？」綠蘿大驚。這、這什麼跟什麼啊？孤男寡女的，一塊兒泡溫泉？

「對啊，烏鎮天氣熱，水都是溫的。」阿桃興致勃勃地分著水果，不忘往自己嘴裡塞幾個。

「我是說，姑娘有沒有被人欺負？」青桐有些著急，真是個沒心沒肺的，沒見姑娘回來後不開心嗎？

「楚王世子一路跟隨，誰敢欺負啊？」阿桃翻著白眼道：「姑娘是去給人看病，又不是去給人欺負的，妳們幹麼如此大驚小怪？」

綠蘿和青桐面面相覷。

看著阿桃送來的瓜果，池嬤嬤欣喜道：「三姑娘真是孝順，帶了這麼多瓜果回來，要不怎麼說烏鎮的瓜果貴呢，瞧著賣相就是好，聞著也香！」

「誰說不是呢？」見孫女如此孝順，太夫人也很高興，笑道：「咱們嚐幾個，剩下的留下，等明天各房來請安的時候，分給她們嚐嚐，烏鎮的瓜果可不是輕易能吃到的。」

池嬤嬤笑著道是。

兩人正說著，門簾冷不丁被人從外面掀開，顧景柏大步走進來，面無表情道：「祖母，銅州時家來人了，要見祖母，孫兒特來通傳一聲。」

「時家？」太夫人一頭霧水。「他們來幹麼？」

「祖母，大姊姊出閣那會兒，二嬸委託銅州老家的人去時家給四妹妹說親，如今人家找上門來了呢！」顧景柏見太夫人表情詫異，才知道祖母不知情，便如實相告。「來的人是時忠的大哥時大公子，昨天遞了帖子給我，我以為是找我討論學問的，便讓時忠帶他來，哪知人家是為了這事來的。」

「快請進來！」太夫人暗恨喬氏的自不量力，這下可真是丟人丟到家了！

時禮個子不高，穿著一身暗紅色直裰，顯得膚色有些黝黑，眼睛不大，卻極其有神，一說話就笑，眉間盡顯圓滑，舉手投足間，無一不透露出商人的精明和世故。

想到挺拔修長的時忠，池嬤嬤心裡感嘆，都是一個爹生的，怎麼差別這麼大？

太夫人老僧入定般眼觀鼻、鼻觀心，慢騰騰地喝茶，臉上並無半點表情。

彼此見禮後，時禮一雙小眼睛滴溜溜地轉。「家父、家母的意思是，二弟所為實乃舉手之勞，無心之舉，貴府大可不必放在心上，二夫人的美意，時家心領，只是愧不敢受。事關終身大事，不敢耽誤了小姐，所以才讓我跑這一趟。」

「如此甚好，我們也算了了一樁心事。」被人當面拒絕，太夫人老臉微紅，但她到底久經場面，是個見過世面的，遂雲淡風輕道：「我早就說過時家雖然不是世家勛貴，但也是大戶人家，自然不會把這等小事放在心上。煩勞賢姪大老遠地跑這一趟，我老婆子心裡實在過意不去，不如你先在府裡住下，歇歇腳再走？」

「謝太夫人美意，二弟雖說是客居程家，卻是獨門獨院，我豈有住在外面的道理？」時禮嘴角微揚，左右環顧了一番，再次作揖道：「太夫人乃明理之人，晚輩甚是欽佩，告辭。」

待時禮走後，太夫人立刻讓池嬤嬤把喬氏叫過來，罵了個狗血淋頭。「妳到底是有多著急想把四丫頭嫁出去？竟然背著我去時家提親，妳還要不要臉了？」

喬氏得知時家專程派人來回絕此事，也是羞愧難當，尷尬道：「母親，我並非是找人去提親，而是去探探他們的口風罷了。」

「探什麼口風？」太夫人自從上次在鬼門關前走了一趟，已經鮮少生氣，只冷哼道：「妳也不想想，若是人家時公子有意娶四丫頭，早就上門提親了，哪裡還需要妳三番兩次地去探人家口風？妳不嫌丟人也就算了，我老婆子還要臉呢！眼下大丫頭剛剛出嫁，世子的親事還沒有著落，二丫頭、三丫頭也都沒有議親，妳卻在暗自盤算四丫頭的婚事，妳還真是親娘啊！」

「母親，我、我真的錯了。」喬氏羞愧得不敢抬頭。時家千里迢迢來京城，就是為了拒絕此事，她真的是裡子、面子都丟盡了！

沈氏和元嬤嬤得知此事，紛紛笑彎了腰。

哈哈，活該！癩蝦蟆想吃天鵝肉，簡直是癡心妄想。

「夫人，容奴婢多句嘴，斗膽議論幾句。時家終究是大戶人家，哪能輕易攀上人家？何況時公子若是明年高中，從此便飛黃騰達，怕是不會在這個時候議親。」元嬤嬤笑道：「我看咱們也不必在這個時候替二姑娘謀算了，還是等明年三月春試完再說吧？」

「妳說得對，眼下京城達官貴人們都喜歡榜下捉婿，若是柏哥兒中了，二姑娘自然也跟著水漲船高，到時候時家自然得掂量掂量。」沈氏連連點頭，幸災樂禍道：「橫豎是喬氏愚蠢，冒冒失失地託人去說親，咱們總得慎重點，最好主動讓時家來提親才是。」

「夫人，最近時忠雖然來咱們府裡的次數少了，但終究還跟世子在一起讀書，奴婢倒是覺得讓二姑娘多去世子那裡走走，總能碰上時公子的。」元嬤嬤篤定道：「奴婢覺得以二姑娘的美貌，時公子肯定會心動，眼下還是得多操心世子的親事才是。」

提起顧景柏，沈氏很是頭疼，扶額道：「世子有老爺和太夫人做主，怕是輪不到我插嘴，我瞧著，老爺和太夫人也是想等春試過後再張羅的。」

她比誰都著急兒子的親事，但無奈因為麗娘的事情，母子之間有了隔閡，她無論說什麼，顧景柏都不會頂嘴，但也不會聽她的；何況，明年春試，中了有中了的打算，沒中有沒中的安排，橫豎她都做不了主。

顧瑾瑜從綠蘿那裡聽說這場鬧劇，不置可否地笑笑，心裡卻暗暗羨慕，喬氏雖然做了沒腦子的事情，卻是真心替女兒打算，有娘真好啊！

想到這裡，眼前情不自禁地浮現出程貴妃的面容，鼻子一酸，忍不住掉下眼淚。怪不得前世她對自己那麼好，吃的、穿的，無微不至，原來，原來自己才是她的至親骨肉……

醒來，枕頭濕了一大片。

她突然想見程貴妃了，很想、很想。

到了去大長公主府施針的日子，顧瑾瑜破天荒地主動來找楚雲霆。「世子，之前我聽說貴妃偶染風寒，想去瞧瞧她，煩請世子幫忙通稟一聲，可以嗎？」

「就因為她是程二小姐的親生母親？」楚雲霆不動聲色地問道。

「是的，如今我已經知道真相，對貴妃娘娘自然不能再跟以前一樣，她也是個可憐人。」顧瑾瑜垂下頭，極力掩飾住自己的情緒，黯然道：「想必程二小姐泉下有知，也是願意我替她看望程貴妃的。」

就算當年程貴妃有難言的苦衷，但骨肉分離的痛苦卻時時折磨著她，要不然，她就不會對程嘉寧如此上心。記得有次她發燒，程貴妃不知道怎麼得知消息，竟然冒著風雨前來看她，她醒來的時候，看到的就是程貴妃的淚眼。現在想來，若不是親生母親，做姑母的，怎麼可能如此盡心？想到前世種種，顧瑾瑜眼裡倏地有了淚。

一直以來，程家爹娘對她的態度，就像是扎進她心頭的一根刺，她渴望像長姊程嘉儀那樣倚在母親懷裡撒嬌，也渴望母親拉著她的手噓寒問暖，哪怕是責罵她幾句，她也甘之如飴；可是，蘇氏待她，永遠是不冷不熱，甚至是客客氣氣，既不會拉她的手，也不會責備她。越想越難過，眼淚忍不住奪眶而出。

楚雲霆大驚，他又沒說不幫她，她至於哭成這樣嗎？

頭一次見小姑娘在他面前哭得如此傷心，他有些不知所措，忙從几案後繞到她面前，掏出手帕遞給她，安慰道：「好了，別哭了，我現在就帶妳進宮見她。」

「多謝世子。」顧瑾瑜不好意思地接過手帕子，擦著眼淚，糟糕，妝都花了，沒法見人了。

楚雲霆會意，耳語道：「我這就叫阿桃進來，讓她幫妳洗漱一下，我先去安排馬車，然後咱們就進宮。」

「好。」顧瑾瑜順從地點點頭。

從大長公主府到皇宮得走小半個時辰，她會努力讓自己鎮定下來的。

阿桃見顧瑾瑜滿臉淚痕，心裡雖然驚訝，卻也不敢開口問，手忙腳亂地幫她洗漱了一番，又拿來馬車上備用的衣裳幫顧瑾瑜換上，主僕兩人才上了事先等在門口的馬車。

或許是為了避嫌，楚雲霆騎著馬，不疾不徐地走在前面。

顧瑾瑜坐在晃動的馬車裡，她知道她是真的要回家了，回她前世就應該回的家。

到底是楚王世子，進宮一路暢通無阻，馬車竟然一直駛到了昭陽宮門口。

通稟之後，戴嬤嬤頗感意外地迎了出來，畢恭畢敬地上前施禮問安。「世子、顧三姑娘，貴妃娘娘近日身子抱恙，怕是不能見兩位，還望世子和顧三姑娘見諒。」

戴嬤嬤穿著一件醬紫色褙子，鬢間多了支鎏金步搖，看到顧瑾瑜那雙烏黑清亮的眸子，忙訕訕地移開目光，兩手不停地絞著手帕子。

她臉上雖然帶著笑，但顧瑾瑜還是捕捉到她眼裡一閃而過的慌亂，竟然跟上次那個神色自若的戴嬤嬤截然不同，顧瑾瑜不禁心生疑惑。

「之前蒙貴妃娘娘召見，顧三姑娘一直心存感激，前幾天聽聞貴妃娘娘抱恙，日夜牽掛，特意前來探望。」楚雲霆不動聲色道：「還望嬤嬤通融一下，讓她見見貴妃娘娘。戴嬤嬤，妳總不能不讓我們進去吧？」

「奴婢失禮！」戴嬤嬤這才恍然大悟，忙側身請兩人進昭陽宮，奉上茶後，又道：「煩請世子和顧姑娘稍等，奴婢這就去看看娘娘醒了沒有。」

「有勞嬤嬤了。」顧瑾瑜摩挲著茶碗，淡淡地望著她消失在門口的背影，若有所思。總覺得這個戴嬤嬤很不對勁，似乎在隱瞞什麼事情一樣，想到這裡，她放下茶碗，轉頭望了望坐在身邊的楚雲霆，低聲道：「世子，我今天一定要見到貴妃娘娘，煩請世子幫忙周旋一二。」上次她在宮門口遇見程禹跟孟文全的時候，孟文全就說貴妃娘娘是偶感風寒，現在已經過去快半個月，貴妃娘娘應該早就痊癒了才是，怎麼還病重到不能見人？再加上戴嬤嬤神色有異，她便覺得此事定有蹊蹺。

楚雲霆微微頷首，壓低聲音道：「妳先在這裡等著，我去安排。記住，我回來之前，妳不要四處走動，就在這裡等我。」他雖然不想把手伸到這宮闈內院，但為了他的小姑娘，他也只能破例，動用一下宮裡的眼線了。

「好。」顧瑾瑜點頭道是，眼角瞥了瞥靜立在四周的綠衣宮女，逕自坐在籐椅上喝茶。戴嬤嬤在宮中多年，這殿裡應該全是她的眼線。

楚雲霆信步而出，立刻有一個眉清目秀的小太監迎面而來，細聲細氣地低首問安。

「奴才見過楚王世子。」

楚雲霆腳步略一停頓，目光在他身上看了看，什麼也沒說，大步出了昭陽宮。

小太監神色一凜，快步離去，急急忙忙地進了一間柴房。

七彩正在用手劈柴，手落柴散，雙手早已是鮮血淋淋，讓人不忍直視。

「七彩姑娘，顧三姑娘來了，特召妳前去相見。」小太監面無表情道：「還不快去收拾收拾，見顧三姑娘。」

七彩手上的動作停了停，一頭霧水地瞧著小太監。「王公公，您說顧三姑娘要見我？」因為貴妃娘娘的病，她頂撞過戴嬤嬤，便被戴嬤嬤罰到這柴房來劈柴，原本以為她會從此在這柴房裡，永無出頭之日的……

「七彩姑娘，這是妳最後、唯一的機會。」小太監的目光在她手上看了看，搖搖頭，轉身退了下去。

顧瑾瑜看見七彩，頓感驚喜，起身道：「七彩姊姊，別來無恙？」

她先前臉上的粉痘不見了，膚色也變得格外嬌嫩，只是眉眼間有些憔悴，跟之前來的時候那個意氣風發的女人判若兩人。

「之前奴婢蒙姑娘醫治，臉上的粉痘已消，請受奴婢一拜。」七彩撲通一聲，跪下磕頭。

顧瑾瑜忙上前攙起她。「不過舉手之勞，姊姊何須行此大禮？」

七彩乘機把一個紙團塞到顧瑾瑜手裡，低眉屈膝道：「奴婢能再見姑娘一面，已經知足，告辭。」

待她退下，顧瑾瑜悄悄打開紙團，只見上面寫著三個凌亂但能認出的血字。

救貴妃！

顧瑾瑜心裡一緊。

戴嬤嬤盈盈走進來，未語先笑。「顧三姑娘，真是不巧，貴妃適才醒來，剛剛吃了藥，說身子沈重，不想見外客，知道姑娘來，很是感動，說等改日好了，再召姑娘說話。」

「那就讓貴妃娘娘好生歇著，臣女改日再來探望。」顧瑾瑜捧著茶杯不動，見戴嬤嬤一頭霧水，又笑著解釋道：「嬤嬤去忙吧，我等楚王世子回來。」

戴嬤嬤這才發現楚王世子不在殿裡，笑笑，衝顧瑾瑜福福身。「那奴婢先行退下了。」

顧瑾瑜點點頭，意味深長地打量了她一番，輕聲提醒道：「嬤嬤千萬要注意身體，切不可太勞累，夜深露重的時候，能不出門就不要出門。」昭陽宮的地面全是青磚鋪就而成，而戴嬤嬤的鞋面上卻沾了宮門口柳茶巷裡的紅泥，看來戴嬤嬤已經不再是先前那個戴嬤嬤了。

「多謝姑娘提醒。」戴嬤嬤心頭跳了跳，又訕訕問道：「姑娘何出此言？」

「貴妃抱恙，嬤嬤日夜操勞，眼底的烏青都出來了呢！」顧瑾瑜不動聲色道。

戴嬤嬤這才恍然大悟。她就說，顧姑娘怎麼可能知道她每隔兩天都會去柳茶巷取藥的事情，是她想多了。

戴嬤嬤前腳剛走，楚雲霆後腳便進來，面無表情道：「咱們走吧！」

顧瑾瑜很是沮喪，只得悻悻地出了昭陽宮。

待上了馬車，到了柳茶巷，楚雲霆才掀簾跳上馬車，低聲道：「我打聽清楚了，貴妃娘娘這幾日的確是抱恙在床，皇上特命程院使前去給貴妃娘娘診病，醫卷上記載的是肝氣鬱結，心陰虧耗。還有，這幾日昭陽宮用的藥，我也都找人查過了，並無不妥，的確是對症下藥，每天的藥渣也都是由御醫院的人負責來取的。」

「世子，此事絕非看上去這麼簡單。」顧瑾瑜把七彩遞給她的紙條拿出來給楚雲霆看，神色黯然道：「七彩一向忠心，否則也不會以血書相告：還有，那個戴嬤嬤舉止鬼鬼祟祟的，鞋上還沾著柳茶巷的紅泥。世子，我實在放心不下娘娘，您再幫我一次，務必想辦法讓我親眼看一看娘娘。」正因為是程庭出面照顧貴妃，她才不放心，難道害死了她不算，還要對貴妃娘娘下手不成？

「看來戴嬤嬤已經被程庭收買，才會做出如此棄主之舉。」楚雲霆看到血書，沈吟道：「不管她是因為什麼原因，昭陽宮再也留不得她了。妳放心，此事交給我便是，咱們晚上再來，我定會讓妳見到貴妃。」

「好，那就有勞世子了。」顧瑾瑜會意，心裡卻很沈重。為了保全程貴妃，就必須除掉戴嬤嬤，如此一來，她的手上也算沾上人命了，這雖然不是她想看到的，卻也只能如此。

楚雲霆微微頷首，送她回建平伯府後，又返回五城兵馬司，喚來左右護衛，吩咐了幾句。

兩名護衛神色一凜，迅速離去。

——未完，待續，請看文創風672《淑女不好逑》3（完）

文創風
671

淑女不好逑 2

國家圖書館出版品預行編目資料

淑女不好逑 / 果九著. --
初版. -- 臺北市 : 狗屋, 2018.09
冊 ; 公分. -- (文創風)
ISBN 978-986-328-908-1 (第2冊 : 平裝). --

857.7　　107011709

著作者　果九
編輯　黃淑珍
校對　沈毓萍　周貝桂
發行所　狗屋出版社有限公司
地址　台北市104中山區龍江路71巷15號1樓
電話　02-2776-5889～0
發行字號　局版台業字845號
法律顧問　蕭雄淋律師
總經銷　知遠文化事業有限公司
電話　02-2664-8800
初版　2018年9月
國際書碼　ISBN-13　978-986-328-908-1

定價250元
狗屋劃撥帳號：19001626
網址：love.doghouse.com.tw　E-mail：love@doghouse.com.tw